Alexa McNight

NeuGier

Erotischer Roman

Pour toi
Tu me manques

www.blue-panther-books.de

BLUE PANTHER BOOKS TASCHENBUCH
BAND 2191
1. AUFLAGE: MAI 2013

VOLLSTÄNDIGE TASCHENBUCHAUSGABE
ORIGINALAUSGABE

UMSCHLAGGESTALTUNG: WWW.HEUBACH-MEDIA.DE
GESETZT IN DER TRAJAN PRO UND ADOBE GARAMOND PRO
PRINTED IN GERMANY
ISBN 978-3-86277-233-9
WWW.BLUE-PANTHER-BOOKS.DE

EINS

Kate verließ den Highway und bog in den Waldweg ein. Nach der ersten Gabelung bremste sie den SUV auf Schrittgeschwindigkeit herunter und holperte über den von Steinen und Wurzeln durchbrochenen Boden. Das Licht der Abendsonne schien durch die Bäume und verlieh der Umgebung einen Touch, den Kate jedes Mal wieder als zauberhaft empfand. Moos wucherte an Felsen und toten Stämmen. Lichtungen, auf denen Gräser im Wind wippten, unterbrachen den Baumwuchs. Dies war ein Ort, an dem man Feen, Gnome und Einhörner vermutete.

Bald erkannte sie die Umrisse des Hauses und Henrys Jeep davor. Er parkte am selben Fleck wie am vergangenen Wochenende und war vermutlich nicht ein einziges Mal während ihrer Abwesenheit bewegt worden.

Im Cottage schlug ihr der gewohnte Geruch von abgestandenem Leben und unbewohnten Räumen entgegen. Sie stellte ihre Tasche in der Diele ab und ging ins Wohnzimmer, um die Verandatür zu öffnen und Sauerstoff ins Haus zu lassen. Einen Moment verweilte sie vor der offenen Tür, betrachtete den so anheimelnd verwilderten Garten und den dahinter beginnenden Wald. Als sie sich zum Gehen umwandte, fiel ihr Blick auf den Kamin und die Asche darin. Im Korb davor lagen die beiden Scheite, welche sie am vergangenen Sonntag nicht benötigt hatte. Sie packte sie neben den Kamin und nahm den Korb mit nach draußen, um ihn später mit neuem Holz zu füllen.

Wieder in der Diele stieg sie die Holztreppe hinauf bis ins erste Obergeschoss, wo die Schlafzimmer lagen. Sie ließ die Tasche auf dem Bett ihres Zimmers und ging weiter ins Dachgeschoss, wo sich Henrys Atelier befand.

Es dauerte, bis er auf ihr Klopfen mit seinem knurrigen »Ja, doch« reagierte. Kate öffnete und trat ein.

Henry lag auf der Couch, die Beine überkreuzt. Eine Hand über der Stirn haltend, massierte er die Schläfen mit Daumen und Zeigefinger.

»Hast du wieder alle Fenster aufgerissen?«, begrüßte er sie, fuhr sich mit der Hand über das Gesicht und setzte sich auf.

Kate lehnte sich in den Türrahmen. »Natürlich«, entgegnete sie versucht gelassen, doch es bedurfte einiger Überwindung, ihren Tonfall nicht seinem anzupassen.

Henrys Schaffenskrise dauerte nun schon Monate an, und Kate wusste nicht, wie lange sie es noch aushielt. An jedem verdammten Freitag kam sie hierher, in der Hoffnung, dass er seine miserable Laune überwand, und fuhr an jedem Sonntag enttäuscht zurück in die Stadt.

»Was ist?«, knurrte er, da sie sich nicht bewegte, nichts weiter sagte und auch den Blick nicht von ihm nahm. »Wenn du dich jetzt über irgendwas aufregen willst, hau am besten wieder ab. Da hab ich keinen Nerv zu!«

Oh, er ist also angriffslustig!, schoss es Kate durch den Kopf. Das war doch mal eine Abwechslung zur Lethargie, in der er sonst vor sich hindümpelte. Um sich unter Kontrolle zu halten, verschränkte sie die Arme, spürte jedoch, wie sich ihre Enttäuschung mehr und mehr in Ärger wandelte. »Hau am besten wieder ab«, hatte er gesagt. Dass sie nicht der Grund für seine Laune war, sondern seine Unfähigkeit zu malen, war in Anbetracht dieser Aufforderung und dem Ausdruck in seiner

Miene absolut kein Trost.

»Ich will mich nicht aufregen«, sagte sie und versuchte, das Vibrieren ihrer Stimme zu unterdrücken. »*Deshalb* haue ich jetzt wieder ab. Ich kann meine Wochenenden besser verbringen, denke ich.« Damit wandte sie sich zur Treppe um. Aber Henrys Worte ließen sie erstarren.

»Na sicher doch!«, rief er ihr nach. »Geh und feil an deinem Kitsch!«

Kate fuhr herum und lief ins Atelier. Henry war aufgestanden, starrte ihr entgegen. Er schien auf alles Mögliche gefasst, nur nicht darauf, dass sie sich die offene Flasche mit der roten Farbe griff und gegen die blanke Leinwand schleuderte. Einen unförmigen, triefenden Klecks hinterlassend, schlug das Ding auf den Boden und verteilte das Rot über die Holzdielen.

»Untersteh dich!«, schrie sie und wandte sich zu ihm um. »Untersteh dich, meine Arbeit abzuwerten, während du selbst seit einer Ewigkeit nicht in der Lage bist, auch nur einen Tupfer zu produzieren. Für wen hältst du …«

Weiter kam sie nicht, denn Henry war mit wenigen Schritten bei ihr, schloss eine Hand um ihre Kehle, trieb sie gegen eine Wand und funkelte sie an. »Vergleich deinen Schrott nie wieder mit meinen Bildern. Schau, wo du stehst und wo ich!«

»Ich sehe sehr genau, wo du stehst«, keuchte Kate und versuchte, sich aus seinem Griff zu befreien. Dass ihr das nicht gelang, schürte ihren Zorn. »Oder besser gesagt, wo du *liegst*. Auf der Couch nämlich mit den Gedanken in jämmerlich schwarzen Wolken.«

Henry drückte fester zu. Ein schiefes Grinsen ließ sein eigentlich attraktives Gesicht zur Fratze werden. »Fick dich!«, spie er voller Verachtung aus. »Fick dich einfach!«

Entsetzt über seine Worte sammelte Kate ihre Kraft. Diesmal

gelang es ihr, ihn fortzustoßen und ehe er sich versah, hatte sie ausgeholt und ihm eine Ohrfeige verpasst – was sie nie zuvor getan hatte. Für eine Sekunde hatte es sich gut angefühlt, doch schon im nächsten Moment hasste sie sich selbst für das Niveau, auf das sie sich von ihm hatte herabziehen lassen, und wünschte, sie wäre stattdessen gegangen, ohne ihn eines weiteren Blickes zu würdigen.

Die Möglichkeit bestand nun nicht mehr, denn abermals war Henry bei ihr, zog sie grob an sich und riss ihre Bluse auf. Klackernd hüpften ein paar Knöpfe über den Boden. Kate stieß ihn ein weiteres Mal von sich, wollte sich an ihm vorbeischieben, doch er packte sie von hinten, zerrte ihr die Bluse über die Schultern und hielt ihre Arme auf dem Rücken zusammen. Ihr auch den BH herunterziehend, drängte er sich an sie.

Kate schnaubte und wand sich in seinem Griff. In den vor Aggression strotzenden Zweikampf verstrickt, stolperten sie durch das Atelier und stießen gegen die Staffelei. Da ließ Henry sie los. Kate verlor das Gleichgewicht und konnte sich, da ihre Hände noch in den Ärmeln der Bluse verheddert waren, weder halten noch auffangen. Mit einem Rums fiel die Staffelei um und Kate landete rücklings auf der Leinwand. Dabei stieß sie sich die Schulter und ächzte vor Schmerz. Tränen schossen in ihre Augen, doch sie blinzelte sie weg. Nicht eine Träne würde dieser Mistkerl von ihr sehen! Mit zusammengebissenen Zähnen befreite sie ihre Hände aus der Bluse und wollte sich aufrappeln, da beugte sich Henry über sie. Sie versuchte, ihn abzuwehren, doch abermals umfasste er ihre Gelenke und drehte sie so geschwind und unsanft auf den Bauch, dass sie ein weiteres Keuchen ausstieß.

»Lass mich sofort los!«, knurrte sie.

»Nein«, entgegnete er hinter ihr und presste sie fester auf die Leinwand und in die darauf klebende rote Farbe. »Zuerst hilfst du mir, meine Kreativität auszuleben.« Seine freie Hand fuhr zu ihrem Bauch, öffnete ihre Hose und zog sie mitsamt dem Slip von ihren Hüften, über ihre Beine und Füße. Kate sah, wie er sich die Farbflasche angelte und spürte wenig später den kühlen Farbbrei zwischen ihren Beinen. Mit der Hand verteilte ihn Henry auf ihrem Hintern und ihrer Spalte. Dann griff er in ihr Nackenhaar und zog sie hoch. »Setz dich hin und mach mir zum Abdruck deiner Brüste noch einen von deiner Möse auf die Leinwand! Das nenne ich dann mal eine ausgefallene Technik.«

Inzwischen bebend vor Zorn nutze sie den Moment, als sie auf die Knie kam, um ihn abzuschütteln. Kaum stand sie, stieß sie Henry von sich und immer weiter, bis er auf der Couch landete.

»Geh dahin, wo du dich am wohlsten fühlst«, fauchte sie über ihn kommend. Mit einem Handgriff löste sie seine Gürtelschnalle, mit einem zweiten öffnete sie seine Hose, mit einem dritten zog sie den Gürtel aus den Schlaufen.

Das dreckige Grinsen wieder zeigend, ließ er es geschehen.

Kate zog Henry die Hose über die Beine und nahm, wie er es getan hatte, seine Shorts gleich mit. Sein Schwanz stand hart ab, die Eichel war dunkel und prall. Sie kroch weiter über ihn, krallte die Finger in seine Schultern und setzte sich auf ihn.

Henry stöhnte, als sie ihn in sich aufnahm und legte eine Hand in ihren Nacken, um sie zu einem Kuss herabzuziehen. Kate stemmte sich jedoch dagegen und ließ seinen Schaft tiefer gleiten. Darauf verfiel sie in einen schnellen Rhythmus, der ihn vergessen ließ, dass sie ihn nicht küssen wollte.

Strähnen seiner dunklen Locken klebten an seiner Stirn. Seine weicher werdende Miene und das tiefere Braun seiner

Augen verhießen, dass sein Ärger verrauchte – was Kate nicht von sich behaupten konnte. Ihre Wut war nun jedoch nicht länger von Empörung bestimmt, sondern von Verzweiflung. Je länger sie Henry ritt, seine Hände auf sich spürte und ihn ansah, desto mehr vermisste sie den Mann, der er eigentlich war und der sich nun in mancher Sekunde zeigte. Es war so traurig, dass es einen solchen Auslöser gebraucht hatte.

Als Kate spürte, dass sie kommen würde, schloss sie die Augen und bog den Kopf zurück. Der Schrei, der sich in ihrer Brust sammelte, gab ihr das Gefühl zu ersticken, wenn sie es nicht schaffte, ihn freizulassen. Noch ein paar Mal ließ sie ihren Hintern auf Henrys Becken klatschen, dann erreichte sie den höchsten Punkt. Ihre Muskeln wurden starr, ihr Unterleib zuckte und sie stieß den Schrei aus der Kehle – nicht erleichtert, sondern bekümmert und abermals kurz davor zu heulen.

Henrys Atem stockte und er presste ihren Namen zwischen seinen Lippen hervor als er kam. Seine Hände schlossen sich fester um sie, zogen sie zu sich. Kate, die kraftlos war, sank gegen ihn und legte die Stirn auf seiner Schulter ab.

Als sie ihre Fassung zurückerlangt hatte, löste sie sich von ihm und stand auf. Sie sah ihn nicht an und er fragte nicht, wohin sie ging. Am liebsten wollte sie so, wie sie war, in ihr Auto steigen, doch so konnte sie nicht fort. Sie musste die rote Farbe von ihrer Haut waschen und Henrys Sperma, das ihre Beine hinunterlief.

***

Auf dem Rückweg in die Stadt weinte Kate. Sie schluchzte nicht, sie schniefte nicht, sie gab keinen Laut von sich, sondern ließ die Tränen kullern und im Stoff ihres Shirts versickern.

War dies etwa das Ergebnis ihrer gemeinsamen fünf Jahre? Gingen sie nun so miteinander um? Beleidigten und schlugen sich, um dann Sex zu haben? Gewiss konnten sie nicht behaupten, eine gewöhnliche Beziehung zu führen, doch was gerade geschehen war, war für Kates Empfinden schlicht und ergreifend der absolute Tiefpunkt. Davor hatte sie geglaubt, nicht tiefer geraten zu können, schließlich schwiegen Henry und sie praktisch seit vier Monaten. Er redete nie viel, wenn er in einer kreativen Krise steckte. Er zog sich immer zurück und ließ sie außen vor – und immer hatte sie es toleriert und ihm den zur Findung benötigten Raum gelassen. Doch dieses Mal dauerte es zu lange an, und mit jedem Tag schien er tiefer in seiner Gleichgültigkeit zu versinken.

Für kurze Zeit war das Haus im Wald ihre gemeinsame Bleibe gewesen. Kates Wohnung in der Stadt über der Werkstatt und dem Shop hatte lediglich zum Ausweichen gedient, damit sie und Henry sich nicht auf der Pelle hockten oder sich im Miteinander-Leben festfuhren. Leider wich sie seit Langem die Woche über aus und wünschte sich immer häufiger, auch übers Wochenende ausweichen zu können – ohne jedes Gefühl des Bedauerns.

Mehr Tränen liefen über ihre Wangen, als sie sich bewusst wurde, dass es gute Zeiten gegeben hatte und diese beinahe in Vergessenheit geraten waren.

Die Ausstellung der Purpur-Bilder war es gewesen, auf der Kate Henry Irons kennengelernt hatte. Wie jede andere seiner Ausstellungen hatte sie die Vernissage aus Faszination für seine Bilder besucht, und entgegen der Intention anderer weiblicher Besucher war es ihr dabei nie in den Sinn gekommen, mit dem Künstler anzubandeln. Nicht unbedingt, weil man über ihn sagte, dass er seine Lebensgefährtinnen so häufig wechselte wie die Farben auf seiner Palette. Sie mochte seine Kunst. Für den Mann selbst hatte sie sich nicht interessiert. Allein sein

Äußeres, der so typisch künstlerisch alternative Hauch, der ihn umgab, hatte sie absolut nicht angesprochen.

Später hatte Henry ihr erzählt, dass sie ihm aus zwei Gründen aufgefallen war. Zum einen hatte sie *Die Purpurwüste* extrem lange betrachtet. Zum anderen war sie ein Farbklecks in einer schwarzgrauen Masse gewesen.

In die Arbeit an einem Armreif vertieft, hatte sie die Zeit vergessen und irgendwann erschrocken festgestellt, dass die Vernissage gerade begann. An sich herabschauend, hatte sie beschlossen, dass ihr Outfit gerade gut genug war. Über einer dunkelroten Ballonhose trug sie eine weiße Tunika. Um ihren Hals baumelten drei unterschiedlich lange Ketten aus schwarzen und roten Glasperlen, die sie am Morgen als Kombination anprobiert hatte. Also sprintete sie los, löste ihr Haar auf dem Weg zum Auto, betrachte sich in dessen Fenster und steckte die glatten, blonden Strähnen doch wieder zu einem Knäuel am Hinterkopf zusammen. Außer Puste war sie auf der Vernissage aufgeschlagen, wo sich Henry gerade zu seinen Bildern äußerte. Sein Blick war zu ihr geschnellt, und eine Stunde später, während ihrer Betrachtung des Bildes *Die Purpurwüste,* hatte er sie angesprochen.

Ob er bereits wüsste, in welcher Farbe er seine nächsten Bilder malen würde, hatte sie ihn gefragt, und er hatte »Taubenblau« geantwortet. Auf ihren Blick hin, hatte er sie mit einem Lächeln darauf hingewiesen, dass dies die Farbe ihrer Augen sei.

Das war kein Spruch gewesen, mit dem er sie hatte rumkriegen wollen, sondern die Ankündigung eines Vorhabens, das er kurze Zeit später umsetzte. Die taubenblauen Bilder zeigten fast alle Kate. Taten sie es nicht, standen sie im Zusammenhang mit ihr oder waren inspiriert von den Orten, an die sie einander entführt hatten.

Dies alles schien eine Ewigkeit her zu sein.

***

Zuhause angelangt, nahm Kate ihr Handy und wählte Jills Telefonnummer. Zwar weinte sie nicht mehr, doch sie war noch immer aufgewühlt. Sie brauchte keinen Ratschlag und würde von Jill nicht wirklich einen bekommen, im Gegenteil. Eher einen Tritt in den Hintern. Sie musste Jill einfach sehen und sich von der Seele reden, was sie gerade erlebt hatte.

Bei allen Versuchen wies sie eine automatische Ansage darauf hin, dass die angerufene Person nicht erreichbar war. Kate fiel die neue Nummer ein, die sie am Vortag notiert hatte, und schimpfte auf der Suche nach dem Zettel vor sich hin, weil Jill ständig ihre Telefonnummern änderte – genau genommen immer dann, wenn sie eines Lovers überdrüssig war.

Endlich fand sie den Zettel, tippte die Nummer ein und atmete erleichtert durch, als sie das Klingelzeichen hörte. Dass sich statt Jill ein Mann meldete, irritierte sie.

»Oh, Entschuldigung«, stotterte sie. »Da habe ich wohl eine falsche Nummer.«

»Das liegt im Auge des Betrachters«, lautete die prompte Reaktion, die Kate nur mit Schweigen zu quittieren wusste.

»Meine Nummer erscheint mir selbst nämlich ganz richtig«, fuhr die Stimme amüsiert fort. »Wen wollten Sie denn sprechen?«

»Jill.« Noch während Kate ihm diese Info gab, schüttelte sie den Kopf über sich. Was wusste er mit diesem Namen schon anzufangen. »Bei Ihnen erreiche ich sie wohl nicht, oder?«

»Nein, eher nicht. Hätte ich auch gegen die Gesellschaft einer Jill nichts einzuwenden.«

»Okay«, beeilte sie sich zu sagen und grollte im Stillen, weil er sich offenbar für besonders witzig hielt. »Sorry nochmals!« Sie beendete das Gespräch, ohne ein weiteres Wort von ihm abzuwarten.

Nachdem sie die notierte Nummer mit der eingetippten verglichen hatte und sichergegangen war, dass sie identisch waren, schnappte sie sich ihren Autoschlüssel, um zu Jill zu fahren.

Jill lebte am Stadtrand und es dauerte eine Viertelstunde, in der Kate jede rote Ampel verfluchte, bis sie vor dem kleinen Reihenhaus einparkte. Mit einiger Ernüchterung stellte sie fest, dass alle Fenster dunkel waren. Sie klingelte, doch wie befürchtet, war Jill nicht zu Hause.

Auf dem Heimweg versuchte Kate sich damit abzufinden, dass sie ihre Sorgen heute nicht loswerden würde, doch sie wählte, sobald sie die Wohnungstür hinter sich geschlossen hatte, die zuletzt im Protokoll gespeicherte Nummer noch einmal an. Vielleicht, so hoffte sie, hatte es lediglich einen Fehler beim Verbindungsaufbau gegeben.

»Jill ist noch nicht eingetroffen«, informierte sie dieselbe Männerstimme. »Ich kann mich bei Ihnen melden, sobald sie hier aufkreuzt.«

Kate plumpste in einen Sessel. »Ach, verflixt! Tut mir leid!«, sagte sie und klang dabei offenbar verzweifelter, als ihr bewusst war.

»Nicht so schlimm«, antwortete er und schien verunsichert, weil sie sich nicht gleich wieder verabschiedete. Dabei war sie mit dem Ohr zwar noch am Telefon, mit den Gedanken aber ganz woanders. »Also, falls ich sonst nichts für Sie tun kann …«

Seine vage Formulierung holte sie zurück in die Realität. »Nein, natürlich nicht … also dann …«

»Natürlich nicht?« Schon wieder klang er belustigt. »Wieso ist es so ausgeschlossen? Zumindest könnte ich mit Ihnen plaudern bis Jill da ist … bei einem von uns.«

Kate schluckte einen genervten Laut. »Das ist ein verlockendes Angebot, aber ich werde es ausschlagen müssen.«

»Warum, wenn es verlockend ist?«

»Weil ich zu tun habe. Und jetzt lege ich …«

»Zu tun zu haben scheint nicht gerade ein Vergnügen zu sein, dem man an einem Freitagabend nachgeht«, fiel er ihr ins Wort. »Sondern eher eine Verpflichtung.«

Nun klang er provokativ. Kate beschloss, ihm im gleichen Ton zu antworten.»Und Ihnen ist langweilig … an einem Freitagabend?«

»Absolut nicht. Ich unterhalte mich ganz ausgezeichnet.« Ihrem nächsten Einwurf vorbeugend, fuhr er fort: »Ich trinke Wein, höre Musik und überlege, ob ich in einen Club gehe oder den Abend so lasse, wie er ist.«

»Ah, ja. Na dann will ich Sie in Ruhe Wein trinken und überlegen lassen …«, versuchte sie ihn erneut abzuwimmeln.

»Meine Ruhe nehmen Sie mir absolut nicht. Im Gegenteil.«

»Aber wenn wir sprechen, können Sie die Musik nicht mehr hören.«

»Doch, die Musik sorgt für die perfekte Untermalung.«

Sie lauschte, konnte aber nichts hören. »Was für Musik ist es denn?« Im Stillen tippte sie auf Jazz, alternativ auf Chill-out.

»Zaz«, sagte er.

Das war eine Musikrichtung, von der sie noch nie gehört hatte. »Was ist das, Zaz?«

Er lachte. »Nicht *das* Zaz, *die* Zaz.«

»Die Zaz kenne ich genauso wenig.«

»Sie ist Französin.«

»Und sie singt französisch …«

»So ist es.«

»Französisch hatte ich ein Jahr lang in der High School«, erzählte Kate und zog die Füße unter den Po, um bequemer zu sitzen. »Davon ist wenig hängen geblieben. Ich würde kein Wort verstehen. Wovon singt sie?«

Er gab einen grüblerischen Laut von sich, schien zu überlegen, welche Zusammenfassung er ihr geben konnte. »Vom Leben, der Liebe, der Seele …«

Kate stutzte. Hatte er das wirklich gerade gesagt? Diese Worte benutzt, bei deren Klang eine Gänsehaut von ihrem Nacken bis zu den Fußsohlen krabbelte?

»Von Dingen, die wirklichen Wert haben«, fuhr er fort. »Von Momenten, an die man sich erinnern möchte und von Wünschen, die es sich zu wünschen lohnt.«

Sie wollte diese Musik hören, egal, ob sie den Text verstand oder nicht – doch sie vertrieb den Wunsch.

»Klingt toll«, entgegnete sie also und verlieh ihrer Stimme einen sachlichen Ton. Ihr Geist war damit nicht einverstanden und wollte sich fortträumen, zwang sie sogar, die Augen zu schließen. Ihr Verstand ermahnte sie jedoch, sie gleich wieder zu öffnen. Kate befolgte seinen Rat, straffte zudem die Schultern. »Und jetzt muss ich wirklich auflegen.«

Wie beim letzten Telefonat würgte sie ihn ab, indem sie die Verbindung unterbrach. Dann rollte sie sich auf der Couch zusammen, schob den Fremden aus ihren Gedanken, auch Henry – und Jill, die sich mal wieder herumtrieb –, und schlummerte ein.

***

Es dämmerte bereits, als sie aufwachte. Kurz streckte sie die vom Sessel gepeinigten Glieder und quälte sich in die Senkrechte. Dabei fiel ihr Handy auf den Boden. Auf dem Weg ins Bett überprüfte sie das Display und sah eine Nachricht.

Anspieltipp: *Je veux* von Zaz. Übersetzt heißt das: *Ich will*. Der Rest sei Ihrer Fantasie oder dem Wörterbuch überlassen.

Zwei

Palo Alto lag am unteren Ende der San Francisco Bay im Silicon Valley. Zwölf Jahre zuvor war Kate vom benachbarten Bundesstaat Nevada hierhergekommen, um die Ausbildung zur Goldschmiedin bei einem Meister zu absolvieren, dessen Schmiede die beliebteste Adresse dieser Branche der Stadt und Umgebung war. Wenngleich er und Kate verschiedene Vorstellungen von Kunst in Gold hatten und er ihre Stücke oftmals als zu extravagant und untragbar beschrieb, ließ er ihr doch ihren Freiraum. Nach dem Ende ihrer Ausbildung bat er Kate zu bleiben und versprach ihr Unterstützung bei der Vorbereitung und Absolvierung ihrer Meisterprüfung. Seine Kinder lebten über die Staaten verstreut und hatten andere Ambitionen als das Geschäft des Vaters zu übernehmen, also stellte er es Kate in Aussicht. Zu einem Preis, der vielmehr ein Geschenk war, überließ er ihr das Haus in der Hamilton Avenue, dessen erste Etage eine Dreizimmerwohnung beherbergte. Das untere Geschoss teilten sich der Shop und die Werkstatt. Mit einem Zwinkern hatte er sich in sein Domizil am Meer verabschiedet. Er wollte nicht miterleben, wie Kate seinen Laden in ein, wie er sagte, Modern-Art-Museum verwandelte. Es war ein Spruch, den sie ihm nicht übel nahm, denn dass er ihr sein Lebenswerk überlassen hatte, war sowohl ein Kompliment als auch ein Zeugnis von Vertrauen.

Ohne ihn war es anfangs nicht leicht gewesen, und viele langjährige Kunden kamen nicht wieder. Beirren ließ sich

Kate hiervon nicht, sondern machte weiter, wie es ihr gefiel. Gemäß dem Sprichwort, das besagte, dass man an sich selbst glauben musste, damit es auch andere taten, verwandelte sie ihr Edelmetall zu den Fabelwesen aus Henrys Wald, perfektionierte und individualisierte sie mehr mit jedem Jahr. Die Einnahmen ihres Ladenshops machten einen nur kleinen Anteil aus, wohingegen die Stücke, die sie über ihren Webshop verkaufte, bald ihr geregeltes Einkommen sicherten.

Was von den einen als überteuerter Kitsch bezeichnet wurde, wurde für mehr und mehr Liebhaber zum Must-have. Je freier Kate ihre Fantasie ließ, desto lauter wurde der Ruf nach noch mehr Verrücktheit, nach noch mehr Drama in Gold und Platin. So entstanden die Kollektionen der *Crowned Lizards,* der *Sad Butterflies,* der *Hungry Lillies* und viele mehr.

Im Sommer vor zwei Jahren hatte die Nachfrage so abrupt zugenommen, dass Kate ihr allein nicht mehr nachkam, zwei Goldschmiedinnen einstellte und die Werkstatt räumlich um das Doppelte erweiterte.

Neben Privatpersonen interessierten sich zudem mehr und mehr Juweliere in den kalifornischen Großstädten für ihre Arbeit. Dass sie ganze Kollektionen bei ihr in Auftrag gaben, um sie in ihren Geschäften anzubieten, sorgte dafür, dass man den Namen Kate Clark inzwischen über die Grenzen Kaliforniens hinaus mit ausgefallenem Designerschmuck verband.

***

Jill Grey war so etwas wie eine wandelnde Ausstellung von Kates Kunst. Für den Abend hatte sie die *Flames* angelegt – ein Set aus Ohrsteckern, Ring und Armreif, für das Kate Gold und Rotgold verwendet hatte und dessen Motiv, wie der Name vermuten ließ, eine züngelnde Flamme war. Der Schmuck passte perfekt zu Jills rotem Haar und dem Outfit, das wie so oft viel Haut zeigte. Der bloße Anblick des schulterfreien Cocktailkleides genügte, um Kate frösteln zu lassen. Wenngleich es in Palo Alto keine Jahreszeiten im üblichen Sinne gab und sich die Temperaturen auch jetzt im Februar tagsüber auf milde zwanzig Grad hochschaukelten, so war es doch Winter.

Im Allgemeinen gab Kate Hosen den Vorzug vor Kleidern. Ihre Statur war nicht so weiblich rund wie Jills, sondern eher athletisch. Was ihre Figur an weiblicher Sinnlichkeit vermissen ließ, glichen die feinen Züge und geschwungenen Linien ihres Gesichtes aus. Trug sie die Haare zum Zopf gebunden oder am Hinterkopf zusammengesteckt, wirkten diese Merkmale noch stärker. Für den Abend fielen sie allerdings offen über Kates Schultern.

»Also, was ist los?«, fragte Jill, sobald sie an ihrem Tisch im *Seven Seas* saßen. »Ist der Mistkerl immer noch nicht aus seiner Pinselstube rausgekommen?«

Kate war am Vormittag erneut zu Jill gefahren, hatte sie aus dem Bett geklingelt und sich für den Abend mit ihr im Restaurant verabredet. Als sie ihr nun erzählte, was zwischen ihr und Henry vorgefallen war, musste sie ein paar Mal unterbrechen und Jill beruhigen, weil die Freundin den Anschein machte, gleich vor Wut platzen zu wollen.

»Meinst du nicht, dass es langsam reicht?«, fragte Jill schließlich, hob den Wein an die Lippen und nippte daran. Dann fuhr sie fort: »Soll er doch seine schlechten Zeiten allein ausbaden und dir deine guten nicht vermiesen.«

»So einfach ist es aber nicht«, versuchte Kate zu erklären, kam aber nicht weit.

»Doch, es ist total einfach.« Jill schraubte die Stimme ein wenig höher und imitierte Kate. »Eigentlich ist er ganz anders, blabla! Ich kann es nicht mehr hören. Erspar dir diese Wochenenden und fahr nicht mehr hin! Entweder kommt er zu Verstand und zeigt dir, dass du ihm etwas bedeutest oder …« Sie zuckte die Schultern und trank einen weiteren Schluck.

Als Kate nichts erwiderte, fügte sie mit einem Grinsen hinzu: »In der Zwischenzeit kannst du ja mal guten Sex haben.« Sie nickte in Richtung der Bar. »Heute zum Beispiel.«

Kate warf einen finsteren Blick zu dem Beau, der die Cocktails mixte. »Ist das der Cousin oder einer der Brüder?«

Sie wusste, dass Jill hin und wieder Sex mit den Besitzern des *Seven Seas* hatte, und hielt nicht sonderlich viel davon.

»Das ist Max«, hob Jill an, legte jedoch einen Finger über den Mund, weil sich die Bedienung mit dem Essen näherte. Die üblichen Floskeln benutzend, servierte das Mädchen und entfernte sich wieder.

»Ben, der Cousin, kümmert sich um die Küche, während Finn oben über dem Papierkram brütet.«

»Und mit welchem der drei vögelst du am liebsten?«

»Das ist meine Sache. Du kannst dir ein eigenes Urteil bilden.«

Kate schlug die Serviette auf und breitete sie auf ihrem Schoß aus. Sie nahm das Besteck und schnitt das Filet an, ohne den geringsten Appetit zu verspüren. »Ich verzichte«, murmelte sie und schob den ersten Bissen in den Mund.

»Warum denn? Henry muss das nicht erfahren.« Jill, die sich wie ausgehungert über ihren Teller hermachte, schnaubte im Kauen und murmelte dann: »Nimm es mir nicht übel, aber im Moment wäre ihm sogar das herzlich egal.«

Kate hätte ihr gern widersprochen, doch konnte es nicht. »Wahrscheinlich hast du recht.«

»Also?«

»Also gar nichts«, brauste sie auf und dämpfte ihren Ton,

als Jill ihr einen skeptischen Blick zuwarf. »Sex mit Fremden kann ich nichts abgewinnen. Solcher Sex ist einfach nicht gut, denn er hat keinerlei Basis. Keiner weiß, wie der andere es gern mag, was den anderen reizt und im Endeffekt befriedigt. Man vögelt einfach nur vor sich hin. Selbst wenn es für den Moment okay ist, so beschert es einem danach ein mieses Gefühl.«

Die Freundin zeigte sich wenig beeindruckt. »Wann hast du diese Erfahrungen gemacht? Vor zehn Jahren? Mit irgendwelchen Discoboys?«

Kate legte das Besteck auf den nicht mal halb gelehrten Teller und schob ihn ein Stück beiseite. Kopfschüttelnd wandte sie sich an Jill. »Welche Bedeutung misst du dem Sex nur bei?«

Sie musste nicht lange überlegen. »Vielleicht eine zu große. Aber du, Darling, unterschätzt diese Sache entweder oder du belügst dich.«

***

Mit fortschreitender Stunde füllte sich das *Seven Seas*. Bald war jeder der Tische besetzt, und rund um die Bar warteten weitere Gäste auf Plätze.

Nach dem Essen wechselten Kate und Jill in die separate Billardlounge. Beim Spiel erzählte Jill von einem Auftrag, den ihre Werbeagentur erhalten hatte.

Kate, die ständig verlor, wurde müde. »Wie sieht's aus, rufen wir uns ein Cab?«

Jill sah sich im Restaurant um. Nur noch wenige Tische waren besetzt und die Billardlounge teilten sie lediglich noch mit einer anderen Gruppe. Sie legte die Kugeln in das Dreieck und rollte es an die entsprechende Stelle.

»Lass uns weiterspielen!«, schlug sie vor.

»Ach Jill, komm schon. Du bist doch auch müde.«

»Kein bisschen. Also gib dir einen Ruck!«

Kate beobachtete Jills Anstoß. Die Kugeln schossen über den grünen Stoff. Die Elf rollte in eine Tasche. »Irgendwie hab ich den Eindruck, wir warten auf etwas.«

»Tun wir auch«, entgegnete Jill ohne aufzuschauen, peilte die günstig liegende Dreizehn an und lochte sie ein.

»Worauf warten wir?«

»Worauf schon ...« Über den Lauf ihres Queues blickte Jill den Männern nach, die den Nachbartisch gerade verlassen hatten. »Darauf, dass sie abschließen. Und das tun sie erst, wenn alle«, sie korrigierte sich, »fast alle Gäste gegangen sind. Allzu lange wird das nicht mehr dauern.«

Jill vergeigte den Stoß und Kate war an der Reihe. Sie verschaffte sich einen Überblick über ihre Kugeln und überhörte Jills ironischen Hinweis, der sie daran erinnerte, dass die Acht zuletzt eingelocht werden musste.

»Und wenn ich jetzt gehen will?« Sie beugte sich über den Tisch, peilte die Vier an und schoss sie sogar in die Tasche.

»Deine Wahl«, lautete Jills knapper Kommentar. Darauf begrüßte sie einen Mann, der sich zu ihr gesellte. Sein dunkles Haar war noch feucht von der Dusche.

Er kam zu Kate herum, stellte sich als Ben vor und gab ihr, wie zuvor Jill, einen Kuss auf die Wange. Der Duft seines frisch aufgetragenen Aftershaves machte sie nervös, und um sich davon abzulenken, nahm Kate ihre nächste Kugel ins Visier.

»Hey miteinander! Wo ist Finn?«, ertönte es neben ihnen.

Es war Max, der Barkeeper.

»Noch oben.« Ben korrigierte Kates Griff um den Queue. »Er kommt aber gleich.«

Dass Max sich an ihre andere Seite stellte, schürte Kates Nervosität. In ihrem Nacken kribbelte es, weil sich die Härchen aufrichteten. So gut dies möglich war, blendete sie die

Nähe der Männer aus, konzentrierte sich auf die Zwei und lochte sie ein.

»Gut gemacht«, lautete Max' Kommentar.

Kates Lächeln gefror auf ihren Lippen, als er mit der Fingerspitze über ihren Arm strich. Zwar war die Berührung nur sachte, doch hinterließ sie ein Brennen unter ihrem dünnen Shirt.

»Klappt das auch, wenn du abgelenkt bist?«, fragte er. »Versuch die Fünf. Die schaffst du von hier aus.«

Die Fünf hätte sie nicht als nächstes angespielt, dennoch veränderte sie ihre Position ein wenig und visierte die Kugel an. Hitze schoss in ihre Wangen, als Max seine Hände auf ihre Schultern legte. Seine Berührung wurde fester, je tiefer er gelangte. Bald strich er über ihre Seiten, wobei seine Finger die Rundungen ihrer Brüste berührten. Darauf umfasste er ihre Taille und zog ihren Po gegen sein Becken.

Mit viel zu viel Tempo schoss die Fünf über das Grün, prallte weit neben der Tasche ab und kickte andere Kugeln von ihren Posten.

Ben und Max ließen unisono einen Laut des Bedauerns hören.

Kate setzte sich in einen der Sessel. Jill kam um den Tisch herum und bedeutete den Männern, dass sie Platz brauchte, den sie ihr gewährten. Mühelos lochte sie eine ihrer Halben ein. Lediglich drei ihrer Kugeln waren noch übrig, als der dritte Mann, Finn, hinter ihr auftauchte. Seinem Bruder und Cousin stand er an Attraktivität ins nichts nach. Wie die beiden war er dunkelhaarig, breitschultrig und strahlte eine Selbstsicherheit aus, die ihm, wie Kate vermutete, selbst auf einer überfüllten Party die Aufmerksamkeit aller weiblichen Gäste garantierte.

Er beugte sich über Jills Rücken und umschloss ihre Brüste mit beiden Händen. Sein Raunen in ihr Ohr hielt sie nicht davon ab, auch die Zwölf in eine der Taschen zu befördern.

»Mach so weiter!« Von ihrem Rücken aus streichelte er zu ihrem Po und schob das Kleid nach oben. »Und mach keinen Fehler!«

Kate mahnte sich, wegzusehen, konnte jedoch die Augen nicht abwenden und sah, dass ihre Freundin halterlose Strümpfe trug. Auf einen Slip hatte sie hingegen verzichtet.

Sobald das Klackern der nächsten eingelochten Kugel erklang, presste Finn seinen Mund auf Jills Spalte. Sie seufzte und stützte sich auf dem Tisch ab. »Spiel die nächste Kugel an«, hörte Kate ihn murmeln und beobachtete, wie er durch das vor Lust schon dunkelrosagefärbte Fleisch leckte.

Jill tat, was er verlangte. Er belohnte sie, indem er ihre Schamlippen auseinanderzog und seine Zunge in sie eintauchte. Zwar peilte sie eine weitere Kugel an, doch hielt sie den Queue inzwischen so fest, dass der Stoß nur misslingen konnte. So rollte die Fünfzehn müde über den Tisch, traf nicht einmal die nächste Wand. Jill legte die Stirn auf den Billardtisch.

Von einem plötzlichen Unbehagen erfasst, das vor allem mit dem Gefühl zu tun hatte, fehl am Platz zu sein, nahm Kate ihre Jacke und stand auf. Da sah sie sich Max gegenüber und spürte Bens Hände auf ihren Hüften.

»Wo willst du hin?«, raunte Letzterer.

Sie wandte den Kopf, um ihm zu antworten, wobei ihr Blick abermals auf Jill und Finn fiel. »Ich gehe«, stellte sie klar und war froh, dass er sie ohne Weiteres freigab. Auch Max trat zur Seite, nicht jedoch ohne sie wissen zu lassen, wie schade er das fand.

Auf dem Weg aus der Lounge rauschte das Adrenalin in ihren Adern und machte sie schwindelig. Im Restaurant, das bis auf ein paar Lichter über der Theke abgedunkelt war, beschleunigte Kate ihre Schritte. Erleichtert, es gleich an die frische Luft geschafft zu haben, wollte sie die Tür aufdrücken und rannte prompt davor.

Es war abgeschlossen, erinnerte sie sich, zog aber erneut am metallenen Griff. Das Ergebnis blieb das gleiche. Resignierd lehnte sie sich dagegen und rieb sich den schmerzenden Ellenbogen.

Die Geräusche aus der benachbarten Billardlounge erschienen ihr von Sekunde zu Sekunde lauter, nicht nur, weil Jills Stimme anschwoll, ihr Stöhnen immer höher wurde. Sie und die Männer sagten Wörter, die Kate im Leben noch nicht benutzt hatte, weshalb sie sich bald fragte, ob Jill tatsächlich total versaut oder sie selbst prüde war.

Als ihre Neugier die Oberhand gewann, schlich Kate wieder näher. Abermals schlug ihr Herz einen aufgeregten Takt an und setzte einen Schlag aus, als sie die Vier im Blick hatte.

Max ließ sich in einen Sessel fallen. Er öffnete seine Jeans, klappte sie auf und holte seinen Schaft aus der Hose. Während er ihn rieb, sah er zum Billardtisch, über den Jill noch immer gebeugt war. Während Finn sie vögelte, lutschte sie Bens Schwanz, der auf dem Tisch vor ihr kniete. Für einen weiteren kehligen Schrei ließ sie von Ben ab.

»Oh Baby«, keuchte sie dann. »Du fickst mich so verdammt gut, ich kann nicht genug davon bekommen!«

»Sollst du auch nicht«, ächzte er hinter ihr und rammte sich ein weiteres Mal tief in sie. »Wenn du willst, besorg ich's dir die ganze Nacht. In dieses Loch und auch in das andere.«

Sie murrte, als er seinen Schwanz aus ihr rauszog und sie anhob. »Aber jetzt sind doch erst mal die anderen dran.« Damit trug er sie zu Max. »Die können dich schon mal ein bisschen dehnen, dann hat es mein Schwanz nachher leichter.«

Kate hob die Hand vor den Mund, um jeden möglichen Laut, und sei es nur ein entgeistertes Flüstern, zurückzuhalten. Zwar war sie irritiert, aber auch erregt – sowohl von dem, was sie sah, als auch vom Gehörten und beobachtete, wie es weiterging.

Finn setzte Jill auf Max, sodass ihr Rücken an seiner Brust lag. Während Ben ihre Beine spreizte und Finn ihren Kopf zu sich drehte, um von ihrem Mund verwöhnt zu werden, schob der unter ihr sitzende Max seinen vor Erwartung ganz prallen Schaft zwischen ihre Pobacken. Kates Atem stockte, wie es der von Jill tat. Jill quiekte, als Max in ihren Anus eindrang und sie langsam auszufüllen begann. Als er gänzlich in ihr war, umfassten seine Hände ihre Beine und öffneten sie weiter. Der vor ihr stehende Ben rieb durch ihre aufklaffende Spalte, brachte sich dann vor ihr in Position und stieß in die so einladende feuchte Öffnung.

Die Hand noch immer vor dem Mund, zwang sich Kate zu einem tiefen Atemzug und trat dann Schritt für Schritt zurück. Sie nahm an einem der Tische Platz, presste die Oberschenkel zusammen, ballte die Fäuste im Schoß und hoffte, dass es bald vorüber war.

Tatsächlich dauerte es nicht mehr lange. Das von höchster Euphorie begleitete Ende war ein vierstimmiger Kanon, den man, wie Kate vermutete, wahrscheinlich noch am anderen Ende der San Francisco Bay hörte. Hiernach galt es, sich zu gedulden, bis Jill und die Männer wieder bei Bewusstsein waren und sich angezogen hatten. Die Stille ließ auch Kate ruhiger werden und ihre bis eben empfundene, stechende Lust abflachen.

Sie hob den Kopf, als Jill und Finn das Restaurant betraten. Er klimperte mit dem Schlüssel und zwinkerte ihr zu.

Jill grinste. Kate stand auf und folgte den beiden zur Tür, vor der das Taxi, das inzwischen offenbar gerufen worden war, bereits wartete.

»Alles okay?«, erkundigte sich Jill, als sie neben Kate auf die Rückbank rutschte.

Kate hob die Brauen. »Das sollte ich wohl eher *dich* fragen.«

***

Wieder zu Hause wusste Kate nichts mit sich anzufangen. Es war nach Mitternacht, doch sie verspürte keine Müdigkeit und tigerte durch die Wohnung. Irgendwann kuschelte sie sich auf die Couch und überprüfte ihr Handy auf Nachrichten. Sie war nicht überrascht, und daher nicht einmal besonders enttäuscht, nichts von Henry zu lesen. Die SMS des Fremden fiel ihr ein und sie lud sie auf das Display. Darauf fuhr sie den Laptop hoch und schickte Google auf die Suche.

Eine weitere Stunde später war der Song gekauft und dudelte in einer Endlosschlaufe. Mit jeder Minute, die Kate lauschte, fühlte sie sich geborgener und eingelullt von einer merkwürdigen Faszination, die sich in ihrer Brust ausbreitete und sie vergessen ließ; sowohl Henry als auch den Abend im *Seven Seas*. Und das tat so gut. Die Süße, die von ihr Besitz ergriff, war beruhigend. Sie ließ sie lächeln und sich beinahe … zufrieden fühlen.

Kate beauftragte Google ein zweites Mal; diesmal mit der Übersetzung. Sie wusste, dass darauf nicht wirklich Verlass war, doch in ungefähr würde sie erfahren, was Zaz da sang – und sie musste es einfach wissen.

Als sie es las, lächelte sie noch mehr. »Ich will Liebe, Freude, guten Humor. Es ist nicht euer Geld, das mich glücklich macht. Ich will mit der Hand auf dem Herzen sterben.«

Keines der Worte überraschte sie. Vielmehr war Kate alles eine Bestätigung, dass sie den Song verstanden hatte, ohne die Worte zu kennen. Unaufhaltbar flogen ihre Gedanken zu dem Mann, der solche Musik hörte. Keinen basslastigen R&B, zu dem man sich an weibliche Rundungen schmiegte, und keinen dröhnenden Rock, zu dem man im Cabrio über rote Ampeln preschte, sondern einfache, vor Lebenslust strotzende, vor positiver Illusion pulsierende, fremdsprachige Chansons.

Egal, wie spät es war, Kate konnte nicht anders und nahm ihr Mobiltelefon, um auf die SMS zu antworten: Ich habe den Anspieltipp gefühlte einhundert Mal gehört - und auch übersetzt. Google hat geholfen. Was für ein wunderschönes Lied! Danke!

Eine halbe Stunde später gab ihr Telefon das zwitschernde Signal des SMS-Tons ab.

Nicht dafür, las Kate und wunderte sich, wofür sonst sie ihm danken sollte.

Weitere fünf Minuten darauf ertönte das Zwitschern abermals.

Lust zu telefonieren? Nur ganz kurz, erkundigte er sich.

Sie haderte mit sich, doch tippte dann: Okay.

»Hey, Nachtfalter«, hörte sie ihn gleich darauf sagen. »Bleibst du immer so lang auf?«

»Na ja …« Kate lachte und strich sich eine lose Strähne hinters Ohr. Sie hatte sehr wohl bemerkt, dass er sie auf einmal duzte. »Es ist … oder besser, *war* Samstag und ich war mit einer Freundin unterwegs.« Sofort und unerwünscht flimmerten die Bilder der Billardlounge vor ihrem geistigen Auge auf.

»Eine wilde Party etwa?« Ein Schmunzeln lag in seiner Stimme.

»Nur ein Restaurantbesuch.« Das war die Untertreibung des Jahres. Kate wechselte das Thema, wobei sie ihn bewusst weiter siezte. »Das ist wunderbare Musik, die Sie da hören.«

»Ja, Zaz ist toll. Sie hat noch mehr gute Sachen. Wenn du magst, kann ich dir ein paar andere französische Interpreten nennen.«

»Okay, gern …« Sie legte sich auf der Couch zurück und schob ein Kissen unter ihren Kopf. »Welche Interpreten sind das?«

Abermals schien er zu schmunzeln. »Das schreibe ich dir morgen. Jetzt bin ich müde und gehe schlafen.«

»Oh, das war ja dann wirklich kurz!«

»Wie angekündigt. Ich wollte einfach nur …« Er zögerte. »Deine Stimme hören. Weiß auch nicht, wieso. Mir war danach. Und nun: bonne nuit!«

Kaum hatte sie den Gutenacht-Gruß zurückgegeben, da legte er auf. Mit dem Lied in ihren Ohren blieb Kate noch eine ganze Weile auf der Couch.

Drei

Kate schlief bis in die Mittagsstunden und als sie endlich aufstand, fühlte sie sich wie gerädert. Der Abend im *Seven Seas* lastete wie Blei in ihrem Gedächtnis. Sie schämte sich, auch nur zugesehen zu haben. Unvorstellbar, dass sie beinahe mittendrin gewesen war. Das Gespräch, das sie danach mit dem Unbekannten geführt hatte, machte alles nicht besser – weil sie sich eingestehen musste, sich dabei wohlgefühlt zu haben.

Möglicherweise war ihr die Abwechslung in diesem Moment willkommen gewesen, doch ganz sicher war dieser Mann nicht derjenige, mit dem sie sprechen sollte, sondern Henry – der leider noch immer schwieg. Die Vorstellung, dass er wieder in seinem Atelier auf der Couch lag und verzweifelt darüber war, nicht malen zu können, tat Kate weh. Sie wusste, wie schlimm eine solche Blockade war, denn sie hatte sie selbst erlebt.

Eine leise Stimme in ihr sagte, dass es falsch war, schon wieder Verständnis für Henry aufzubringen – insbesondere nach dem Freitagabend und erst recht nach seiner für ihre Arbeit geäußerten Geringschätzung. Eine andere, lautere Stimme bestand darauf, dass es nichts brachte, wenn sie sich genauso stur stellte wie er. Dann würde es nie ein klärendes Gespräch geben. Und das würde sie jetzt einfordern.

***

Nach einem späten Frühstück und einer Dusche fuhr sie aus Palo Alto und zum Cottage. Wie erwartet, war dort alles so, wie sie es am Freitag verlassen hatte. Sogar die Fenster im Kaminzimmer standen noch auf, obwohl Henry das hasste.

Auf dem Weg in die zweite Etage nahm Kate je zwei Stufen, verharrte ein wenig atemlos vor der Tür und klopfte dann an.

»Was willst du hier?«, ertönte Henrys Stimme.

Mit seinen Worten nahm er ihr den Wind schon halb aus den Segeln, doch Kate redete sich Mut zu und befahl sich, ruhig zu bleiben. Sie ahnte, dass er sie wieder provozieren würde, doch dieses Mal, würde sie nicht darauf eingehen.

Sie öffnete und trat ein. Er lag nicht auf der Couch. Er saß auf den Dielen vor der wieder aufgestellten Staffelei. Die Leinwand war leer. Das schreckliche Bild mit der verschmierten roten Farbe entdeckte Kate nirgends und war erleichtert darüber.

»Wir müssen reden, Henry.«

Er sah sie nicht an, fixierte den Blick auf die Leinwand und klopfte sich mit einem Pinsel gegen das unrasierte Kinn.

»Müssen wir?«, gab er tonlos zurück. »Wir müssen gar nichts.«

Kate setzte sich neben ihn. »Sollten wir aber.«

»Worüber denn?«

Seine Frage machte es ihr nicht leichter, ließ sie doch vermuten, dass er es völlig normal fand, wie sie miteinander umgegangen waren.

»Was am Freitag passiert ist, Henry, das möchte ich nie mehr erleben.« Sie suchte seinen Blick, doch er erwiderte ihn noch immer nicht. »Hast du dich je gefragt, wie es mir in deinen Phasen geht? Wie schwer es ist, da einfach durchzuhalten.«

Endlich sah Henry sie an. »Niemand zwingt dich, hier zu sein.«

Das war so sehr keine Antwort, wie es eine sehr deutliche war. Als hätte es nicht genügt, fügte er an: »Komm her, bleib fern. Tu was du willst. Ist mir völlig egal.«

Kate betrachtete ihn und war ein weiteres Mal fassungslos. Wie sehr er sie gerade verletzt hatte, konnte ihm gar nicht entgangen sein, doch es schien ihm tatsächlich egal zu sein, denn er konzentrierte sich wieder auf seine leere Leinwand.

Unfähig, noch etwas zu sagen und in dem Bewusstsein, dass es sowieso nicht bei ihm ankam, stand Kate auf und verließ das Atelier.

Auf dem Rückweg in die Stadt fühlte sie sich wie betäubt. Was Henry gesagt hatte, konnte eigentlich nur das Ende ihrer Beziehung bedeuten – und doch war es das nicht. Denn sobald er wieder malte, würde es sein, wie es bisher jedes Mal gewesen war … als sei es alles nicht geschehen.

***

Am Abend sendete ihr der Unbekannte, wie er es versprochen hatte, eine SMS mit weiteren französischen Songtipps. Die Namen der Interpreten und Songs konnte Kate kaum lesen, geschweige denn aussprechen. Und sie hatte auch keine Lust, es zu versuchen. Sie hatte keine Lust auf irgendetwas, dankte ihm für die Tipps, schrieb allerdings auch, dass sie es für besser hielt, wenn sie ab sofort nicht weiter miteinander kommunizierten.

Auf sein kurzes »Okay«, warf sie das Handy in die Ecke und nahm das Buch, das sie gerade las. Von Seite zu Seite entfernte sie sich jedoch weiter von der Geschichte. Immer wieder dachte sie an Henrys harte Worte, aber auch an den Fremden, und ihre Reaktion tat ihr leid. Als habe sie ihm ihre Gedanken übermittelt, zwitscherte ihr Handy mit einer neuen Nachricht von ihm.

`Aus einem bestimmten Grund?`, fragte er.

Kate beschloss, mit einer Gegenfrage zu antworten. `Wieso wollen Sie mit mir schreiben, sprechen oder was auch immer?`

Auf eine Antwort in Textform wartend, erschrak sie, weil ihr Handy klingelte und seine Nummer auf dem Display angezeigt wurde. Ihre Hände zitterten ein wenig, als sie das Gespräch annahm.

»Weil ich mich für *dich* interessiere«, sagte er anstelle einer Begrüßung und mit Betonung der persönlichen Anrede. Scheinbar hatte er keine Lust, länger herumzutippen oder sich gar in Floskeln zu verrennen. »Ist daran etwas verkehrt? Dass ich mich für dich interessiere?«

Ja!, sagte Kate sich im Stillen noch immer erschrocken. *Das war total verkehrt!* Und doch war es so etwas von charmant, auch die Direktheit, in der er sie das wissen ließ.

»Wir haben gerade mal fünf Worte miteinander gewechselt.«

»Ich bin ein Mann.« Das klang keineswegs entschuldigend. »Wünsche oder Interessen manifestieren sich bei uns schneller. Manchmal genügen eine Stimme und die bunter werdende Vorstellung vom Wesen der Frau.«

Zwar konnte sie es nicht nachvollziehen, doch sie ließ es erst einmal so stehen. Ohnehin beschäftigte sie schon eine andere Überlegung. »Und wohin führt das, wenn wir weiter miteinander reden?«

»Es führt uns dahin, wo wir hin wollen.« Er zögerte, bevor er weitersprach. »Wenn du das hier beenden willst, wieso reden wir jetzt noch? Ich bin mir sicher, wir tun es, weil wir es wollen und weil ich für dich ebenso interessant bin, wie du für mich.«

Das saß. Er hatte ein gesundes Selbstbewusstsein. Alles in Kate sträubte sich dagegen, es zu bestätigen, doch sie mochte auch nicht lügen. Also hielt sie die Klappe.

»Sag mir bitte, wie du heißt«, bat er sie und hängte ein kurzes Lachen an. »Deine Nummer steht nun schon zwei Tage in meinem Telefon, und ich würde wirklich gern einen

Namen dazuschreiben.«

»Ich bin Kate«, ließ sie ihn wissen. »Wer sind Sie? Und wo sind Sie gerade?« Letztere Frage stellte sie, weil sich die Geräuschkulisse geändert hatte. Es war nicht mehr nur seine Stimme, die sie hörte, sondern auch das Brummen von Autos, das Jaulen einer Sirene und das Pfeifen von Wind.

»Ich werde dir meinen Namen erst sagen, wenn du mich nicht mehr siezt!«

Sie grummelte im Stillen, weil er seinen Willen so vehement durchsetzte, doch stimmte zu. »Okay, versprochen.«

»Ich bin Jackson.« Da war ein Ratschen, als rücke er einen Stuhl zurecht. »Und ich bin auf der Terrasse meines Appartements, von wo aus ich einen tollen Ausblick auf die Stadt habe. Unter anderem auf einen Wolkenkratzer, der sich Transamerica Pyramid nennt.«

»Sie … du bist in San Francisco«, stellte Kate mit einem Schmunzeln fest.

»Richtig. Wo bist du?«

»In Palo Alto. Und nun gehe ich schlafen, denn morgen muss ich früh raus.«

»Um was zu tun?«

Nein, beschloss Kate. Sie würde ihm nicht verraten, was sie tat und gab nur vage Auskunft. »Mein Handwerk.«

»Ah ja, nun denn, bonne nuit!«

Aus einem Reflex heraus wünschte Kate ihm die Gute Nacht ebenfalls auf Französisch.

Sobald sie aufgelegt hatte, wurde sie von Unruhe geplagt, die ein Zubettgehen undenkbar machte. Der Auslöser war diesmal nicht Henry, sondern das Bewusstsein über den Freeway, der praktisch vor ihrer Haustür verlief und sie binnen einer Stunde nach San Francisco bringen würde – wenn sie das wollte. Es gab keinen positiven Gedanken, der sie abzulenken vermochte, und so wurde das Kribbeln, das von ihrem Bauch bis in die Zehenspitzen und unter ihrer Kopfhaut prickelte, immer stärker. Kate hielt es nicht länger aus und ging in die Werkstatt. Vorher lud sie Jacksons restliche Anspieltipps herunter, um sie über Kopfhörer zu hören, während sie arbeitete.

Die Haare zu einem Knoten zurückbindend, nahm sie an ihrem Schreibtisch Platz und schaltete dessen Leuchte ein. Kaum hielt sie den Stift in der Hand, da zeichnete er los, flog wie selbstständig über den weißen Karton und verlieh den Ideen Formen.

Der Stift begann mit dem Anhänger: Fließende Silhouetten zweier Menschen, deren Arme nach oben ausgestreckt waren, deren Hände den metallenen Strang der Kette umklammerten, während ihre Leiber sich einander entgegenstreckten, deren Beine den Körper des anderen umschlagen, wodurch sich die Figuren in der Mitte vereinigten. Fremde waren sie – auch für Kate – und doch ging so viel Vertrautes von ihnen aus, aber auch viel Begierde und Hitze.

Der Kette folgten die Ohrstecker: Sie und er waren durch die Schmuckstücke an je ein Ohr gebannt, wo sie sich wanden und nacheinander sehnten. Zuletzt war der Ring an der Reihe: Aneinandergeschmiegt lagen sie nun. Ein wenig auf den Handrücken hinausragend bog sie sich ihm entgegen und hob die Arme über den zurückgelegten Kopf. Sein Kopf ruhte an ihrem Bauch, seine Hände auf ihr, seine Beine liefen bis über den Finger, an dem der Ring getragen werden würde.

Während sie kleine Korrekturen vornahm und Details schärfte, gingen die acht französischen Lieder in ihren Ohren in die vierte oder fünfte Runde. Kate sang inzwischen mit. Nur wenige Worte kannte sie und ahmte die Laute nach, bewegte sich auf ihrem Hocker zu den Melodien und hielt manchmal inne, um eine Lieblingsstelle mit besonderer Inbrunst zu trällern.

So in ihr Tun vertieft, bekam sie nicht mit, wie es Morgen wurde. Im Augenwinkel nahm sie eine Bewegung wahr, hob den Kopf und erschrak, weil ihre Mitarbeiterinnen breit feixend vor ihr standen. Schnell schaltete sie die Musik aus und zog die Stöpsel aus den Ohren, hatte aber doch Mühe, in die Realität zurückzufinden.

»Was ist das für eine Sprache?«, kicherte Lindsay.

»Französisch oder so ähnlich«, entgegnete Kate und stand auf, um die Mädchen zu begrüßen.

Witze reißend gingen die beiden zu ihren Werkbänken.

Vor ihrem Platz stehend, betrachtete Kate die Zeichnungen und grübelte, wo sie die Nacht verbracht hatte. Es war unglaublich, was sie da zu Papier gebracht hatte und nicht vergleichbar mit ihren bisherigen Kreationen. Diese Figuren waren so real. Mal sinnlich, mal sehnend, aber immer voller Hingabe – und sie hatten sie völlig überrumpelt. Klammheimlich hatten sie sich in ihre Gedanken geschlichen, sich dort geliebt und sie zum Zeichnen gezwungen.

2Love würde diese Kollektion heißen, beschloss Kate.

***

Drei Tage später hatte sie weder von Henry noch von Jackson gehört. Ersteres begann ihr allmählich egal zu werden, vor allem um ihrer selbst willen, Letzteres wurmte sie ein wenig.

Inzwischen hatte sie mit der Handarbeit an der neuen Kollektion begonnen und das Rohmodell der Kette in den Konturen beinahe fertiggestellt. Wie jedes Mal konnte sie es kaum abwarten, es zu Ende zu bringen, auch den Ring und den Ohrschmuck, und so verließ sie die Werkstatt nur zum Schlafen.

Lindsay und Jessie hatten sich längst in den Feierabend verabschiedet, da klopfte es an der Ladentür.

»Wird Zeit, dass du entspannst«, lautete Jills Begrüßung. Sie gab Kate einen Kuss auf die Wange und ging an ihr vorbei. »Wenn du um diese Uhrzeit noch in der Werkstatt hockst, brütest du sicher etwas Neues aus. Und das will ich sofort sehen.«

Vor Kates Arbeitstisch stehend, ließ sie ein »Wow« nach dem anderen hören.

»Ich dachte mir, dass es dir gefällt«, grinste Kate und hockte sich auf die Tischkante.

»Wie bist du denn darauf gekommen? Für gewöhnlich beziehst du deine Inspiration doch aus der Fabelwelt.« Jill sah von den Zeichnungen auf. »Sag nur, der Abend im *Seven Seas* hat dich dazu verleitet. Wenn ja, solltest du so etwas öfter erleben.«

»Ich weiß nicht.« Kate zuckte die Schultern. »Der Abend war es aber sicher nicht.«

»Nicht?« Jill zog die Brauen hoch. »Ist Henry erwacht und hat dich geliebt, wie er es sollte?« Der Ausdruck auf Kates Miene genügte, um sie abwinken zu lassen. »Okay, Henry war es auch nicht. Wer dann?«

»Es kam einfach über mich«, hob Kate zur Erklärung an, da zwitscherte ihr Telefon. Der Ton kam so überraschend, dass sie zuckte. Die Arme vor der Brust verschränkend, verbot sie es sich, nach dem Gerät zu greifen.

»Wer auch immer es war«, murmelte Jill, »er hat dir gerade eine Nachricht geschrieben. Willst du nicht wissen, was er dir zu sagen hat?«

Kates Neugier siegte. Sie nahm das Handy und rief die Nachricht auf, die tatsächlich von Jackson war.

»Was hast du am Freitagabend vor?«, las sie.

»Lass mal überlegen, was du antworteten könntest ...« Jill

tippte sich mit dem Finger gegen die Unterlippe. »Den Freitag verbringe ich wie gewohnt im Cottage meines Lebensgefährten, der mich mit dem Arsch nicht anguckt …«

Kate warf ihr einen tadelnden Blick zu.

»Wer ist das?«, beharrte die Freundin.

»Ich weiß so gut wie nichts von ihm«, gestand Kate mit einem Seufzen. »Ich habe ihn versehentlich angerufen, weil ich doch deine Nummer falsch notiert hatte. Aus dem anfänglichen Sorry-falsch-verbunden-Gespräch ergab sich irgendwie eine Unterhaltung. Und daraufhin zwei weitere.«

Jill quittierte das mit einem Grinsen. »Was antwortest du ihm?«

»Natürlich frage ich ihn, was er vorhat«, sagte sie und tippte es ein.

Jacksons Antwort ließ auf sich warten. In der Zwischenzeit wechselten Kate und Jill von der Werkstatt in die Wohnung, öffneten einen Wein und kochten Spaghetti.

Als die Nachricht einging, war Jill schneller am Handy. »Ich würde dich gern treffen«, las sie vor.

Kate nahm ihr das Gerät aus der Hand. Warum?, textete sie zurück und starrte so lange auf das Display, bis es einen Eingang anzeigte.

Weil ich nicht aufhören kann, an dich zu denken. Egal, was ich tue. Allerdings date ich momentan nicht, wie es die meisten anderen vielleicht tun, was bedeutet, dass ich dich nicht zum Essen oder auf einen Drink treffen möchte, sondern um mit dir zu schlafen.

Jill prustete los. »Immerhin ist er ehrlich.«

Kate schnappte nach Luft, schimpfte: »Spinnt der?!« und ging ins Schlafzimmer, um ihn anzurufen. Das Handy ans Ohr gepresst, stand sie am Fenster und lauschte dem Klingelzeichen, das nur wenig lauter als ihr Herzschlag war.

»Du willst Sex mit mir?«, sprudelte es aus ihr heraus, kaum dass er sich gemeldet hatte. »Einfach so?!«

»Nicht einfach so«, sagte er ruhig. »Ich habe nicht einfach so Sex und ich will Sex nicht eben mal. Wenn wir schreiben und wenn wir telefonieren, ist da etwas zwischen uns … und ich glaube dir nicht, dass du es nicht auch bemerkt hast. Sicher bist du überrascht, vielleicht sogar erschrocken. Was mich betrifft, so habe ich auf diesem Weg noch nie eine Frau kennengelernt, zu der ich mich so hingezogen fühle.«

Seine Worte berührten sie, doch Kate zwang sich zur Skepsis. »In so einer kurzen Zeit?«

»Zeit spielt bei so etwas absolut keine Rolle«, konterte er aus offenbar tiefer Überzeugung. »Wären wir uns auf der Straße oder beim Einkaufen oder in einem Club begegnet …«

»Das sind wir aber nicht«, unterbrach sie ihn, doch stellte in derselben Sekunde für sich fest, dass es die Sache irgendwie nur besser machte, dass sie voneinander lediglich die Stimmen kannten.

Er stahl ihr die Gedanken: »Das macht es doch nur noch besser, oder nicht? Diese Kraft, die da zwischen uns wirkt, hat nicht, wie üblich, die leicht zu täuschenden optischen Sinne angesprochen, sondern einen anderen … den berühmten siebten Sinn vielleicht.«

Es war schwer, ja geradezu unmöglich, hierauf eine Widerrede zu finden, also griff Kate etwas anderes auf. »Was meinst du wohl, was dir dein optischer Sinn sagt, wenn du mich siehst. Nachher genügt ein Blick auf mich, um dein Verlangen in Luft aufzulösen.«

»Hm, naja …« Scheinbar hatte sie ihn aus dem Konzept gebracht. »Mein optischer Sinn war es wohl, der mich letzten

Endes hierzu bewegt hat. Ich weiß bereits, wie du aussiehst.«

»Du hast mich gegoogelt?!«

»Ja, vorgestern. Du warst der Top1-Treffer, Kate Clark … Handwerkerin. Du bist wunderschön und wunderbar kreativ. Dein Schmuck ist toll.«

Die Wärme in seiner Stimme ließ Kates Puls ein schnelleres Tempo einschlagen. Dieser Mann verunsicherte sie so sehr, doch er beeindruckte sie in gleichem Maße, rüttelte an ihren Prinzipien – und das nicht gerade sachte. Der Gedanke, ihn zu treffen – für nichts weiter als Sex – der war mit einem Mal verlockend. So verlockend, dass ein Kribbeln in ihrem Bauch einsetzte.

»Jackson, ich kann dich nicht treffen«, presste sie zwischen den Zähnen hervor. »Außerdem wäre das ungerecht. Du weißt jetzt, wer ich bin, aber wenn ich Google mit ›Jackson‹ und ›San Francisco‹ füttere, wie viele Vorschläge bekomme ich dann? Einhundert?«

»Einer ist der Richtige«, gab er amüsiert zurück. »Also finde mich. Und sag nicht immer gleich Nein. Bonne nuit!«

Zurück in der Küche, fand sie Jill in der Sauce rührend und eine Melodie pfeifend.

»Gib dir keine Mühe«, murrte Kate. »Ich weiß, dass du gelauscht hast.«

Jill nahm sie beim Wort. Ohnehin fiel es ihr immer sehr schwer, Dinge zurückzuhalten, die ihr auf der Zunge brannten. »Ich finde, du solltest ihn treffen und vögeln.«

Kate hob den Topf mit den Nudeln vom Kochfeld und schaltete es ab. »Das überrascht mich nicht.«

»Ich meine, schau doch mal … «

»Nein, ich schaue gar nicht!«, schnitt Kate Jill das Wort ab und erklärte das Thema für beendet.

***

Das war es nicht. Und Kate schaute sehr wohl. Den ganzen Donnerstag tat sie nichts anderes und inspizierte die von Google ausgegebenen Fotos. Wie erwartet, gab es in San Francisco einige Jacksons. Vom Anwalt bis zum Zahnarzt, von attraktiv bis zum Davonlaufen – die Auswahl war riesig. Gegen Mittag bat Kate Jackson um einen Hinweis auf seinen Beruf, doch er reagierte bis zum Abend nicht und dann nicht entsprechend.

»Wenn es dir um Äußerlichkeiten geht«, schrieb er, »und du befürchtest, dass ich dir nicht gefalle … ich bin tageslichttauglich. Aber verbinde dir doch die Augen. Das macht es nicht nur leichter, sondern steigert auch die Spannung.«

Kate biss sich auf die Lippen, als sie das las. Sie schaltete ihr Mobiltelefon aus, tigerte wieder mal durch die Wohnung und raufte sich die Haare.

Es war unglaublich, was er mit ihr anstellte. In einer derart kurzen Zeit vor allem. Er lockte sie und weckte ein Verlangen in ihr, das sie nicht verstand. Der Gedanke, diesen Mann mit verbunden Augen zu treffen, es einfach geschehen zu lassen, der machte sie halb wahnsinnig. Einen ganz anderen Wahnsinn unterstellte ihr hingegen ihr Verstand, der sie warnte, der sie ermahnte, der sie an Henry erinnerte.

Henry, der …

Kate stieß einen wütenden Laut aus, nahm ein Kissen von der Couch und pfefferte es quer durch das Zimmer. Ein zweites flog gleich hinterher.

Henry, der ihr gesagt hatte, dass sie sich ficken sollte und dass ihm egal war, was sie tat.

Also gut!, beschloss sie und strich sich die wilden blonden Strähnen aus dem Gesicht. Henry würde ihr jetzt endlich auch einmal egal sein. Sie würde sich nicht selbst ficken, sondern das Jackson tun lassen. In San Francisco. Morgen Abend. Mit verbunden Augen. Ein einziges Mal nur.

Also schaltete sie ihr Handy ein. An eine Wand gelehnt, sendete sie ihr »Okay« an Jackson. Dann sank sie auf den Fußboden und presste sich eines der herumgeworfenen Kissen vors Gesicht.

VIER

Je weiter Kate auf dem Freeway nach Norden fuhr, desto tiefer sanken die Zahlen auf der Temperaturanzeige ihres Armaturenbretts. In Palo Alto waren es zwölf Grad gewesen, doch zehn Kilometer vor der Stadtgrenze von San Francisco wurden nur noch drei Grad angezeigt. Als sie vor dem Hotel hielt und ausstieg, hob sie erstaunt den Kopf und blinzelte in den Nachthimmel. Es war tatsächlich Schnee, der da in winzigen Flocken herabrieselte – ein Phänomen für diese Region. Beim Umsehen entdeckte sie mehr Menschen, die ebenfalls stehen geblieben waren und die Hände ausstreckten, um die Flocken aufzufangen.

Ein Portier des Hotels trat an Kates Seite und murmelte, dass es das seit Jahren nicht gegeben hatte, erinnerte sich aber bald an seinen Job. Er bot an, ihren Wagen in die Tiefgarage zu fahren und jemanden für das Gepäck kommen zu lassen. Kate dankte ihm, überließ ihm den Autoschlüssel und nahm die Tasche vom Rücksitz.

An der Rezeption war der Schnee schon fast vergessen. Ihr blieb nur noch eine halbe Stunde, bis Jackson hier sein würde. Kate konnte sich nicht erinnern, je so nervös gewesen zu sein.

Auf dem Zimmer nahm ihre Aufregung weiter zu, denn der Raum bestand praktisch nur aus dem Bett. Sämtliche Schränke verschwanden in den Wänden, die in dunklen, warmen Farben gehalten waren. In die Decke hatte man Halogenstrahler eingelassen, die ihre Lichtkegel auf drei aufgehängte große Fotografien warfen. Sie zeigten Ausschnitte von ineinander verschlungenen Körpern.

Kate duschte und cremte sich ein. Sie schlüpfte in ein Höschen und einen BH, kramte den schwarzen dünnen Schal aus ihrer Tasche, krabbelte auf das Bett, zog die Füße unter den Po. Sobald ihr der Stoff die Sicht nahm, wurden die gedanklichen Bilder deutlicher und farbiger. Nicht länger waren sie noch zusammenhängend, sondern blitzten in Sequenzen durch ihren Kopf. Kate sah sich selbst und Jackson in allen möglichen Stellungen – dabei hatte sie doch gar keine Ahnung, wie sich alles Folgende abspielen würde. Das Bewusstsein darüber sandte eine heiße Welle durch ihren Körper und weckte das Ziehen zwischen ihren Schenkeln.

Mit der Dunkelheit vor Augen schärften sich ihre restlichen Sinne. Der Hörsinn war ganz besonders sensibel und nahm über das Dröhnen ihres Herzschlags hinweg die leisesten Töne wahr. Sie hörte, wie sich andere Türen der Etage schlossen, hörte sich entfernende Schritte und schließlich auch solche, die sich näherten. Vor ihrer Tür stoppten sie. Ein Piepen besagte, dass die zweite Zimmerkarte eingesteckt und akzeptiert worden war. Die Tür öffnete und schloss sich. Die Schritte waren nun im Zimmer. Ein Rascheln ließ Kate auf eine sportliche Jacke, die ausgezogen wurde, schließen. Wieder folgten Schritte, die sich ihr näherten – von hinten. Als sie verstummten, spürte Kate Jacksons Präsenz so intensiv, dass sie fröstelte.

Seine Stimme war nahe bei ihrem Ohr. »Tut mir leid, dass meine Hände so kalt sind«, raunte er.

Bis eben davon überzeugt, keinen Laut hervorzubringen, antwortete sie: »Das macht nichts.«

Und dann waren sie auf ihr, seine Hände. Von ihren Schultern strichen sie ihre Arme entlang und fuhren über die Handrücken. Seine Finger verschränkten sich mit ihren, während sein Mund in ihrem Nacken landete und von dort aus zu ihrem Hals wanderte. Es war, als zauberte er damit, denn augenblicklich fiel sämtliche Anspannung von Kate ab. Sie schmiegte sich an ihn, legte den Kopf gegen seine Schulter und wandte ihm das Gesicht zu, um ihn einzuatmen. Sein Duft war von keinem Parfüm überlagert, sondern frisch mit einer minimalen fruchtigen Note.

Um sich weiter auszuziehen, ließ er für einen Moment von ihr ab und war binnen Sekunden wieder bei ihr. Von ihren Armen flogen seine Hände über ihren Bauch, über ihre Brüste und zu ihrem Rücken, wo sie den Verschluss des BHs öffneten und ihr das Stück Stoff und Spitze abstreiften. Er drängte sich näher an sie, ließ sie die Wärme seiner Haut und die Härte seiner Brustmuskeln spüren und umfasste ihre Brüste. Während er sie knetete und die Spitzen zwirbelte, knabberte er sich von ihrem Hals an der Linie ihres Kinns entlang bis zu ihrem Mundwinkel. Sanft, aber bestimmend, drehte er sie zu sich um und nahm ihren Mund ganz in Besitz.

Er küsste sie so zärtlich, so weich und doch so verlangend, als habe er das schon tausendmal mit ihr getan, als kannte er ihren Mund und als gäbe es keinen anderen. Da war kein vorsichtiges Kosten, kein Anpassen, kein Einstellen auf eine fremde Kusstechnik. Da war nur der Kuss, und er war perfekt. Während Jacksons Hände ihren Rücken streichelten und ihren Po massierten, legten sich Kates Hände an seine Seiten und ertasteten ihn Zentimeter für Zentimeter. Sie fühlte warme, glatte Haut, die sich über eine angenehm ausgeprägte Muskulatur spannte. Seine Brustwarzen waren klein und fest und zogen sich unter ihrer Berührung zusammen. Sie kreiste die

Fingerspitzen darum und schickte ihre Hände abwärts zum Bund seiner Hose. Jackson ließ sie sich einmal am Verschluss des Gürtels versuchen, doch als sie ihn nicht aufbekam, wurde er selbst tätig. Ohne den Kuss zu unterbrechen, öffnete er den Gürtel und zog die Hose von seinen Beinen.

In kaum mehr als einer Bewegung, sachte jedoch, schob er Kate auf dem Bett zurück, bis sich die Kissen an ihren Rücken schmiegten und ihren Kopf stützten. Im nächsten Moment spürte sie seine Eichel an ihren Lippen, nicht drängend, sondern fragend rieb er darüber. Ein Keuchen stieg aus ihrer Kehle auf und das Prickeln in ihrem Unterleib erhielt einen so heftigen Schub, dass sich ihr Becken wie von allein anhob. Von seinen Schenkeln wanderten Kates Hände zu seinem Po und legten sich auf die straffen Muskeln. Ihre Lippen streichelten die Eichel noch eine Weile, bevor Kate sie in den Mund nahm.

Er schmeckte, wie er roch: herb und ein bisschen fruchtig. Dass sie die Lippen fester um seinen Schaft schloss und ihn weiter einsog, quittierte er mit einem Ächzen und vergrub seine Hände in ihren Haaren, um das Tempo und die Tiefe mitzubestimmen. Auch hierbei war er behutsam, glitt allmählich tiefer in ihren Mund und dehnte die Zeit, die er in ihr verharrte, von Mal zu Mal aus, sodass sie sich an ihn gewöhnen konnte. Kate, die inzwischen eine ungefähre Vorstellung von seiner nicht geringen Größe hatte, hätte überrascht sein sollen, dass sie ihm wie selbstverständlich vertraute und dass sie überhaupt dazu in der Lage war, doch sie genoss es nur; wie er sich anfühlte – unter ihren Händen, auf ihrer Haut, in ihrem Mund – und was er in ihr auslöste: Lust, Begierde und eine Geilheit, die sie schon jetzt so feucht machte, dass ihr Höschen getränkt war.

Mit einem neuen Laut des Genusses bewegte sich Jackson ein weiteres Mal in Kates Mund vor, zog sich dann jedoch zurück. Nun besaßen seine Berührungen durchaus etwas Drängendes. Er rieb über ihren Körper, zeichnete dessen Konturen nach und zog ihr in diesem Zug das Höschen aus. Auch ihre Nippel behandelte er derber als zuvor. Dass Kate sich wand, aufstöhnte und die Beine um ihn schlang, ließ ihn wissen, dass sie es so mochte. Er beugte sich zu ihr herab, um seine Lippen mit gleicher Intensität weitermachen zu lassen. Bis sie hart und überempfindlich waren, leckte er ihre Brustwarzen, dann flog sein Mund über ihre Rippen, um ihren Bauchnabel herum und von ihrem Becken aus zu den Innenseiten ihrer Schenkel. Abwechselnd widmete er sich beiden Seiten und machte dabei stets einen Zentimeter mehr zu ihrer Mitte gut.

Kate ahnte, dass Jackson dieses Spiel in die Länge ziehen würde, wenn sie den Versuch unternahm, ihm entgegenzukommen, also tat sie nichts anderes, als ihre Hände auf ihn zu legen. Von seinen Schultern aus tasteten sie sich über seinen Hals zu seinen Wangen, über seine Schläfen zu seinem Kopf. Jacksons Haar war so kurz, dass die Stoppeln über ihre Handinnenseite kitzelten, wenn sie es entgegen der Wuchsrichtung streichelte. Sie mochte dieses Gefühl. Noch viel lieber mochte sie allerdings das Gefühl, das er ihr durch die Küsse zwischen ihren Beinen bescherte – und erst recht das, das er verursachte, als seine Zunge über ihren Kitzler leckte. Kate keuchte ein weiteres Mal und hatte nun wirklich Mühe, stillzuhalten.

Jackson packte ihre Beine unter den Knien und drückte sie nach oben, um sie für seinen Mund zu öffnen. Einige Male glitt seine Zunge durch ihre Spalte, bevor er seine Lippen um ihren Kitzler schloss und Kate wissen ließ, dass er wusste, was er wie zu tun hatte. Er leckte sie so gut, dass ihr schwindelig wurde, umkreiste die durch seine Liebkosung geschwollene Perle und saugte sie an, bis Kates Atmung in Stößen ging. Wieder und wieder trieb er sie so hoch, dass sich ihre Beckenmuskulatur anspannte und ein Beben in ihr einsetzte. Die Erlösung, nach der sie sich sehnte, schenkte er ihr aber nicht, sondern hielt ihre Erregung konstant und bald unerträglich hoch. Als er zudem ihre Brüste in seine Hände schloss und ihre Nippel zwirbelte, schrie Kate kurz auf und zog seinen Mund fester auf ihre Spalte. Was er mit ihren Brüsten tat, schmerzte ein wenig, aber in Kombination mit der Aktion seines Mundes fühlte es sich zu gut an, um wehzutun.

Beinahe abrupt hörte er auf und entlockte Kate damit ein Murren. Die Bewegung des Bettes verriet, dass er sich zu ihren Seiten aufstützte. Der Druck, den sie auf ihrem Bauch spürte, rührte von einem heißen, glatten Punkt und ließ sie unweigerlich lächeln. Ihre Hand suchte und fand seinen Schaft, der noch immer prall war.

»Er fühlt sich so gut an und er ist so groß«, flüsterte Kate.

»Das ist er«, hörte sie ihn nahe über sich sagen. Sein Atem prickelte über ihre Haut. »Was soll er jetzt tun?«

Sie rieb seinen Phallus, der hart und doch samten in ihrer Hand lag. »Er soll in mir sein.«

»Wo in dir?«, fragte er und gab einen erstickten Laut von sich, als sie ihn fester rieb.

Während Kate noch zögerte, glitten Jacksons Finger über ihre Pussy, teilten sie und drangen ein. Zwei schienen es zuerst zu sein, dann drei. Die sachten Stöße seiner Finger gegen ihren G-Punkt brachten das Beben zurück.

»Willst du ihn hier?«, raunte Jackson und schob seine Finger noch einmal in sie. Dann zog er sie aus ihr, um sie zu ihrem Po wandern zu lassen, und den Muskel zu streicheln. »Oder willst du ihn hier?«

Die Vorstellung, dass Jackson sie anal vögelte, katapultierte das Adrenalin geradezu durch Kates Adern, doch noch immer brachte sie kein Wort über die Lippen.

Jackson küsste ihren Hals. »Trau dich. Sag mir, was du willst! Hattest du das schon mal?«

Kate erinnerte sich an den Versuch, den sie mit Henry unternommen hatte. Er mochte es nicht und es war unangenehm gewesen. »Einmal«, gestand sie.

»Und das war nicht gut?«

Sie schüttelte den Kopf und stöhnte wieder, weil seine Fingerspitze in ihren Po eindrang. »Aber ich glaube, dass es mir gefällt.«

»Das glaube ich auch.«

Jackson half ihr, sich aufzusetzen und kam hinter sie. Als er sie umarmte, wiederum streichelte und Küsse auf ihrer Haut aussäte, glitt sein Schaft durch die Rinne ihrer Wirbelsäule. Von ihren Schultern aus strich er abwärts, führte ihre Arme nach hinten und ihre Handgelenke übereinander. Einen weichen Stoff legte er darum – Kate vermutete, dass es sein eigener Schal war – und band ihre Hände mit wenigen Griffen zusammen; fest, doch nicht so fest, dass es schmerzte. Daraufhin bewegte er sich mit ihr nach vorn, sodass sie auf dem Bauch lag und er über ihr war.

Seine Lippen an ihrem Ohr sandten eine Flut von Endorphinen durch ihre Zellen. Kate wand sich unter ihm und in den Fesseln, als seine Zähne zu knabbern begannen und seine Zungenspitze ihre Ohrmuschel leckte. Als er sich unterbrach, um sich ein Kondom überzuziehen, blieb sie wie berauscht liegen. Was auch immer sonst eine Rolle spielte, war vergessen. Es war, als habe sich alle Existenz auf sie und Jackson konzentriert, als gäbe es nur sie beide in einem luftleeren Raum. Sie sah ihn nicht, doch sie nahm ihn zu mehr als einhundert Prozent wahr – und sie hätte es nicht anders haben wollen.

Wieder über ihr, stützte er sich zu ihren Seiten ab, ließ seine Eichel durch ihre Spalte gleiten. Dann war er in ihr. Tief. Und sie spürte ihn so sehr, so intensiv, so heftig, dass es ihr für einige Sekunden den Atem raubte. Mit einem leisen Schrei fand sie ihre Luft wieder und hob ihr Becken an, um noch mehr von Jackson zu bekommen. Er bewegte sich zurück und stieß wieder vor. Vergeblich versuchte sie, die Hände aus den Fesseln zu lösen, um sich festzukrallen – irgendwo. Ihre Stimme wurde lauter, unkontrolliert. Mal schrie sie, mal wisperte sie – und als er eine Hand vor ihren Mund legte, küsste sie deren Innenfläche und die Wölbungen seiner Finger.

Er zog seine Hand zurück, als er sie wieder benötigte, um sich aufzustützen und seinen Schaft auf einen neuen Weg zu schicken. Noch einmal tunkte er ihn in die Nässe ihrer Spalte, dann schob er ihn zwischen ihre Pobacken. Kate hatte erwartet, dass sie sich verkrampfen würde, wenn er dort eindrang, doch das tat sie nicht. Sie hatte auch geglaubt, dass es zu Beginn unangenehm sein würde und sie sich daran gewöhnen müsste, doch nicht einmal das geschah.

Es war gut vom ersten Zentimeter an, auf dem Jackson sie einnahm – und es wurde besser, je weiter er sich in sie bewegte. Mit seinem leisen, von Erregung angetriebenen Fluchen schickte er einen Eindringling in ihre Ekstase. Sie spürte sein Zittern, das in ihres einstimmte, und ahnte, dass es ihn Mühe kostete, nicht sofort loszulassen.

Doch er brauchte nicht lange zu warten. Es überkam sie so schnell, dass sie sich völlig vergaß. Von ihrer Lautstärke angespornt, stieß Jackson fester zu, ließ seine Lenden gegen ihren Po klatschen. Sein Keuchen wurde ein Knurren, dann blieb er tief in ihr. Wieder zerrte Kate an den Fesseln, gepeinigt und zugleich auf süße Weise elektrisiert von dem Rucken, dass durch ihren Körper ging. Sie hörte sich seinen Namen sagen, genau einmal, bevor ihr Bewusstsein von einem sämtliche Sinne betäubenden Höhepunkt davongeschwemmt wurde.

***

»Was war das denn?«, murmelte Kate noch immer benommen.

Jackson lag hinter ihr. Er schlang die Arme um sie und küsste ihren Rücken. »Was war *was?*«, fragte er belustigt.

»Na, das …« Kate suchte nach Worten. »Es war so einfach, so leicht.«

»Hat es wehgetan?«

»Nein.«

Er streichelte ihren Bauch, ihre Seiten und zog sie näher. Sie wollte das Tuch von ihrem Gesicht ziehen, doch er stoppte sie, indem er ihre Hand zurückführte und in seine schloss.

Kate spürte Irritation in sich aufsteigen. »Ich will dich sehen.«

»Das willst du nicht.«

»Ich muss dich sehen.«

»Das musst du ebenso wenig.«

»Früher oder später sehe ich dich sowieso. Ganz gewiss schlafe ich nicht mit dem Tuch vor den Augen.«

Er zog die Bettdecke über sie beide, da sich ihre Körpertemperatur auf ein normales Level abkühlte. »Am liebsten mag ich deine Echsen«, murmelte er an ihre Schulter.

»Die Echsen?« Kate schlussfolgerte, dass er das Thema gewechselt hatte und von ihrer Kollektion sprach. »Wieso die Echsen?«

»Sie sehen toll aus … besonders die an der Kette. Die hat beinahe etwas Gefährliches, wie sie da so über das Dekolleté zum Hals kriecht. Und ich mag die Farbwahl, in Gold und Rot sieht sie noch verwegener aus als in Hellgrün und Silber.«

»Offenbar hast du sie eine ganze Weile betrachtet. Du bist nicht nur neugierig, sondern auch aufmerksam. Das gefällt mir sehr. Was bist du noch, und was bist du nicht?«

Er schien zu überlegen. »Geduldig bin ich, eher ruhig und humorvoll. Hingegen bin ich nicht streitsüchtig, nicht entscheidungsfreudig und nicht devot.« Als Kate sich zu ihm umdrehte, rollte er sich auf den Rücken und ließ sie ihren Kopf auf seiner Brust ablegen. »Was bist du, und was bist du nicht, und woran arbeitest du im Moment?«

Sie strich mit dem Daumen über sein Handgelenk. »Ich bin fantasievoll, redegewandt und verträumt. Ich bin nicht geduldig und nicht unverwundbar.«

Auf den letzten Teil seiner Frage ging sie bewusst nicht ein, doch Jackson beharrte auf eine Antwort. »Du hast etwas vergessen.«

»Hab ich nicht.« Halb an ihm, halb auf ihm, machte sie es sich bequemer. »Woran ich gerade arbeite, ist geheim.«

Seine Hand wanderte ihren Körper hinunter, seine Finger glitten über ihre Haut. »Ich kann es auch aus dir rauskitzeln.« Seine Drohung machte er prompt wahr, rollte sich über sie und packte sie bei den Seiten.

Kate musste laut lachen. Sie versuchte, seinen hartnäckigen Fingerspitzen zu entkommen und ihn zu stoppen, indem sie seine Gelenke umklammerte. Natürlich war er stärker, machte noch ein bisschen weiter und gab sie dann frei. Sie setzte sich auf und richtete sich das Tuch, das zu verrutschen drohte.

Seine Lippen legten sich auf ihre und gaben ihr einen kurzen Kuss. »Das war ein toller Anblick, als ich ins Zimmer kam«, raunte er. »Den Gedanken, jetzt zu gehen, mag ich überhaupt nicht.«

Kate war einigermaßen verblüfft. »Du willst gehen? Warum?«

»Ich muss morgen ziemlich früh aufstehen.«

»Du könntest hier schlafen.«

Er lachte leise. »Nein, kann ich nicht … und du auch nicht mit weiterhin verbundenen Augen.«

»Aber …« Sie brachte den Satz nicht zu Ende, denn er legte ihr einen Finger über den Mund.

»Lass uns nicht diskutieren, okay?«

Kate schluckte, was sie hatte sagen wollen. Zum einen mochte sie ebenfalls nicht diskutieren, zum anderen konnte sie seinen Wunsch nicht ändern, und bedachte sie es recht, hielt sie es schließlich sogar für besser, dass er ging. So würde die Nacht ihren Zauber behalten und nicht im Licht des Morgens verblassen.

***

Am nächsten Morgen schneite es nicht mehr. Der Himmel zeigte sich im strahlenden Blau. Die Sonne schien gleißend und brachte den Asphalt des Freeways zum flirren.

Ein konstantes Grinsen auf den Lippen, fuhr Kate nach Hause und warf immer wieder einen Blick in den Rückspiegel, so lange bis die Skyline von San Francisco daraus verschwunden war. Sie war so zufrieden, so glücklich wie lange nicht. Genau genommen konnte sie nicht sagen, ob sie sich je auf diese Art und Weise glücklich und zufrieden gefühlt hatte.

Noch immer kannte sie Jackson nicht viel mehr als zuvor, doch seit er sie zum ersten Mal berührt hatte, meinte sie, ihn bereits ihr halbes Leben zu kennen.

FÜNF

Zu Kates Überraschung hielt sich Henry im Wohnzimmer auf, als sie am Samstagnachmittag ins Cottage kam. Er saß auf der Couch und starrte in den kalten Kamin. Sie blieb im Türrahmen stehen, unschlüssig, ob eine Begrüßung ungehört verhallen würde.

Er drehte den Kopf, betrachtete sie längere Zeit und überraschte sie mit einer Frage: »Warum kommst du erst heute?«

»Eigentlich wollte ich gar nicht kommen«, ließ sie ihn wissen. »Nicht solange es dir egal ist, ob ich bei dir bin.«

Seine Miene blieb regungslos. »Aber?«

»Aber ich brauche eine Jacke, die hier ist.« Schon wollte sie zur Treppe gehen, da fragte er weiter: »Wo warst du gestern?«

»Im Kino«, log sie und musste sich zwingen, den Blick nicht zu senken. Zwar bereute sie nicht eine Sekunde von der Zeit, die sie mit Jackson verbracht hatte, aber sie hasste es zu lügen.

»Mit Jill?«, bohrte Henry weiter.

»Allein.«

»Du warst allein im Kino?«

»Ja.« Die Ironie in ihrer Stimme konnte sie sich nicht verkneifen, und sie machte das Ganze auch leichter. »Hätte ich natürlich geahnt, dass du mich vermisst …«

»Was dann?«

Allmählich verlor sie die Geduld. »Ach, Henry, komm schon! Was soll das hier? Du hast mir gesagt, dass es für dich keine

Rolle spielt, ob ich hier bin oder nicht. Meinst du, ich komme dann angetrottet und setze mich von Freitag bis Sonntag ins Wohnzimmer?«

»Ich frag mich halt nur, was du tust, wenn du nicht hier bist?«

Das klang nicht besorgt, sondern eher herablassend. Als hätte sie sowieso keine bessere Beschäftigung.

Natürlich, rief Kate sich grollend in Erinnerung. Hier herumzusitzen hielt er für sinnvoller, als an ihrem Kitsch zu feilen. Und seit entweder Jessie oder Lindsay samstags im Laden waren, war sie seiner Meinung nach wohl auch dort überflüssig.

Trotz der diesmal unausgesprochenen Beleidigung verspürte Kate einen kleinen Triumpf. Nicht weil sie Henry betrogen hatte, das keinesfalls, sondern weil sie ihn dazu gebracht hatte, über sie nachzudenken. Er hatte sie vermisst, zwar nicht auf die Weise, wie er es tun sollte, aber immerhin war ihm doch aufgefallen, dass sie nicht da war.

»Na dann.« Er stand auf, schob sich an ihr vorbei und nahm die ersten Treppenstufen. »Ich bin dann wieder oben.«

Beim Anblick seiner mageren Gestalt und der schon tagelang getragenen Klamotten wallte ein Gefühl in Kate auf, das Mitleid am nächsten kam. »Henry, warte«, versuchte sie ihn aufzuhalten und durchforstete ihr Hirn nach einer Möglichkeit, das Gespräch in eine positive Bahn zu lenken. »Warum setzen wir uns nicht in den Garten? Die Sonne ist herrlich«, schlug sie vor, da ihr auf die Schnelle nichts Präziseres einfiel.

»Es ist kalt«, murrte er und ging weiter.

»Dann zieh dir was über.«

»Ich sehe dich später… oder halt irgendwann.«

Kate blieb an der Treppe stehen, lauschte seinen Schritten, dem Klacken der Tür und hoffte, dass er es sich anders überlegte. Doch das tat er nicht. Sie ging hinauf in ihr Zimmer, holte die Jacke und fuhr zurück nach Palo Alto.

***

Wie schon am Samstag- und Sonntagmorgen wurde Kate am Montag von Jacksons »Bonjour« per SMS geweckt. Sie war unschlüssig, wie sie darauf reagieren sollte – nicht auf seinen morgendlichen Gruß, sondern auf die weitere Konversation, die er anstrebte.

Sie hatte doch nur ein einziges Mal Sex mit ihm haben wollen, aber wenn sie die Augen schloss und tief Luft holte, dann meinte sie, Jacksons herb-fruchtigen Duft einzuatmen. Sein Geschmack schien noch auf ihren Lippen und seine Stimme in ihrem Ohr zu liegen. Auch ihre Fingerspitzen kribbelten, als fuhren sie abermals über seine Haut und über seine stoppelkurzen Haare.

Während des Frühstücks schaltete sie den Laptop ein und gab die Kombination aus seinem Vornamen und seiner Stadt abermals bei Google ein. Jacksons mit gar keinen oder zu langen Haaren, mit zu großem oder zu geringem Körpervolumen konnte sie nun ausschließen und reduzierte die Auswahl auf fünf Männer.

`Bist du der Immobilienmakler, der Zahnarzt, der Winzer, der Architekt oder der Fitnesstrainer? Bzw. bist du überhaupt einer von ihnen?`, textete sie ihm.

Jacksons schlichtes `Ja` machte sie nervös. Wollte sie wirklich herausfinden, wie er aussah? Was machte es schon für einen Unterschied? Im schlechtesten Fall zerstörte es ihre Illusion. Mit zwei der Kandidaten wollte sie nicht wirklich im Bett gewesen sein, denn sie wirkten unsympathisch. Die drei anderen waren attraktiv, und beim Blick auf einen spielten ihre

Gedanken verrückt. So verrückt, dass sie den Laptop schnell zuklappte und in die Werkstatt ging.

Lindsay und Jessie saßen bereits an ihren Werkbänken und feilten an den *Sad Butterflies*, die von einem Juwelier in Santa Monica bestellt worden waren. Kate wollte gerade an *2Love* weitermachen und nahm ihre Nadelfeile zur Hand, da ging eine neue Nachricht von Jackson ein.

`Willst du mich wiedersehen? Nicht allein, um deine Neugier zu stillen?`

Oh Himmel!, schoss es Kate durch Kopf, denn seine Frage klang eher nach einer Bitte als nach einer Erkundigung. Und sie wollte irgendwie schon. Aber konnte sie das wirklich? Wäre es nicht klüger, es bei diesem einen, wunderbaren Mal zu belassen, oder sollte sie der Versuchung ein zweites Mal nachgeben und ihn diesmal tatsächlich sehen? Die vernunftorientierte Kate schob diesen Wunsch beiseite. Die abenteuerlustige Kate aber wollte ihn ein zweites Mal treffen.

Den ganzen Tag über grübelte sie, was sie Jackson antworten sollte, formulierte Texte und löschte sie wieder. Bevor sie schlafen ging, teilte sie ihm ihre Bedenken mit.

`Dann überleg es dir. Am Ende der Woche frage ich dich noch einmal`, lautete sein Kommentar, und dann schrieb er: `Bonne nuit, petite lapin.`

Petite lapin?

Was hieß das denn nun wieder? Kleines … irgendwas? Google musste erneut befragt werden und spuckte die Übersetzung prompt aus.

Eigentlich hätte Kate es abgelehnt, als Häschen bezeichnet zu werden, doch auf Französisch und da es von Jacksons kam, klang es seltsam gut. Nicht schrullig oder allzu niedlich und schon gar nicht abwertend, sondern zusammen mit seiner speziellen Angewohnheit, sie ins Traumland zu verabschieden, irgendwie … liebevoll.

***

An sein Dienstags-»Bonjour« hängte Jackson eine Frage an: Wie würdest du gern einmal Sex haben wollen?

Ihm zu antworten, kostete Kate einige Überwindung, denn prinzipiell erkundigte er sich hier nach einer ihrer erotischen Fantasien, und mit denen war es so eine Sache. Man träumte sie gern, fand sie erregend, doch hatte nicht ernsthaft vor, sie real werden zu lassen. Weil sie einfach zu abgefahren waren oder gar als extrem galten.

Ich werde überrumpelt … entführt sozusagen, aber im verführerischen Sinne, antwortete sie vorsichtig. Da ist ein Ort, der etwas Zwielichtiges hat, ein Gewölbe zum Beispiel, und ich sehe, was dieser Ort für Möglichkeiten birgt, bevor mir die Augen verbunden werden. Als nächstes werde ich ausgezogen und gefesselt, geteased, verwöhnt, auf süße Weise gequält und schließlich eher hart als zart gevögelt.

Jackson schien gewartet zu haben, denn er reagierte sofort: Wenn du das je umsetzen willst, solltest du dir bewusst sein, dass ein solcher Sex an die Kombination aus Lust und Schmerz gekoppelt ist und dass er deshalb eine ganze Menge Vertrauen bedingt und nicht weniger Respekt voreinander.

Kate behielt das Croissant, von dem sie gerade abbeißen wollte, zwischen den Lippen und strich sie die Krümel von den Fingern, um weitertippen zu können. Sie schrieb: Dessen bin ich mir bewusst. Ich sage ja auch nicht, dass ich es hier und sofort so tun möchte. Findest du es seltsam, dass ich dir keine Bett-voller-Rosenblüten-Fantasie präsentiere?

Jacksons Antwort war beruhigend: Absolut nicht. Du scheinst, wie ich, den Nervenkitzel zu mögen und herausfinden zu wollen, wo deine Grenzen liegen. Vielleicht sogar, um einen Schritt darüber hinweg zu machen.

Kate dachte darüber nach, dass eine Grenze doch eigentlich das absolute Limit war und der Gedanke daran, sie zu überschreiten eine Furcht auslösen sollte. Aber das tat er nicht, sondern reizte sie vielmehr.

Jacksons eigene Fantasie trudelte am Mittag ein.

Ich würde gern mit dir in einen Pornoshop gehen. Ich würde es genießen zu beobachten, wie deine Erregung zunimmt ... beim Anblick all der Toys und der Vorstellung, wie sie einzusetzen sind. Wenn wir dann so aufgeheizt und gierig aufeinander sind, dass wir kaum noch die Finger voneinander lassen können, würde ich mit dir in eine der anliegenden Filmkabinen gehen, dich und mich mit einem Porno an den Rand des Erträglichen bringen und dich nehmen, wie du bist: Hose runter oder Rock hoch, Slip beiseite. Gegen eine Wand, in einem Sessel, von vorn oder hinten. Tief und hart.

Mit angehaltenem Atem las Kate den Text ein zweites Mal. Jacksons Worte trieben eine zehrende, unnachgiebige Lust in ihren Bauch. Es kribbelte zwischen ihren Schenkeln, in ihren

Knien und Waden, kitzelte in ihrer Brust. Sie legte das Telefon beiseite, überschlug die Beine und bemühte sich, das Verlangen nach ihm wegzuatmen, um weiterarbeiten zu können. Als sich ihr Blick klärte, wurde sie sich Jessies und Lindsays Anwesenheit bewusst.

»Alles in Ordnung«, erkundigte sich Jessie. »Du siehst aus, als hättest du eine schlechte Nachricht gelesen.«

Kate zog eine Schnute, verneinte und stand auf, um sich ans Löten zu machen – was gerade in diesem Moment eine ziemliche Herausforderung war, denn sie brauchte höchste Konzentration.

***

Dass sie Gold zum Leben erweckte, hatte Kate schon oft als Urteil zu ihren Arbeiten gehört. Nie zuvor hatte sie es selbst so intensiv empfunden. Früher, da hatte sie Schmetterlinge die Flügel ausbreiten und Flammen lodern lassen, doch was sich jetzt in ihren Händen abspielte, das ließ sie in mancher Sekunde innehalten und aufschauen und feststellen, dass sie in ihrer Werkstatt war – und nicht in der Welt der beiden Liebenden.

Gold war es nicht in diesem Fall, sondern Silber. Einst ein Batzen Metall war den zwei Figuren nun Form gegeben. Mit jedem Schliff mehr Gestalt annehmend, bewegten sie sich im Liebesspiel. Obwohl sie ohne Mienen und Details blieben, sondern nur Silhouetten sein würden, spiegelten sie pure Emotionen. Ihre fingerlosen Hände schienen über den Körper des anderen zu hasten, ihre Leiber rieben aneinander. Er glitt an ihr herab. Sie umschlang ihn. Vergessend, sich verlierend, sich begehrend – bis sie ihre endgültige Position fanden und so verharrten. Für immer.

Jessies und Lindsays Begeisterung hatte das Modell längst. Ihre Worte, die sie für den fertiggestellten Anhänger fanden, machten Kate so stolz, dass sie am liebsten gleich mit den Ohrsteckern weitergemacht hätte. Doch ihre Finger taten weh und auch ihr Geist verlangte nach einer Pause.

Als ahnte Jill das, schneite sie am Nachmittag herein, bestaunte das Werk und überredete Kate, die Feilen und Bohrer fallenzulassen und mit ihr einen Kaffee trinken zu gehen. Aus einem Kaffee mit Jill wurden für gewöhnlich zwei Kaffee, denen drei Gläser Wein folgten. Aber Kate war das gerade nur recht.

In einer Seitenstraße der Hamilton Avenue befand sich ein Café, das Kate und Jill am liebsten besuchten. Es gehörte einer Bekannten, die ihre Räumlichkeiten auch nutze, um regionale Kunst auszustellen und Künstler zu unterstützen, die es noch nicht so weit gebracht hatten wie Henry.

Kate hatte sich gedacht, dass Jill sie zum vergangenen Freitag ausquetschen wollte, und je mehr sie nun erzählte, desto mehr geriet Jill aus dem Häuschen.

»Das ist Wahnsinn!«, kommentierte sie das Gehörte. »So etwas müsste mir mal passieren.«

Kate winkte ab. »Ach komm schon, erzähl mir nicht, dein Sexleben sei langweilig.«

Jill verschränkte die Arme und rieb mit den Händen über die Ellenbogen, um eine Gänsehaut zu vertreiben. »Das nicht, aber hallo! Du hattest keine Ahnung, wer er ist, wie er aussieht – weißt das bis jetzt nicht – und hast dich darauf eingelassen. Trefft ihr euch wieder?«

»Das hat er mich gefragt, aber ich bin unsicher.«

»Du solltest ihn wiedersehen.« Jill nahm ihren Kaffee und pustete hinein, wobei sie mit einem Mal nachdenklich wirkte. Über den Rand der Tasse betrachtete sie Kate und sagte: »Vielleicht hilft es dir, Abstand zu Henry zu gewinnen. Das was ihr da seit Monaten führt, das ist keine Beziehung mehr, sondern eine Wochenend-WG. Du hast jemand Besseren verdient.« Wieder einmal redete Jill sich in Rage. »Du bist nicht das Anhängsel eines Malers, das er in Abhängigkeit vom Bedarf zum Spielen, Inspirieren oder Abreagieren benutzt.«

Die Worte schockierten Kate. »Henry benutzt mich nicht und ich werde ihn nicht einfach so verlassen«, stellte sie klar und funkelte die Freundin verärgert an. »Das mit Jackson war Sex, Jill. Es ist nicht mit Liebe zu verwechseln. Wie kannst du davon sprechen, dass ich jemand Besseren verdient habe?!«

»Weil ich davon überzeugt bin.« Jill trank einen Schluck ihres Kaffees und stellte die Tasse ab. »Ich habe dich in den vergangenen Wochen erlebt und ich erlebe dich jetzt. Du hast noch einen kleinen Weg vor dir, aber so langsam wirst du wieder zu der Jill, die sich ihrer selbst bewusst ist. Nimm nur deine aktuelle Kreation!« Ein kühner Ausdruck schlich in ihre Miene, als sie sagte: »Und dass du Henry nicht verlässt, das denkst du heute.«

»Daran wird sich auch morgen nichts ändern«, beharrte Kate, allerdings grübelte sie noch auf dem Heimweg über Jills Worte.

An diesem Abend konnte ihr Jacksons »Bonne nuit, petite lapin« so gar kein Lächeln abringen. Nicht einmal dem »Träum süß«, das er hinterherschickte, gelang das.

***

Der Donnerstag begann mit Stress. Im Fax lagen mehrere Aufträge kalifornischer Juweliere, die Kates Kollektionen bereits verkauften. Die Nachfrage, insbesondere an den *Crowned Lizards* und den *Flames,* war so abrupt gestiegen, dass sie nun größere Mengen bestellten. Beim Blick auf die Zahlen wusste Kate, dass sie, Lindsay und Jessie dies nicht im gewünschten Zeitraum schaffen würden, also telefonierte sie mit zwei befreundeten Goldschmiedinnen, die ihr bisweilen ausgeholfen hatten. Beide waren in eigenen Projekten involviert, eine empfahl ihr jedoch mehrere talentierte Studentinnen. Während Kate versuchte, die Frauen zu erreichen, gingen weitere Anfragen ein. Die erste stammte von einem renommierten Juweliergeschäft in Los Angeles, das ihren Schmuck im Rahmen einer für ausgewählte Kunden veranstalteten Gala im nächsten Monat präsentieren würde und um ihr Einverständnis sowie ihre Anwesenheit bat.

Nachdem Kate mit den Studentinnen gesprochen und sie für ein paar Wochenstunden Arbeit gewonnen hatte, bestätigte sie die Anfragen und sagte den Termin zu. Anders als sonst verließ sie die Werkstatt über Mittag, um wirklich eine Pause zu haben.

Es war erst der Gedanke an Jackson, der sie die Hektik des Morgens vergessen ließ und ihr die so entspannende Schwere ihres Gemüts bescherte. Die letzten Geräusche um sie herum verstummten und ihre Umgebung verblasste.

`Was ist das Beste, das dir je passiert ist?`, schrieb sie ihm.

Wieder einmal überraschte er sie: `Das Beste kommt zum Schluss.`

Kate musste lächeln und hakte nach: `Wie meinst du das?`

`Ehrlich gesagt, weiß ich nicht so recht`, las sie darauf. `Hätte man mich das vor zwei Wochen gefragt, hätte ich vielleicht an ein oder auch zwei bestimmte Erlebnisse gedacht. Aber momentan habe ich das Gefühl, dass mir das Beste erst noch geschehen wird.`

Das Lächeln gefror auf ihren Lippen und ein Prickeln kroch

über ihre Haut. Bezog er das etwa auf sie? Ging er davon aus, dass ihm das Beste mit ihr geschehen würde?

Jetzt du!, forderte Jackson sie auf.

Verglichen mit seiner war ihre Antwort beinahe banal. Nichtsdestotrotz entsprach sie der Wahrheit und bezog sich auf das Jetzt.

Das Beste, was mir passiert ist, war meine Ausbildung bei dem Mann, der mir bei der Entfaltung meiner Kreativität alle Freiheit ließ und mir später sein Geschäft vermachte, um mir die Möglichkeit zu geben, die zu werden, die ich nun bin.

Hast du mit ihm geschlafen? :-) Hätte Jackson keinen Smiley an die Frage angehängt, hätte Kate sie ihm verübelt.

Du schaffst es auch, jedes Thema zu versexen!, entgegnete sie. Natürlich habe ich nicht mit ihm geschlafen. Er hätte mein Großvater sein können.

Na dann … Aber wenn er vierzig Jahre jünger gewesen wäre?

Auch dann nicht. Allmählich wurde sie doch sauer. Vielleicht meinst du auch, ich schlafe mit allen Juwelieren, damit sie meine Kollektionen kaufen.

Ohne seine Reaktion abzuwarten, schaltete Kate das Gerät ab und ging in die Werkstatt. Als sie am Abend nachsah, fand sie eine Entschuldigung, die so süß war, dass ihr Groll verpuffte. Eine Antwort verkniff sie sich dennoch und verkrümelte sich auf ihre Fensterbank, um zu lesen. Kurz vor Mitternacht nickte sie über ihrer Lektüre ein und wurde vom Signalton des Handys geweckt.

Ist alles gut?, erkundigte sich Jackson.

Oui, tippte sie ein und feixte über sich selbst. Wenn sie noch länger mit Jackson schrieb, würde sie bald so gut Französisch sprechen, dass sie das Land bereisen konnte, ohne zu verhungern. Ich bin nur ziemlich müde.

Bonne nuit!

Dito.

***

Jacksons Frage zum Freitag irritierte Kate.

Magst du Karneval?

Als Teenager hatte sie zuletzt Karneval gefeiert. Ein Mitschüler hatte die Party im Haus seiner Eltern veranstaltet und, entgegen der gesetzlichen für Minderjährige geltende Vorschriften, war jede Menge Alkohol geflossen. Sie war so betrunken gewesen, dass sie den Heimweg kaum gefunden und sich, da sie viel zu lange in der Kälte unterwegs gewesen war, auch noch erkältet hatte.

Dass gerade Karnevalszeit war, wurde ihr beim Weiterlesen bewusst. Jackson lud sie ein, am Abend nach San Francisco zu kommen. Auf eine Karnevalsparty allerdings.

Da war sie also, seine nochmalige Bitte, ihn wiederzusehen.

Kate kniff die Augen zu. In ihren Gedanken tauchte Henry auf, wie er auf der Couch gesessen und auf sie gewartet hatte. Würde er heute wieder warten? Hatte sie vorgehabt, zu ihm zu fahren?

Den Kopf in die Hände gestützt, beschloss sie, Henry anzurufen und eine – ihr Geist formte das Wort mit so viel Verachtung, dass sich ihr Magen zusammenzog – Ausrede zu erfinden. Zu lügen also. Wieder einmal.

Muss ich kostümiert kommen?, erkundigte sie sich bei Jackson.

Aber unbedingt! ;-), ließ er sie mit einem zwinkernden Smiley wissen. Nur sollte es nicht irgendein Kostüm sein.

Sondern?

Ein medizinischer Beruf.

Ärztin oder Krankenschwester?

Nicht nur hatte Kate keine Ahnung, wo sie auf die Schnelle ein solches Kostüm auftreiben konnte, sondern fand gerade die Variante der Krankenschwester zu klischeebehaftet. Das ließ sie ihn auch wissen.

Dann komm halt wie du möchtest, schrieb Jackson. Aber so wäre es witziger, denn mein Kostüm wäre auf deines abgestimmt, und es würde dir mehr Spaß machen, mich zu finden.

SECHS

Die Aufregung saß tief in Kates Gliedern und ließ sie schlottern. Und das seit Stunden. Sie hatte sich nicht mehr auf ihre Arbeit konzentrieren können und es schließlich aufgegeben. Ohnehin wollten einige Vorbereitungen getroffen werden. Nun war sie in ihren Gedanken, kaum auf dem Freeway, sondern bei den vor ihr liegenden Stunden. Sowohl der Zweifel, ob es richtig war, sich auf ein zweites Treffen einzulassen als auch die Vorfreude hatten sie fest im Griff – und ihr Zusammenspiel war irritierend.

Die Adresse, die Jackson Kate genannte hatte, befand sich in einem Villenviertel. Das schmiedeeiserne Tor des Grundstücks stand offen. Ein gepflasterter Weg führte auf einen runden Platz vor dem Haus, wo bereits einige Autos parkten. Kate stellte ihren Wagen ab, stieg aus und betrachtete das vom Mondlicht und dem Licht nostalgischer Laternen beleuchtete Gebäude. Seine Fassade war in einem ausbesserungswürdigen Zustand, doch ein Gerüst an einer Seite ließ darauf schließen, dass entsprechende Arbeiten bereits in Angriff genommen worden waren.

Von der kühlen Luft und ihrer Unruhe getrieben, beeilte sich Kate, die breiten Steinstufen hinauf zum Eingang zu kommen. Die Tür war unverschlossen, doch es brauchte einige Kraft, das monströse Holzding aufzudrücken. Mit einem Rumsen fiel es hinter ihr wieder ins Schloss, und sie stand in einem hohen Foyer, das mit Karofliesen ausgelegt war. Wo die Party stattfand, ließ sich anhand der Musik unschwer nachvollziehen. Bevor sie sich dorthin aufmachte, warf sie einen Blick in einen Wandspiegel, dessen Ränder vom Alter schwarz und rissig waren.

Es war nicht leicht gewesen, ein Kostüm aufzutreiben. Der einzige Shop in Palo Alto, der so etwas verkaufte und verlieh, hatte es nicht mehr vorrätig gehabt. Eine ihrer studentischen Aushilfen hatte jedoch von ihrem Problem mitbekommen und ihr die Arbeitskleidung ihrer Schwester gebracht. Der weiße Kittel, den Kate ohne die zugehörige Hose trug, reichte gerade mal über ihren Po und saß ziemlich knapp. Die obersten Knöpfe hatte sie offen gelassen, sodass ihr Dekolleté zur Geltung kam. Die rotgoldene Echse blitzte darauf – ein Teaser für Jackson, der diese Kollektion ja am liebsten mochte. Aus rotem Stoff hatte sie ein Kreuz ausgeschnitten und eher liederlich auf eine Brustseite genäht. Weitere Kontraste zum Weiß gaben die roten, kniehohen Stiefel ab sowie zwei ebenfalls rote Haarklemmen, die Kates blonde Haare auf vermeintlich brave Weise aus dem Gesicht hielten.

Ab ging es ins Getümmel, in einen lauten Partyraum voller kostümierter Menschen, die tanzten oder in Gruppen an der provisorisch errichteten Bar standen und sich unterhielten.

Mit jedem Schritt auf der Suche nach dem Arzt wurde Kate unsicherer. In manchen Sekunden war ihre Skepsis so groß, dass sie am liebsten kehrt gemacht hätte. Dass Jackson passend zu ihrem Kostüm wahrscheinlich als Arzt verkleidet sein würde, sprach leider sehr dafür, dass er der Zahnarzt war – einer der beiden Männer, die optisch absolut nicht ihr Typ waren. Es blieb die Hoffnung, dass er auf dem Foto lediglich schlecht getroffen war.

Tatsächlich fand sie zwei Ärzte, doch der eine war ein rundlicher Zwerg und der andere ein Farbiger – keiner der fünf Kandidaten, die Google ihr präsentiert hatte. Nachdem sie die Flirtversuche eines Gorillas, eines Clowns und Darth Vaders abgewehrt hatte, schlenderte sie zur Bar, um sich einen Cocktail mixen zu lassen und sich mit etwas in der Hand nicht gar so verloren zu fühlen.

Während sie wartete, betrachtete sie die anderen Leute an der Bar. Zu ihrer Linken alberte eine Gruppe Hühner herum, die ihren Kostümen durch lautes Gackern alle Ehre machte. Rechts von ihr saß ein Pirat, der ein Gespräch mit einem rowdyhaft gekleideten Typen führte. Der rote Fleck auf dem um seinen Kopf gewickelten Verband deutete auf eine ernsthafte Verletzung hin, und der in einer Bandage hängende Arm auf eine ausgerenkte Schulter oder gar ein gebrochenes Schlüsselbein.

Seine Haare waren dunkel und kurz. So kurz, dass Kate bei der Vorstellung, mit der Hand darüberzustreichen das Kitzeln der Stoppeln auf ihren Handinnenflächen zu spüren meinte. Seine Züge waren kantig, fast ein wenig grob, doch aufregend maskulin. Seine Mund, der bisher gesprochen hatte, schwieg nun und verzog sich zu einem schiefen Lächeln. Seine Augen waren hell, und sie betrachteten sie aufmerksam.

Also war Jackson weder der Zahnarzt noch der andere weniger sympathische Kandidat, sondern ihr Favorit: der Architekt, Jackson Ramones.

Kate nahm ihr Getränk und umschloss es fest, um das Zittern ihrer Hände zu unterdrücken. Dann ging sie um den Piraten herum und konfrontierte Jackson, der nun rücklings gegen die Bar lehnte. Er war gut einen Kopf größer als sie. Das dunkelgraue, zerschlissene T-Shirt spannte sich um seine Brust, als er den unverletzten Arm gegen den Tresen stützte. An beiden

Handgelenken trug er schwarze, breite Lederbänder und silberne Ringe an den Daumen. Kate fragte sich, ob diese Accessoires Teil der Verkleidung waren. Den Blick noch immer auf sie geheftet, schien er zu warten. Kate sah kurz zum Piraten hin, und als der sich daraufhin überflüssig fühlte und verabschiedete, was Jackson nur mit einem Murmeln quittierte, trat sie näher.

Noch immer war sie fürchterlich aufgeregt, doch ihr kam auch ein witziger Gedanke, wie sie das Gespräch beginnen konnte. Das dämpfte ihre Nervosität ein wenig.

»Wie ist das passiert? Warst du in eine Schlägerei verwickelt?«, fragte sie und biss sich auf die Lippen, um nicht allzu breit zu grinsen.

Er verneinte. »Das war ein Berufsunfall. Ich bin Stuntman, musst du wissen.« Ein äußerst zufriedener Ausdruck lag in seiner Miene, als er Kates Aufmachung inspizierte. »Wie es aussieht, bin ich nun in professionellen Händen.«

Kate nahm einen Schluck von ihrem Cocktail und stellte das Glas auf den Tresen. »Bist du dir sicher, dass du dich in meine Hände begeben möchtest?«

Jacksons Antwort kam ohne Zögern. »Absolut.«

»Dann lass mich das mal anschauen.« Sie ging auf die Zehenspitzen, um die rote Stelle auf dem Stirnverband zu begutachten. »Die Blutung müsste gestillt werden«, raunte sie und hauchte einen Kuss auf seine Haut unterhalb des Verbandes. Von da aus ließ sie ihren Lippen zu seinen Schläfen wandern, küsste ihn auch dort und schickte ihren Mund über seine Wangen. An seinem Mundwinkel machte sie Halt. »Aber dazu benötige ich etwas Zeit und Ruhe.«

Jackson drehte den Kopf, sodass seine Lippen direkt vor Kates waren. Sie erkannte, dass seine Augen grün waren. Ein Grün, das von Sekunde zu Sekunde dunkler wurde.

»Ich kenne einen Ort, an dem es beides gibt«, murmelte er und legte die freie Hand an ihre Taille, strich langsam abwärts und umfasste ihren Po.

»Zeig ihn mir!« Sie schloss seinen Unterarm in ihren Griff und löste sich aus seiner Umarmung – so gern sie auch verweilt und sich an ihn geschmiegt hätte.

Jackson nahm Kate bei der Hand und führte sie zwischen den Feiernden hindurch. Kaum hatten sie die letzte der großen Flügeltüren hinter sich gelassen und standen im Foyer, schob er sie gegen eine Wand und küsste sie. Seine Hand, die zuerst in ihrem Nacken gelegen hatte, wanderte über ihren Rücken und zog sie näher. Kate schlang die Arme um ihn und ließ sich von ihm, noch immer in den Kuss vertieft, die Treppe hinauf in die erste Etage führen.

Auf dem Weg in ein bestimmtes Zimmer und so miteinander beschäftigt, stießen sie wieder und wieder gegen Geländer, Türrahmen, stolperten und fingen sich, ohne voneinander abzulassen. Längst waren Kates Hände unter Jacksons T-Shirt und strichen über seine warme Haut. Als er unter ihren Kittel fassen wollte, stoppte sie ihn abermals. Schließlich hatte er entschieden, sich in ihre Hände zu begeben, nicht anders herum – und sie hatte beschlossen, ihn beim Wort zu nehmen.

Ihre wechselnde Umgebung nahm Kate nur in Sequenzen wahr. Der Raum, in dem Endstation zu sein schien, führte zur Rückseite der Villa und wurde vom Mondlicht illuminiert, das durch eine Reihe hoher Fenster einfiel. Dielen knirschten unter ihren Füßen, als sie sich einer Möbelgruppe näherten, die von weißen Laken abgedeckt war.

Jackson dirigierte Kate zu einem eingehüllten Stuhl, zog ihn herum und setzte sich. Endgültig davon genervt, befreite er die zweite Hand aus der Schlaufe, legte sie und die andere an

Kates Seiten und zog sie an sich. Sie streichelnd, lehnte er die Stirn für eine kleine Weile an ihren Bauch, hob dann aber den Kopf, um sie anzuschauen, wobei er erneut versuchte, unter ihren Kittel zu kommen und ihr das Höschen auszuziehen. Kate quittierte es diesmal mit einem Lächeln und führte seine Arme über seinen Kopf. Sie zog ihm das T-Shirt aus und wickelte den losen Verband von seinem Hals.

Ihre Hände zitterten noch immer, nun auch, weil sie ein wenig von ihrem Mut überrumpelt war, der sie die führende Rolle in diesem Spiel übernehmen, ja gar für sich beanspruchen ließ. Der Reiz war jedoch zu groß, als dass sie einen Rückzieher hätte machen können, und Kate war gespannt. Zum einen auf ihre eigenen Handlungen, zum anderen auf Jacksons Reaktion.

»Zeit für einen Verbandswechsel«, beschloss sie also, kniete sich auf seinen Schoß, beugte sich vor und begann, seine Handgelenke zu umwickeln.

Dass sich ihr Dekolleté vor seinem Mund befand, wusste er auszunutzen, indem er seine Zunge darüber schickte und die metallene Echse zwischen die Zähne nahm. Es verlangte Kate einige Konzentration ab, sich unbeeindruckt zu geben und sich nicht ablenken zu lassen. Sobald Jacksons Hände aneinandergebunden waren, bezog sie auch die Stuhllehne mit ein und fesselte ihn an das Möbelstück.

Hiernach stand sie auf, strich über sein Gesicht, das ihr nun zugewandt war, und zeichnete dessen Linien nach. Sein Blick hielt sie gefangen. So faszinierend waren seine Augen, so wachsam und neugierig und voller Begierde. Sie hielt ihnen stand, ging zwischen seinen Beinen auf die Knie, und platzierte ihren Mund auf der glatten Haut seiner Brust. Ihre Lippen umkreisten seinen Nippel, leckten darüber und saugten ein bisschen daran, um zu testen, wie empfindlich er darauf reagierte und ob er es mochte. Nur um sich zu vergewissern, sah sie auf und widmete sich dann der anderen Brustwarze.

Doch es gab noch mehr zu erkunden, zum Beispiel Jacksons Bauchmuskeln. Hinter der letzten Reihe hielt Kates Mund inne und ihre Hände setzten den Weg allein fort, fuhren die ausgeprägten Beckenmuskeln entlang und landeten auf dem Bund der Jeans. Sie öffnete den Gürtel, ließ die Knöpfe folgen und streifte die Hose von seinen Beinen. Die Wölbung in der Unterhose war auffällig und so vielversprechend, dass sie nicht viel Zeit vergeudete und ihm auch dieses letzte Kleidungsstück auszog. Eine pure Versuchung kam zutage. Zu gern wollte Kate mit den Lippen über Jacksons Schwanz streichen und die Zunge darum tanzen lassen, doch sie mochte ihn noch ein bisschen zappeln lassen. Also machte sie sich am Laken zu schaffen, das den Stuhl bedeckte.

Vier lange Streifen riss sie ab. Zuerst band sie Jacksons Knöchel, dann seine Knie an die Stuhlbeine. Um ihr Werk zu betrachten, stand sie auf und ging ein paar Schritte zurück. Was sie sah, gefiel ihr außerordentlich gut. Der Mann war eine Augenweide und die Position, in der er sich befand, eine äußerst reizvolle.

»Du weißt, dass ich mich hierfür revanchieren werde«, knurrte Jackson, als sie wieder zwischen seinen Beinen Platz nahm.

»Heute noch?« raunte Kate, beugte sich über ihn und sog seinen rechten Nippel zwischen ihre Lippen, wobei ihre Brust seinen steifen Schwanz vermeintlich zufällig berührte.

Jackson gab einen erstickten Laut von sich und versuchte, sich aus den Handfesseln zu befreien. Sie saßen gut.

»Lass dich überraschen!«, presste er zwischen den Lippen hervor, als Kate sich dem linken Nippel widmete und den über ihrer Brust spannenden Stoff des Kostüms fester an seinem Glied rieb.

Dessen Hitze und das Pulsieren in ihrem Dekolleté spürend, verdrängte sie den Wunsch, sich augenblicklich auf ihn zu setzen. Ihr Körper wollte ihrem Geist so gar nicht zustimmen, denn ihr Bauch schob sich aufs Neue gegen ihn, und das Verlangen, ihn in sich aufzunehmen, ließ die Nässe ihrer Spalte ins Höschen sickern.

Eine neue Aufgabe fanden ihre Hände in Jacksons Kopfverband, den es abzuwickeln galt. Mehrmals umfasste sie die Enden, bis der Mittelteil des Stoffes gespannt war. Streichelte sie seine Seiten nun mit beiden Händen, tat es der Verband auch. Er rieb über seine Brust, seinen Bauch und unter seinen Schwanz. Kate nutzte das Stück Stoff, um ihn aufzurichten und bewegte es an der Erektion hinauf, indem sie mal links und mal rechts zog, bis der Rand der Eichel erreicht war. Auf die Berührung reagierte Jackson wie erwartet empfindlich, gab ein Murren von sich und hob das Becken an.

Kate ließ den Stoff über den Rand der Eichel gleiten, schickte ihn darüber hinweg und an der Unterseite hinab. Immer häufiger zog Jackson jetzt an seinen Fesseln, wobei Kate das Spiel seiner durch das schwache Licht in Szene gesetzten Muskeln beobachten konnte. Seine Atmung stockte, weil der Verband seine Eier erreichte und ihre Wurzel einschnürte. Behutsam umwickelte Kate sie einmal und ein zweites Mal und achtete darauf, dass es nicht zu fest, doch auch nicht zu locker war. Als ihre Fingerspitzen über die prallen Bälle fuhren, ging ein Zucken durch Jacksons Schaft und aus der Öffnung der Eichel trat ein Tropfen seines Saftes.

»Nimm ihn in den Mund!«, drängte er. »Ich will, dass du ihn mir bläst. Ich werde verrückt, wenn du das jetzt nicht tust.«

Kate begann, seine Eier zu kneten. Ihre zweite Hand strich währenddessen über seinen Damm.

Jackson wand sich. »Oh, verdammt… Das wird dir leid tun!«

Die Drohung machte Kate zwar nervös, doch sie spornte sie auch an. Die Ekstase, in die sie ihn trieb, und der von ihr provozierte Verlust seiner Kontrolle lösten ein grandioses Gefühl in ihr aus. Ihr Blick glitt an ihm herab und landete auf der vernachlässigten Erektion. Zum ersten Tropfen hatten sich andere gesellt und rannen als kleiner Bach an seiner Eichel entlang.

Statt ihn in den Mund zu nehmen, schloss Kate eine Hand darum und massierte ihn. Mit jedem Auf und Ab wurde Jacksons Knurren kehliger, und das inzwischen gefährliche Blitzen im Grün seiner Augen trieb die Unruhe in ihrem Unterleib weiter an.

Noch immer zwischen seinen Beinen hockend, rieb sie ihn fester, löste dann den Verband um seine Eier und massierte auch diese. Hin und wieder entschlüpfte ihr ein Keuchen, denn sie hielt es kaum noch aus. Sie brauchte ihn so sehr und so dringend und presste ihre Pussy gegen die Wade, um das Verlangen zumindest ein wenig zu stillen.

Als sein Schwanz in immer kürzer werdenden Abständen zuckte, nahm sie die Hände von ihm. Jackson presste die Lippen zusammen, hielt die Luft in seiner Lunge und atmete dann aus. »Mach mich sofort los!«, ächzte er.

Beim Klang seiner Stimme schlug Kates Herz schneller und so laut, dass sie es in sich hörte. Sie zupfte die Fesseln um seine Knöchel und Knie ab. Dann stand sie auf, ging um ihn herum und löste den Verband, der seine Hände an den Stuhl fixierte.

Kaum war Jackson frei, war er bei Kate und drückte sie auf den Rücken. Er drängte sich zwischen ihre Beine, zog ihr Höschen beiseite und drang mit einem Stoß in sie.

Kate schrie auf.

Jackson öffnete die Knöpfe ihres Kittels und klappte ihn auf, schob ihre Beine auf seine Schultern und drang weiter in sie vor.

Ihren neuerlichen Schrei quittierte er mit einem rauen Lachen. »Du warst gewarnt«, sagte er, zog sich zurück und stieß ein drittes Mal in sie.

Von da an gab es kein Halten mehr. Ungestüm rammte er sein Becken gegen ihres. Kate keuchte und stöhnte, legte ihre Hände auf seinen Po, um ihn länger in sich zu halten, gab sich seinem Tempo jedoch bald geschlagen.

Als Jackson kam, bebte sein ganzer Körper. Sein Blick verankerte sich mit Kates, dann schloss er die Augen und ließ sich gehen.

Als es vorüber war, bewegte er sich langsam, beinahe zärtlich weiter und blieb mit jedem Mal ein bisschen länger in ihr, um sie zu stimulieren. Kates Orgasmus kündigte sich durch ein Ziehen an, das binnen Sekunden intensiver wurde. Als es soweit war, bäumte sie sich unter ihm auf und krallte ihre Finger in seinen Hintern.

»Wer bist du nur, dass dir das gelingt?«, murmelte sie und ließ sich ins süße Nimmerland fallen.

***

Auf einer Couch fanden sie später Ruhe und lagen, von Laken zugedeckt, beieinander. Sie schwiegen seit sie es sich dort gemütlich gemacht hatten, und als Jackson plötzlich sprach, klang seine Stimme etwas eingerostet.

»Du kannst hier schlafen, wenn du magst. Aber in der Nähe ist auch ein Hotel, in das ich dich noch einbuchen kann.«

Kate betrachtete die Schatten auf seiner Miene und trank einen Schluck Wein. Die Flasche und zwei Gläser hatte Jackson auf der allmählich endenden Kostümparty organisiert. Die Musik wurde leiser, mehr und mehr Gäste gingen und ihre Stimmen hallten durch das Foyer.

»Ich mag jetzt nicht mehr in ein Hotel umziehen.«

»Das dachte ich mir. Dann bleib einfach. Ich lasse dir den Schlüssel da und den wirfst du morgen in den Postkasten.«

»Bleib du doch auch ...«

»Ich würde kein Auge zumachen können«, entgegnete er mit einem Grinsen und trank einen Schluck. Dann nahm er Kate das Glas ab und stellte es zusammen mit seinem eigenen auf die Dielen. Er zog sie an sich und küsste ihre Wange.

»Warum nicht?«, grinste Kate.

»Warum wohl. Ich werde dich die ganze Nacht vögeln wollen.« Um seine Aussage zu bestärken, drängte er seine Leisten gegen Kates Seite. »Der Gedanke genügt schon ... Ist es so schlimm, wenn ich nicht bleibe?«

Sie schüttelte den Kopf. Ihr Blick glitt über die Silhouetten des Zimmers, über die von weißem Leinen verhüllte Essgruppe und den einzeln stehenden Stuhl, an den sie Jackson gefesselt hatte. »Wem gehört dieses Haus?«

Jackson stützte seinen Kopf auf die Hand. »So recht gehört es niemanden, doch auf dem Papier ist es aktuell meines. Es ist einfach ein Haus, das ich gekauft habe, um es zu restaurieren und dann wieder zu verkaufen.«

»Also hast du die Party veranstaltet?«

»Jepp.« Er streichelte über Kates Arm. »Ich finde Karneval zwar ganz amüsant, aber die Party war eigentlich nur eine spontane Idee, um dich dazu zu bringen, als Krankenschwester verkleidet hier aufzutauchen.«

Kate musste lachen. »Nicht dein Ernst! Wann hattest du die Idee?« Sie wandte den Kopf, um ihn anzusehen. Er erwiderte ihren Blick und schmunzelte dabei.

»Heute Morgen. Als ich dir die Frage gestellt habe.«

»Und die ganzen Leute … kennst du die alle?«

»Nein. Ich habe eine paar Freunden Bescheid gesagt und sie gebeten, ein paar Freunde mitzubringen, die wiederum ihre Freunde einladen sollten …«

»Du bist verrückt!«

Jackson schnaubte, war aber noch immer amüsiert. »Da lege ich allergrößten Wert drauf, für verrückt gehalten zu werden. Wer ist schon gern normal?«

Schweigend betrachteten sie sich. Schließlich drehte Kate den Kopf zurück und schloss die Augen. »Ich werde mich gruseln, hier allein zu sein«, flüsterte sie.

Jackson strich ihren Arm hinab bis zu ihrer Hand und verschränkte seine Finger mit ihren. »Dann bleibe ich, bis du eingeschlafen bist.«

Sieben

Auf der Heimfahrt im Taxi war Jackson gedanklich noch immer bei Kate. Sie hatte behauptet, auch nicht einschlafen zu können, wenn er wartete, und war es dann dennoch.

Wenn sie schlief, war sie sogar noch hübscher. So entspannt und fein waren ihre Züge dann. Als er eine der glatten, blonden Strähnen aus ihrem Gesicht gestrichen hatte, hatte er gelächelt, dieser unwiderstehliche Mund. Von ihrem Anblick verzaubert, hatte er noch eine Stunde gewartet, war sichergegangen, dass sie tief schlief, dann hatte er seinen Arm unter ihr vorgezogen und war aufgestanden. Ein Teil von ihm wäre schon sehr gern bei ihr geblieben, doch ein anderer Teil – derjenige, der von der Vernunft geleitet wurde – bestand darauf, dass das nicht gut wäre. Auch wenn er Lust hatte, Kate nächtelang zu vögeln.

Sie war heiß und begehrenswürdig, und in mancher Hinsicht so herrlich widersprüchlich. Sie war schüchtern und doch mutig. Sie hatte ihre Prinzipien, doch die schienen frei von Tabus. Sie war zu einhundert Prozent feminin, aber ohne weibliches Gezicke, Gejammer oder Genörgel. Sie stellte keine Fragen, keine Ansprüche und machte doch klar – ohne ein Wort, allein durch ihre Art – dass man ihr zum einen nichts vormachte und dass ihre Messlatte zum anderen verdammt hoch hing. Außerdem erzählte sie ihm nicht ihr Leben.

Was er von ihr wusste, ließ sich an einer Hand abzählen. Genau so fand Jackson es optimal. Informationen über ihr

Lieblingsessen, ihre Freunde, wo sie wann studiert oder gelernt hatte, die taten nichts zur Sache; die machten die Stunden, die sie miteinander verbrachten, weder besser noch schlechter. Wie sie lebte, wo sie herkam – das interessierte ihn nicht. Ob sie in einer Beziehung war, darüber hatte er zwar schon nachgedacht, doch die Frage so wenig gestellt, wie sie ihn danach gefragt hatte, denn nicht einmal das war von Belang. War sie in keiner Beziehung, okay. War sie in einer, auch okay – allerdings musste er dann nicht erfahren, warum sie sich auf ihn einließ. Nicht weil er rücksichtslos war, sondern weil es ihr Ding war und ihr Leben.

Was er empfand, wenn er mit ihr schrieb, sprach oder bei ihr war, das hatte er lange nicht empfunden: Faszination – für sowohl ihre Ausstrahlung und ihr Wesen als auch ihren Geist. Außerdem ahnte er, dass sie beide in Sachen Sex in derselben Klasse spielten, die gleichen Erwartungen stellten und ganz ähnliche Vorlieben pflegten, die auf identische Weise Befriedigung fanden.

Zuhause angelangt, duschte Jackson und fiel todmüde ins Bett. Sein letzter Gedanke galt Kate.

***

Jacksons erster Gedanke beim Aufwachen galt ebenfalls Kate. Er rollte sich auf die Seite, blinzelte gegen die Morgensonne und angelte sein Telefon vom Nachtschrank. Natürlich hatte sie nicht geschrieben. Natürlich erwartete sie, dass er sich meldete, nach der gemeinsam verbrachten Nacht. Es war bereits elf Uhr.

Auf seine Erkundigung schrieb sie, dass sie wieder zu Hause war und den Schlüssel, wie gewünscht, in den Postkasten geworfen hatte.

Jackson beließ es dabei. Er stand auf, machte sich Kaffee und trank ihn auf der Terrasse seines Appartements, von wo aus man einen Teil von San Francisco bis hin zur Golden Gate Bridge und den State Parks überblicken konnte. Die frische Luft sog er tief in seine Lungen, hielt das Gesicht einen Moment in die Sonne und schlenderte in sein Büro, wo der Entwurf eines Bürokomplexes, mit dessen Bau er von der Stadt beauftragt worden war, auf ihn wartete. Als eine neue Nachricht einging, unterbrach er seine Arbeit.

Ich möchte dich wiedersehen, las er. Nicht nur einmal.

Kates Wunsch entlockte Jackson das erste Lächeln des Tages. Er dachte darüber nach, wie viel Überwindung es sie wohl gekostet hatte, das zu formulieren.

Gern, antwortete er. Aber wenn wir uns regelmäßig sehen, möchte ich alles mit dir machen. Alles.

Was meinst du damit? Was ist alles für dich?

Das wirst du sehen, Cherie.

Um Missverständnissen vorzubeugen, galt es doch, ein wenig mehr ins Detail zu gehen, beschloss Jackson und tippte: Ich will deinen Geist, deinen Körper, deinen Sex – nicht mehr und nicht weniger. Eine Beziehung möchte ich hingegen nicht eingehen.

Wunderbar, erwiderte Kate seiner Sachlichkeit angepasst. Da ich bereits in einer Beziehung bin, wäre eine zweite denkbar ungünstig.

Wäre das also geklärt, schoss es Jackson durch den Kopf. Prinzipiell begrüßte er es, dass Kate vergeben war und es sich offenbar um eine stabile Partnerschaft handelte, der es vielleicht bloß am sexuellen Funken fehlte. Damit war nämlich die Wahrscheinlichkeit, dass sie eines Tages wider Erwarten mehr wollen würde, deutlich geringer.

Meinst du, du könntest mich jeden Freitag treffen?, erkundigte er sich.

Der Freitag war nicht nur sein Lieblingstag, sondern schien überdies ihr gemeinsamer Tag sein zu wollen.

Du musst nicht immer hierherfahren. Ich komme auch gern zu dir.

Diesen Vorschlag schlug Kate aus: Nein. Lass es immer San Francisco sein. Palo Alto ist in vielerlei Hinsicht ein Dorf, in dem jeder über jeden redet. Aber den Gedanken, dich an jedem Freitag zu treffen, den mag ich sehr.

***

Am Abend traf Jackson seinen Bruder im *Element Ultra*, einem Club, den sie häufig gemeinsam besuchten und in dem ausschließlich elektronische Musik aufgelegt wurde. Als Jackson eintraf, war David wie gewohnt in der Gesellschaft einer Frau – nie derselben. Was Beziehungen anging, so teilten sie eine Überzeugung. Während Jackson sich jedoch aufgrund des unschönen und lang hingezogenen Endes seiner letzten Partnerschaft für eine ganze Weile nicht neu binden wollte, lebte sein sechs Jahre jüngerer Bruder mit Anfang dreißig gerade eine Austob-Phase aus und erlag dem Charme seiner ohne Zweifel immer reizenden Verehrerinnen zu gern, als dass er sich auf eine hätte festlegen wollen.

»Hey Jack«, wurde er von David begrüßt und bekam die aktuelle Favoritin vorgestellt. »Das ist Kendra.«

Jackson nickte ihr zum Gruß zu und versuchte, nicht allzu desinteressiert zu wirken, als Kendra ihn wissen ließ, dass sie mit einer Freundin da sei, die gerade tanzte. Sie wandte sich zur Tanzfläche um, wies auf eine Brünette in einem hautengen weißen Kleid und ließ ihn ihren Namen wissen: Debby hieß das hübsche Wesen. Als Debby sich ihrer Aufmerksamkeit bewusst wurde und winkte, schickte Jackson ihr ein freundliches Lächeln und seinem Bruder einen fragenden Blick.

Der feixte, zuckte die Schultern und schlang einen Arm und Kendras Wespentaille. Eng umschlungen tanzten sich die beiden zu Debbi hin. Dort angelangt, gab David Jackson einen Wink, ihnen Gesellschaft zu leisten.

Jackson bestellte sich erst einmal einen Drink, beobachtete das Geschehen und ließ sich von der Musik in Stimmung bringen. Ein Track, der ihm gefiel, bewegte ihn schließlich auf die Tanzfläche. Er war nicht überrascht, dass Debby ihn antanzte und ihre Hände bald auf ihm waren, um von seiner Brust zu seinem Rücken zu wandern und ihn näher zu ziehen. Er ließ es geschehen, legte seine Hände auf ihren Po und tanzte mit ihr.

Sie fühlte sich gut an, trieb wahrscheinlich Ausdauersport und achtete auf eine kalorienbewusste Ernährung – sicher würde sie dies später im Gespräch erwähnen. Ebenso wahrscheinlich machte sie Yoga, was sie auch sagen würde, um zu verdeutlichen, wie ausgeglichen sie war. Nichts konnte sie aus der Ruhe bringen – nicht bis zum nächsten Morgen zumindest. Wahrscheinlich war sie zu High-School-Zeiten Cheerleader gewesen und Prom-Königin und mit Footballern ausgegangen und dem Kaff in Kansas entflohen, um Teil des multikulturellen Lebens der Großstadt zu werden.

Debby hob das Gesicht und zwinkerte ihm zu. Auch diese Geste quittierte er mit einem Lächeln, das nicht weniger unverbindlich war als das erste, und fand sich gleich darauf in seiner vor Sarkasmus triefenden Gedankenwelt wieder. Was er dachte, gefiel ihm nicht. Viel lieber wollte er an Sex denken, was er prinzipiell tat – das war nur logisch, bei einer optisch so tollen Frau. Genau genommen stellte er sich vor, wie er sie aus dem weißen Kleid schälen und flachlegen würde. Er konnte sie gegen eine Wand vögeln oder auf einem Tisch, vielleicht sogar im Bett.

Störend waren da nur der Sarkasmus und die Vorurteile und der leichte Unmut über die Geschichten, die er sich vorher und nachher anhören musste.

Na und!, wies er sich im Stillen zurecht. Frauen laberten nun mal gern und viel und manchmal unüberlegt; das gehörte doch irgendwie dazu. Man hörte es sich an und vergaß es wieder.

Störend waren außerdem die Gleichgültigkeit und das ausbleibende Prickeln …

Jackson dachte an Kate, und prompt fuhr ein Prickeln von seiner Brust in seine Lenden. Um ein Haar hätte er Debby näher gezogen, ihren Po fester umschlossen und seinen Mund auf ihren Hals gedrückt – sein überrumpelter Geist hatte das *Go* dazu schon gegeben. Schuld daran, dass er nichts von allem tat, sondern sie stattdessen freigab, war das Bewusstsein darüber, dass ihn diese Frau im Endeffekt absolut nicht befriedigen würde. Es lag nicht einmal an Debby selbst, sondern vielmehr am fehlenden Zauber. Zwischen ihm und ihr, da war nur Luft, sonst nichts.

Debby zeigte sich überrascht, als er ihr noch viel Spaß wünschte und zur Bar ging. Die Blicke, die er daraufhin von ihr auffing, waren düster, weshalb er lieber dem Barkeeper beim Mixen der Cocktails zuschaute. Es dauerte nicht lange, bis David an seiner Seite war.

»Was hast du für ein Problem, Jack? Die ist doch klasse.«

Jackson runzelte die Stirn. »Ich habe einfach keine Lust.«

»Hast du dich so an der Krankenschwester verausgabt?«

Bisher waren sie nicht allein gewesen. Deshalb hatte David nicht schon eher etwas zu Kates Auftritt gesagt, mit dem sie ihn am gestrigen Abend zum Rückzug bewegt hatte – er war der Pirat gewesen.

»Mir steht der Sinn heute nicht nach Sex, das ist alles«, schloss Jackson das Thema, bevor es überhaupt eröffnet war.

»Und wonach steht dir dann der Sinn?«, bohrte David, doch diese Frage ließ Jackson unbeantwortet.

Er konzentrierte sein Augenmerk auf eine giftig grüne Flüssigkeit, bei deren bloßen Anblick es ihn schüttelte. Der Barkeeper füllte sie in ein Martiniglas und schob es der Frau hin, die es bestellt hatte. Sie nahm neben ihm Platz, zeigte ihm ein strahlendes Lächeln und sagte: »Hey! Wie geht's?«

»Hey! Gut geht's« entgegnete Jackson, stand auf und begab sich auf die Zwischenetage, wo Sessel um kleine Tische standen. Von dort aus konnte man zur Tanzfläche und zum DJ-Pult schauen. Sein Blick fiel auf David, der auf der Tanzfläche nun mit beiden Frauen beschäftigt war und keine zu kurz kommen ließ. Sowohl Kendra als auch Debby kamen auf ihre Kosten.

Wie wollte *er* Spaß haben?, grübelte er und spürte das Handy allzu deutlich in der Innentasche seiner Jacke. Er zog es hervor, überprüfte das Display. Dass es keine neuen Nachrichten zeigte, machte ihm bewusst, was er wollte.

`Hey, ich hoffe, deine Samstagnacht ist unterhaltsamer als meine`, schrieb er Kate. `Was tust du gerade?`

Es dauerte zwei Minuten bis ihre Antwort einging. `Es ist ein Uhr morgens. Ich versuche einzuschlafen. Das ist nicht sonderlich unterhaltsam.`

Sie lag also im Bett – eine schöne Vorstellung. Lag ihr Partner neben ihr? War sie so dreist, unter diesem Umstand mit ihm zu texten? Oder hatten sie getrennte Schlafzimmer?

Geht dich nichts an!, ermahnte er sich und ging auf Kates

Worte ein: Warum kannst du nicht schlafen?

Kopfkino, las er. Ich denke an gestern um diese Zeit und überlege, wie es am nächsten Freitag sein wird. Wo werden wir uns dann sehen?

Darüber habe ich noch nicht nachgedacht.

Dann tu es. Vielleicht wird dein Abend dadurch unterhaltsamer. Wo bist du eigentlich?

Statt einer Antwort in Textform, knipste er mit der Kamerafunktion des Handys ein Bild von sich selbst und sendete es ihr.

Du bist in einem Club, lautete ihr Kommentar. Ich hoffe, du benimmst dich!

Jackson musste grinsen. Sie war also besorgt, er könne sich mit einer anderen als ihr vergnügen. Das war sympathisch.

Ich benehme mich immer. Außerdem muss ich ständig an dich denken. Wie könnte ich mich da nicht benehmen?

Auf Kates Gut! schrieb er: Schickst du mir auch ein Bild von dir?

Aber ich bin doch im Bett, antwortete sie, und beinahe meinte er, die Verwirrung in ihrer Stimme zu hören.

Ich weiß.

Ganze zehn Minuten brauchte sie. Wahrscheinlich fotografierte sie in einer Tour und war mit keinem Ergebnis zufrieden. Sicher schaute sie kritisch auf ihr Gesicht, auf ihre Brüste, auf ihre Haltung, dabei war doch alles an ihr so perfekt.

Das Foto, das sie ihm endlich sendete, betrachtete Jackson lange. Kate trug nicht mehr als ein schwarzes, mit Spitze gesäumtes Höschen und lag in einem Bett, das mit grauer Wäsche bezogen war. Ihr Gesicht, frei von jedem Make-up, sah frisch aus. Ihre Augen strahlten in tiefem Blau, scheinbar war sie wirklich nicht müde.

Er wollte seinen Mund auf ihren pressen, wollte ihren Hals entlang über ihre Schlüsselbeine küssen. Ihre Brüste sahen weich und verführerisch aus. Zu gern mochte er sie kneten und lecken, bis die Nippel rot und hart waren. Halb auf der Seite liegend, kamen die Beckenknochen, die er an ihr so sexy fand, gut zur Geltung, und auch ihr flacher Bauch mit dem kleinen, perfekten Nabel. So sehr verlangte es ihn danach, die Hände auf sie zu legen, über ihre samtige Haut zu streichen, ihre reizenden Kurven zu erkunden und sich dabei mehr und mehr zu vergessen.

Erst gestern hatte er sie gehabt und quer durch das Zimmer gevögelt, nachdem sie ihn bis zur Verzweiflung gereizt hatte, doch heute wollte er sie schon wieder; seit er die Augen aufgeschlagen hatte und nun erst recht. Wie sehr, das zeigte sich an der »Mag-Lite«, die er in der Tasche hatte und die von der Medium-Ausführung auf XL-Größe wuchs und gegen den Stoff seiner Boxershorts zu pulsieren begann.

[redacted], fragte Kate nach einer Weile, und er beeilte sich, ihr zu antworten.

[redacted]

[redacted], las er und grinste. [redacted]

***

Zuhause angelangt, warf Jackson die Wohnungstür ins Schloss, lehnte sich dagegen und öffnete seine Hose. Zwar war sein Schwanz dank grausamer Konzentration auf völlig unsexy Themen schon wieder geschrumpft, doch nun, da er sich gehen lassen und seine Hand darumlegen konnte, schwoll er abermals an. Spontan löste er das Lederarmband vom Handgelenk, legte es um seinen Schaft und schloss es in den hintersten Löchern. Der leise Schmerz, der sich daraufhin mit seiner Begierde paarte, gab ihm den Kick, der ihn darüber hinwegtröstete, dass Kate nicht hier war.

Je mehr seine Erektion wuchs, desto heftiger spannte das Band und desto größer wurde der Schmerz, aber auch die Lust. Die Bilder, die ihm in den Sinn kamen, ließen seine Hand den Rest erledigen.

Er stellte sich vor, dass Kate hier war … dass sie mit ihm hergekommen und binnen Sekunden ausgekleidet war. Er hatte sie vor Augen, wie sie sich vornüberbeugte und ihm ihren Hintern entgegenstreckte. Er erinnerte sich, wie es sich anfühlte, wenn er sie bei ihren Hüften packte und stellte sich vor, dies jetzt zu tun; allerdings nur mit einer Hand. Die andere würde ihre Hände auf dem Rücken zusammenhalten.

Den bereits erlebten und nun nachempfundenen Moment des Eindringens in sie kostete er aus, schloss die Augen, lehnte den Hinterkopf gegen die Tür, rieb seinen geknechteten Schwanz fester und gab sich der Vorstellung hin, sie genauso zu ficken, wieder und wieder hart in sie zu stoßen und zwar abwechselnd in ihre Pussy und ihren Po – wie ihm gerade beliebte. Er wollte, dass sie vor Lust schrie und sich in seinem Griff wand und zum selben Zeitpunkt wie er explodierte.

Jackson kam mit einem leisen Keuchen. Sein Atem stockte unter der Kontraktion seiner Muskeln. Sein Schaft pulsierte und zuckte in seiner Hand. Ein letztes Mal strich er darüber, rieb über die Eichel und sah hinab, um zu beobachten, wie sein Saft aus der Öffnung schoss und warm über seine Hand rann.

Mit einem Aufatmen lockerten sich seine Muskeln. Entspannung lag auf seinen Lippen, als er sich fragte, wie er es bloß bis Freitag aushalten sollte.

***

Am Donnerstagabend ließ er Kate wissen, wo er sie sehen wollte. Natürlich war es ihm schon eher eingefallen, doch er mochte es, sie so kurzfristig damit zu konfrontieren. Gerade bei diesem Treffen sollte ihr wenig Zeit bleiben, darüber nachzudenken und sich zu viele Gedanken zu machen. Stattdessen sollte sie von der Vorfreude ergriffen werden, die auch ihn fest im Griff hatte.

Tatsächlich sprühte ihre Reaktion vor Spannung und Ungeduld. Ein bisschen zurückhaltender zeigte sie sich, als er sie wissen ließ, wie dieses und alle folgenden Dates ablaufen würden, doch auch hierzu gab sie ihm ihr Okay.

Jackson ahnte, dass es einige Überwindung und Konzentration kosten würde, nicht nur Kate, sondern auch ihn selbst, aber es würde den Nervenkitzel auf einem dauerhaft hohen Level halten. Zudem verhinderte diese Taktik, dass sie Dinge voneinander erfuhren, die für sie beide uninteressant bleiben sollten. Also würden sie sich an jedem Freitag begegnen, als sei es das erste Mal.

ACHT

Auf dem Weg durch den Park wünschte sich Kate, den Dingen, die ohnehin geschehen würden, gelassen entgegensehen zu können. Doch das gelang ihr nicht. Zum Teil beruhte ihre Unsicherheit auf den Vorwürfen ihres Verstandes, was zur Hölle sie hier eigentlich trieb. Sie war verrückt genug gewesen, Jackson Ramones blind zu begegnen, und dank der gleichen Verrücktheit hatte sie sich für ihn in ein Krankenschwesterkostüm gezwängt. Jetzt war sie so irre, ihn in einem abgelegenen Park zu treffen. Er hatte gesagt, dass er lieber verrückt als normal war. Sie hatte nie zuvor drüber nachgedacht, doch jetzt tat sie es. Und in mancher Sekunde wunderte sie sich, warum es so viel Spaß machte und so aufregend war, verrückt zu sein.

Ihre Schritte klangen dumpf auf den Steinplatten, die von einer dünnen Moosschicht überzogen und brüchig waren. Es ging vorbei an wild wuchernden Grünflächen und maroden Holzbänken. Manche der unter Strom summenden, zweiarmigen Laternen glommen schwächer in der Dunkelheit und einige taten es gar nicht mehr, sondern thronten wie Geister in der Dunkelheit. Weit und breit sah Kate nicht eine Menschenseele, und hob sie den Kopf, dann entdeckte sie die Silhouetten von Krähen und Raben vor dem Nachthimmel. Ihr Krächzen mischte sich mit dem Ruf eines Käuzchens.

In der Ferne erspähte sie einen Brunnen und vernahm das Plätschern des Wassers, das mit gewonnener Nähe lauter wurde.

Dahinter lag die Treppe, die auf eine höhere Ebene des Parks führte. Über ihr stand der Mond, rund und weiß.

Von ihrer Nervosität angestachelt, beschleunigte sie ihre Schritte. Den Blick gesenkt, eilte sie die Treppe hinauf, hob ihn erst auf der letzten Stufe. Dort stand Jackson. Die Hände in die Jackentaschen gesteckt, wartete er in der Mitte des Weges, der sich hinter ihm im gelben Licht der Laternen verlor.

Am liebsten wollte sie laufen, um die letzten Meter zu ihm noch schneller zurückzulegen und in seine Arme zu fliegen, erinnerte sich jedoch an ihre Abmachung und ging im bisherigen Tempo weiter, bis sie vor ihm stand. Ihm schien das nicht nahe genug, denn er minimierte den Abstand zwischen ihnen.

Minutenlang betrachteten sie sich, achteten auf das Funkeln ihrer Augen, auf die zu einem winzigen Lächeln angehobenen Mundwinkel, auf die sich vor Verlangen öffnenden Lippen. Zwischen ihren Blicken und Mündern hatte sich so etwas wie ein magnetisches Feld aufgebaut, das ein Abrücken unmöglich machte, sondern sie nur näher zueinander brachte. Bald standen sie so dicht beieinander, dass sie den Atem des anderen auf der Haut spürten.

Kate fielen hunderttausend Worte ein, doch kein einziges erschien ihr sagenswert. Vielmehr ahnte sie, dass Worte diesen Moment stören würden. Also hielt sie das Schweigen, wie Jackson es tat.

Aus dem letzten Zentimeter zwischen ihnen wurden Millimeter. Als kein Millimeter mehr da war, berührten sich ihre Münder – vorsichtig und ein bisschen spielerisch zuerst. Im selben Moment ließen beide los, ließen sich von diesem Kuss mitnehmen und gaben die Zügel ab, um ihn ungezügelt sein zu lassen, wild und verlangend; um ihm zu erlauben, der Überträger ihrer lostobenden Begierde zu sein.

Durch die Dunkelheit des Parks taumelnd, öffneten sie ihre Jacken und sandten ihre Hände auf eine Erkundungstour, um die Kurven und Muskeln des anderen Körpers zu ertasten. Als Kate mit dem Rücken gegen eine Wand stieß, hielten sie inne und betrachteten sich wieder. Jackson legte die Hände unter ihren Po und zog sie an sein Becken.

»Was treibst du nachts allein in einem Park?«, flüsterte er.

»Ich war spazieren«, gab sie im gleichen Tonfall zurück. »Was tust du denn hier? Nachts?«

»Ich wollte schwimmen.«

Beinahe hätte Kate gelacht, doch die in ihr kursierende Aufgewühltheit verbot es ihr, auch nur das leiseste Zeichen von Belustigung zu zeigen. »Hier? Wo denn?«

Jackson drängte sich so dicht gegen sie, dass sie seine Erektion spüren konnte. »Das in deinem Rücken, das ist ein Poolhaus.«

Kates Hände fanden den Weg zu Jacksons Hintern. »Warum schwimmst du dann nicht?«

»Kein Wasser im Becken. Doch ich hatte noch keine Gelegenheit das zu bedauern.«

»Warum nicht?«

Eine seiner Hände wanderte über ihren Rücken. Bald löste er die Spange aus ihrem Haar, kraulte hindurch, griff es im Nacken zusammen und zog ihren Kopf zurück. »Weil ich dich entdeckt habe und auf andere Gedanken gekommen bin«, murmelte er an ihren Hals.

Kates Herz schlug ein noch hastigeres Tempo an. Was auch immer sie hatte erwidern wollen, sie vergaß es. Seinen Mund wieder auf ihrem, drehte Jackson Kate ein wenig und dirigierte sie rückwärts. Die Wand öffnete sich zu einem Torbogen – einem von vielen, die das Poolhaus zum Park hin öffneten. Auf der entgegengesetzten geschlossenen Seite befanden sich

Nischen, die von Badegästen einst für Schwimmpausen genutzt worden waren. Altes Laub raschelte unter ihren Schritten, während sie sich, ineinander verschlungen, zu einer dieser Nischen bewegten.

Jackson zog seine Jacke aus, legte sie auf den Stein und ließ Kate darauf Platz nehmen. Er ging vor ihr auf die Knie, öffnete ihre Hose und zog sie mitsamt dem Höschen aus. Zuerst waren es seine Hände, die über ihre Beine strichen, doch als sie sich auf ihre Brüste legten, übernahm sein Mund diesen Streifzug.

Kate lehnte den Kopf zurück und genoss die Wärme seiner Lippen, die sich nur allmählich und doch zielgerichtet nach oben bewegten. Einen Kontrast zu diesen Berührungen schufen Jacksons Finger, die durch das T-Shirt hindurch mit ihren Brustwarzen spielten. Je höher Jacksons Mund wanderte, desto fester wurden seine Griffe. Wie er es sich gewünscht hatte, trug Kate keinen BH, weshalb sich ihre Spitzen schnell härteten.

Nur kurz unterbrach er sein Tun, um ihre Beine über seine Schultern zu legen. Kate hielt den Atem an, als er über ihre Schamlippen leckte, sie teilte. Sie seufzte, weil es ihr einen elektrisierenden Schub gab, und strich über seine Haare, als er seine Zunge durch ihre Spalte gleiten ließ und sie ausleckte. Kaum merklich schob er seinen Mund höher, schloss die Lippen um ihre Klit, fuhr darüber hinweg und umkreiste sie mit der Zunge.

»Hm, das fühlt sich wahnsinnig gut an«, murmelte Kate. »Hör nicht auf. Mach ewig so weiter.«

Was Jackson sanft begann, führte er weniger behutsam fort. Seine Zunge und Lippen wurden forscher, erzeugten ein leises Stechen in Kates Mitte, von dem sie noch nicht sagen konnte, ob es nun wehtat oder ihre Lust anfachte. Definitiv raubte er ihr jedoch einen Teil ihres Bewusstseins. Als Jackson dazu derber mit ihren Nippeln umsprang und sie durch den Stoff des Shirts kniff, keuchte sie und versuchte, etwas von ihm abzurücken.

Sein Mund ließ sie nicht gehen und auch seine Hände glitten zu ihren Hüften, umschlossen sie und zogen sie wieder zu ihm. Danach wanderten sie zurück und streiften das Shirt über ihre Brüste. Von seinen Quälereien waren die Nippel noch hart und blieben die perfekten Gegenparts seiner Finger. Erneut kniff er sie, und als Kate sich anspannte, dann losließ und ein paar zusammenhangslose Worte wisperte, zwirbelte er sie und zog daran. Indem er das Spiel seiner Zunge intensivierte, entlockte er Kate ein neuerliches Stöhnen, das sich ausdehnte und erst mit dem Kreisen ihres Beckens leiser wurde.

Sie kam so plötzlich, dass sie kaum wusste, wie ihr geschah. Ihre Muskeln zogen sich zusammen und die Luft blieb ihr weg, um sich nach etlichen atemlosen Sekunden mit einem Schrei aus ihr zu befreien. Sie rang noch um Besinnung, da stellte Jackson ihre Füße auf der Steinbank ab, richtete sich auf und entledigte sich aller Kleidung. Zwischen ihren gespreizten Beinen stehend, wickelte er die Enden ihres Schals um seine Hand, schloss die Faust darum und zog sie näher.

Kate wollte die Beine von der Bank nehmen und schließen, wurde aber durch Jacksons harsches »Nein, bleib so!« daran gehindert.

Sie sah zu ihm hoch, versuchte, seine kühle Miene zu erforschen.

»Leg die Arme auf den Rücken«, fügte er an und zog sie ein weiteres Stück zu sich, dirigierte sie so, dass ihr Mund zuerst seinen Oberschenkel berührte. Von ihm geleitet, säte Kate Küsse auf seiner Haut aus, wurde von seinen Beckenknochen zu seinen Bauchmuskeln und zur anderen Seite geführt. Dabei lotste Jackson Kate so dicht über seinen Phallus hinweg, dass sie mit dem Kinn darüber strich. Hiernach ließ er ihren Mund durch das Grübchen zwischen Bauch und Beckenmuskeln wandern. Indem er sie tiefer führte, hielt er sie allerdings davon ab, seinen Schaft zwischen die Lippen zu nehmen.

»Ich will deine Zungenspitze an meinen Eiern«, hörte Kate ihn sagen und tat, was er verlangte.

»Lutsch sie sanft«, raunte er und ächzte, da sie sich nicht zweimal auffordern ließ. »Saug sie ein, aber einzeln, und vergiss den Damm nicht.«

Jeden von Jacksons Wünschen erfüllend, störte Kate sich weder daran, dass er über sie bestimmte noch wie er über sie bestimmte. Im Gegenteil, beides schürte ihre Hitze.

»Nein, du schließt die Augen nicht!« Mit einem Griff in ihr Nackenhaar bewegte Jackson sie dazu, aufzuschauen. »Sieh mich an und sieh meinen Schwanz an, wie er härter wird, weil du das so gut tust, was du gerade tust.«

Sie wollte sich zur Wurzel seines Schaftes vorankküssen, da schlang er den Schal ein weiteres Mal um seine Hand und stoppte sie. »Noch darfst du ihn nicht haben.«

Also blieb Kate bei seinen Eiern und dem Damm, verwöhnte ihn mit der Zunge und den Lippen. Dass es ihn gleichermaßen Zurückhaltung kostete, deutete sich durch die Spannung seines Körpers an. Das spärliche weiße Licht des Mondes war es, das seine Muskeln streichelte – nicht Kates Hände, denn die mussten an ihrem Rücken ruhen.

Als er es nicht länger aushielt, leitete Jackson Kate aufwärts.

»Ich will nur deine Lippen spüren«, wies er sie an und führte ihren Mund über die ersten Zentimeter seines Schwanzes. »Küss ihn rauf und runter. Keine Zunge, schon gar keine Zähne, nur deine weichen Lippen.«

Jeden einzelnen Kuss platzierte Kate mit Hingabe, liebkoste jede Sehne und jeden Zentimeter des harten, heißen Fleisches. Immer wieder hob sie den Kopf, um zu beobachten, was das mit ihm machte. Ganz offenbar machte es ihn verrückt. Als sich ihre Blicke trafen, schickte er ihr ein schiefes Lächeln und schüttelte den Kopf, da sie den Versuch unternahm, seine Eichel einzusaugen. »Nur deine Lippen«, wiederholte er im Flüsterton und lenkte sie zurück zu seinen Eiern.

Kate ahnte, wie seine nächste Bitte lauten würde.

»Jetzt will ich deine Zunge. Leck seine ganze Länge bis zur Spitze. Und wenn du oben bist, darfst du ihn einsaugen. Doch nur leicht und nur die Eichel.«

Auch jetzt tat Kate, worum er sie gebeten hatten, beinahe zumindest. An der Spitze angelangt, nahm sie die Eichel nicht sofort zwischen die Lippen, sondern rieb daran. Jackson ließ ein Keuchen hören und wickelte ihren Schal ein letztes Mal um seine Hand, wodurch sein Schwanz gegen ihren Mund gepresst wurde. Eine kleine Genugtuung verspürend, gewährte Kate ihm Einlass, bespielte die Eichel mit der Zunge und den Lippen.

Inzwischen war auch Jacksons Miene ein Spiegel seines Genusses und seiner Anspannung. Den Mund zu einem Strich verkniffen, die Brauen zusammengezogen, ließ er Kate nicht aus den Augen. Seine Armmuskeln traten hervor, als er, in einem Moment, da Kate noch nicht damit gerechnet hatte, abermals am Schal zog und sie dazu brachte, seinen Schwanz zu schlucken.

Es kostete Kate einiges an Willensstärke, ihre Arme auf dem Rücken zu halten, denn er kam tief in ihren Mund. Als er seinen Schaft zurückgleiten ließ, schnappte sie nach Luft und wappnete sich für den zweiten Vorstoß, der wenig später folgte.

Was er auch tat und obwohl er sie seinem Willen unterwarf, ihren Mund regelrecht benutzte, ging er doch nie grob vor.

So unerwartet er hineingestoßen hatte, so unerwartet zog Jackson sich aus Kates Mund zurück. Er beugte sich über sie und stemmte sich mit einer Hand an der Wand ab. Die andere schob er unter sie, um sie anzuheben. Dass er die Spitze seines Schwanzes lediglich durch ihre Spalte und über ihren Kitzler gleiten ließ, raubte Kate bald den Verstand.

»Tu es jetzt!«, keuchte sie.

»Was soll ich tun?«

Auf der Suche nach den richtigen Worten, haderte sie mit sich. »Sei in mir«, brachte sie in einem schon flehentlichen Ton hervor und hob ihr Becken weiter an.

Statt ihren Wunsch zu erfüllen, fragte er. »Bin ich das nicht bereits? Kannst du noch an jemand anderen oder etwas anderes denken als an mich?«

»Das meine ich nicht.«

»Dann sag mir, was du meinst!«

Kate stieß ein Zischen aus, als er seine Eichel nochmals über ihre Klit trieb. »Fick mich endlich!«, brachte sie hervor und schrie, als er ihrer Aufforderung mit einer einzigen, kraftvollen Bewegung folgte.

Es bedurfte nur weniger Stöße, um sie ein zweites Mal kommen zu lassen, und auch Jackson hatte – gereizt wie er war – keinen langen Weg mehr vor sich. Ein letztes Mal schob er sich in sie und öffnete den Mund zu einem stummen Schrei, da Kate sich ihm entgegendrängte. Als das Zucken seiner Muskeln einsetzte, zog er sich aus ihr zurück und rieb über die Eichel. Ein Knurren zwängte sich zwischen seinen Lippen hindurch, dann spritzte sein Saft auf ihren Bauch. Als kleiner See sammelte er sich in Kates Nabel und lief von dort aus in

Bächen ihre Seiten hinunter. Kate zeichnete die Spuren mit den Fingern nach und fing die Flüssigkeit auf, um sie abzulecken.

»Du schmeckst so gut«, flüsterte sie und Jackson, der allmählich zu Atem kam, beugte sich zu ihr, um sie zu küssen.

***

Die Beine angezogen, die Arme um den Oberkörper geschlungen, den Kopf an seine Brust gelehnt, saß Kate auf Jacksons Schoß und lauschte seinem Herzschlag. Mit ihren Kleidungsstücken hatte er sie beide zugedeckt und die anhaltende Wärme ihrer Körper tat das Übrige. Nur dann und wann huschte ein Hauch der nächtlichen Kühle in die Ritzen zwischen den Jeans- und Baumwollstoffen und ließ sie frösteln.

Kate hatte keine Ahnung, wie spät es war und wollte es gar nicht wissen. Der Gedanke, dass die Zeit einfach angehalten hatte, war zu schön und ließ sie sich dichter an Jackson kuscheln. Er schlang einen Arm um sie und stützte sein Kinn auf ihren Kopf.

»Ich liebe solche Parks bei Nacht«, nuschelte Kate.

Sein Daumen strich über den Flecken Haut, auf dem er lag. »Ich liebe sie auch. Diesen hier ganz besonders. Er besitzt etwas Geheimnisvolles. Etwas Zauberhaftes und doch Trauriges, weil er so verlassen ist.«

Nicht zum ersten Mal stellte Kate fest, dass Jackson mit seinen Worten so gut umgehen konnte wie mit seinen Händen, womit er Kates Geist im gleichen Maße herausforderte wie ihren Sex.

Ihr Blick schweifte durch das vom Mondschein und einer noch halbwegs funktionierenden Laterne ausgeleuchtete Gebäude. »Stell dir vor, all die Grünflächen wären bepflanzt und gepflegt, der Brunnen unten und dieses Haus hier restauriert, der Pool repariert und wieder mit Wasser befüllt.«

Jackson schniefte verdrießlich. »Das mag ich mir gar nicht vorstellen. Denn dann wären wir jetzt nicht hier.«

»Tagsüber wäre der Park von Spaziergängern, Picknickern und Sportlern bevölkert.« Kate hob den Kopf, um ihn anzusehen. Sein Schmunzeln und das Funkeln in seinen hellen Augen verrieten, dass ihn die Idee zwar amüsierte, aber nicht gefiel. »Und nachts würden sich viel mehr Pärchen hierher verirren …«

Er legte einen Finger über ihren Lippen. »Vollkommen unmagisch«, sagte er und seufzte. »Es wird Zeit …«

Kate räkelte sich. »Die Zeit, die Zeit …«, entgegnete sie in einem versucht nörglerischen Ton. »Gerade hast du sie wieder in Bewegung gesetzt.«

»Das Gefühl habe ich auch. Und da sie nun läuft, sollten wir uns mit ihr bewegen und uns auf den Rückweg machen. Ich bringe dich zu einem Hotel.«

»Die Hinwege habe ich lieber. Und ich will in kein Hotel.«

»Sondern …? Hierbleiben. Dann erkälten wir uns und der nächste Freitag fällt vielleicht flach.«

»Ich würde einfach hierbleiben, ja«, gestand sie und kuschelte sich ein letztes Mal für diese Nacht an Jackson. »Aber da das nicht passiert, werde ich zurück nach Palo Alto fahren.«

»Das ist Unsinn. Es ist gleich drei Uhr …«

»Keine Diskussionen, erinnerst du dich?« Kate stand auf und begann, sich anzuziehen, verstimmt darüber, dass sie nun doch erfahren hatte, wie spät es war.

Jackson blieb kurz sitzen, beobachtete sie scheinbar gedankenverloren und schlüpfte dann in seine Kleidung.

***

Auf dem Rückweg durch den Park, nahm er ihre Hand. Am Auto angelangt, gab er ihr einen Kuss auf die Stirn und schloss die Fahrertür, sobald sie hinter dem Lenkrad Platz genommen hatte. An seinen Volvo gelehnt, blickte er ihr nach.

Kate konzentrierte sich mehr auf den Rückspiegel und auf Jacksons kleiner werdende Silhouette, als auf die vor ihr liegende Straße. Erst als er von der Dunkelheit verschluckt worden war, leuchteten die Scheinwerfer seines Wagens auf.

Neun

Kurz vor fünf Uhr war Kate zu Hause. Sie duschte und schien mit dem Wasser auch das letzte bisschen Müdigkeit abzuspülen, denn als sie sich ins Bett legte, war sie hellwach. Also stand sie wieder auf, packte ein paar Sachen zusammen und machte sich nach einem Stopp im Supermarkt auf den Weg zum Cottage.

Wie am vergangenen Freitag hatte sie Henry gesagt, dass sie auf einem Workshop in San Francisco gewesen war. In seinen guten Zeiten hätte er sie gefragt, in welcher speziellen Technik sie sich fortbildete, doch nun hatte er es mit nicht mehr als einem knappen Okay quittiert.

Der Gedanke an das, was sie jetzt – wie Jill es ihr prophezeit hatte – tun würde, trieb ihr zwar eine gewisse Furcht in die Glieder, doch er erleichterte sie auch. Sie würde Frühstück machen und Henry irgendwie dazu bewegen, daran teilzunehmen. Sie würde mit ihm sprechen und ihm sagen, ganz besonnen und ohne Vorwürfe, dass ihre Beziehung beendet war.

Sie wollte nicht mehr lügen. Und sie wollte nicht mehr auf gute Zeiten warten, die vielleicht wirklich nie mehr kamen. Sie wäre nicht weniger ein Single, als sie es sowieso schon war – nur ohne das schlechte Gewissen, das sich einschlich, weil sie eben doch noch irgendwie zu Henry gehörte.

So simpel das Vorhaben erschien, die Worte über die Lippen zu bringen, würde nicht leicht sein und Kates Furcht nahm zu, als sie in den Waldweg einbog.

Die Morgendämmerung warf einen rosa Schimmer über die Baumwipfel. Kate ließ das Fenster herunter, um die Luft einzuatmen und das Zwitschern der Vögel zu hören. Als das Cottage in Sicht kam, stutzte sie, nahm den Fuß vom Gas und musterte die beiden Wagen, die dort parkten: Henrys blauer Transporter und Jills Pontiac. Sie stellte ihren Wagen neben Jills ab und stieg aus.

Im Haus schlug ihr nicht, wie sonst, der muffige Geruch von Gleichgültigkeit entgegen, sondern der von Jills Parfüm. Vor der Treppe entdeckte sie einen dunkelgrünen Pumps der Freundin, auf einer Stufe den zweiten, gefolgt von ihren Kleidungsstücken, Henrys Jeans und einem seiner Karohemden.

Auf dem Weg nach oben dröhnte Kates Herzschlag in ihren Ohren. Sie ahnte, was sie sehen würde, und fragte sich, warum sie die visuelle Bestätigung brauchte. In der ersten Etage angelangt, passierte sie ihr eigenes Schlafzimmer und schlich zu Henrys, dessen Tür einen Spalt offen stand. Einigen Abstand bewahrend, spähte Kate in den Raum und zum Bett. Henry schlief auf dem Rücken, einen Arm hinter dem Kopf, einen Arm ausgestreckt. Jills Kopf lag auf seiner Brust, einzelne rote Haarsträhnen fielen in ihr Gesicht. Einen Arm und ein Bein hatte sie über Henry gelegt.

Kate machte kehrt und drehte einige orientierungslose Runden durch das Wohnzimmer und die Küche. Nachdem sie mehrere Minuten vor der Wohnzimmerfensterfront verharrt und in den Wald geschaut hatte, nahm sie die beiden Weingläser vom Tisch und trug sie in die Küche, um sie mit Henrys Kaffeetassen abzuwaschen. Danach setzte sie Kaffee auf, schnitt Obst in eine Schale, briet Eier mit Speck und deckte den Frühstückstisch für drei Personen. Eine Tasse glitt ihr aus den Händen und zersprang auf den Fliesen. Kate fluchte und warf einen Teller hinterher.

Weitere Flüche ausstoßend, nahm sie Besen und Schaufel, um die Scherben zusammenzukehren und in den Müll zu befördern, in der Hoffnung, auch ihren Zorn entsorgen zu können. Stattdessen analysierte sie ihn. Nicht auf Henry war sie sauer – schließlich hatte sie ihn inzwischen dreimal betrogen, und dies mit einem Mann, den sie auch künftig zu sehen beabsichtigte. Ihr Ärger galt allein Jill, die seit Jahren schlecht von Henry sprach und keine Gelegenheit ausließ, ihr zu verdeutlichen, dass er nicht der Richtige für sie war. Jill, die sie praktisch ermutigt hatte, Henry mit Jackson zu betrügen. Jill, ihre beste Freundin. Waren die Männer von besten Freundinnen nicht grundsätzlich tabu? Egal, welchen Stand die Beziehung hatte? Egal, ob die beste Freundin eine Affäre hatte?

In ihre Gedanken verstrickt, erschrak sie fürchterlich, als hinter ihr ein »Oh, Guten Morgen!« ertönte. Kate fuhr herum und sah sich Jill gegenüber. In Henrys Karohemd gekleidet, lehnte sie im Türrahmen.

»Du bist zurück von deiner …« Jill hob die Hände, um Gänsefüßchen in die Luft zu malen, und zwinkerte. »Fortbildung.«

Kate klappte die Kinnlade runter. Eine Hand in die Taille stützend, starrte sie Jill an und brachte kein Wort hervor.

Die hingegen plauderte weiter. »Henry sagte mir, du hättest dich für diesen Kurs eingetragen, der nun immer freitags stattfindet. Dass er so regelmäßig abgehalten wird, hast du mir nicht erzählt.«

»Jill …«, stammelte Kate. »Du kommst hierher, obwohl du …«

»Obwohl ich wusste, dass du auf deiner Fortbildung bist?« Jill schlenderte zum Tisch, setzte sich, nahm eine Gabel und spießte ein Stück Birne auf. »Das wusste ich eben nicht. Ich kam hierher, um deinen tristen Freitagabend aufzuhellen.«

»Ach, und meine unerwartete Abwesenheit hat dich die Gelegenheit ergreifen lassen, Henry zu vögeln?«

Jill schob sich noch ein Stück Birne in den Mund, kaute und zuckte mit den Schultern. »Dass wir in der Kiste landen, war absolut nicht geplant. Henry hat mich hereingebeten, mir Wein angeboten und wir haben eine Weile zusammengesessen. Wie mir schien, hatte er das dringende Bedürfnis mit einer unparteiischen Person über seine Schaffenskrise zu sprechen. Und wo ich nun mal da war, hab ich ihm halt mein Ohr geschenkt.«

»Und deine Pussy gleich dazu!«, giftete Kate und schenkte sich Kaffee ein. »Wo du schon mal da warst …« Sie wusste nicht, ob sie gerade schlimmer fand, dass Henry mit Jill gesprochen oder Sex gehabt hatte.

Jill nahm Kates Tasse. »Ich finde, du solltest dich langsam mal abregen«, murmelte sie. »Betrachte es doch als einen Gefallen.«

Im Bemühen, nicht auch noch die Kaffeekanne zu werfen, schlossen sich Kates Finger fest um deren Griff. Vorsichtig stellte sie sie zurück in die Maschine, ging zum Tisch und nahm der Freundin gegenüber Platz. »Sag das noch mal! Ich glaube, ich habe da was falsch verstanden.«

Jill seufzte. »Schätzchen, betrachte es endlich, wie es ist. Du und Henry, ihr lebt hier an den Wochenenden zusammen, ohne zusammenzuleben. Er hat dir nichts zu sagen, du hast ihm nichts zu sagen. Es ist die Gewohnheit, die euch noch beieinander hält. Seinerseits ist es außerdem Bequemlichkeit und vielleicht ein Besitzanspruch, während du darauf hoffst und wartest, dass die alten Zeiten zurückkehren. Wie lange willst du noch warten?«

»Und um mir das zu verdeutlichen, musstest du mit Henry in die Kiste springen?«

»Wie gesagt, das war keine Absicht. Möglicherweise glaubst du, die Initiative ging von mir aus, doch so war es nicht. Ich habe es bloß geschehen lassen, ganz ohne schlechtes Gewissen.« Jill spießte ein weiteres Stück Birne auf. »Anders als du.«

Kate dachte darüber nach, Jill zu packen und rauszuschmeißen – so wie sie gerade war, in Henrys Hemd – und ihr die Klamotten in hohem Bogen über die Veranda hinterzuwerfen. Ganz klassisch und wie im Film.

»Das ist doch alles vollkommen bescheuert«, murrte sie stattdessen. »Ich sollte dich zum Teufel schicken und Henry auch! Und vorher sollte ich ihm von Jackson erzählen, damit er mich ebenfalls zum Teufel schicken kann.«

»Das mit der Reihenfolge müssen wir irgendwie noch abstimmen«, grinste Jill, Kates Zorn vehement ignorierend. »Und komisch, dass es dir nicht in den Sinn kommt, auch Jackson zum Teufel zu schicken.«

»Nicht nötig.« Kate nahm Jill die Kaffeetasse aus der Hand und schob die Schale mit dem Obst aus ihrer Reichweite. »So wie er drauf ist, muss er schon dort angekommen sein.«

Gerade wollte sie Jill bitten, zu gehen, da stand Henry in der Küche. Nur seine Shorts tragend, blickte er sichtlich verstört zwischen den Frauen hin und her, kraulte sich die dunklen Locken und schien etwas sagen zu wollen. Was auch immer es war, es schaffte es nicht über seine Lippen, also wandte er sich um und verließ die Küche. Kate hörte, wie er die Treppe hinaufging.

»Henry, möchtest du mit uns frühstücken?«, rief sie ihm betont freundlich nach, wunderte sich jedoch nicht, dass er nicht reagierte. Wenig später ertönte das Klacken einer Tür. Wahrscheinlich war er wieder in seinem Atelier, um sich grübelnd auf die Couch zu legen. Zu Grübeln hatte er nun tatsächlich etwas.

»Nimm deine Klamotten und geh!«, wandte sich Kate nun an Jill.

Die zog die Brauen hoch. »Hey, nun übertreib mal nicht …«

»Geh!«, knurrte Kate. »Ich muss mich beruhigen. Und du hältst mich momentan davon ab!«

Endlich verstand Jill, wie ernst es Kate war. Sie stand auf, nicht jedoch, ohne sich ein weiteres Stück Birne zu nehmen, und verließ die Küche. Kate lauschte auf ihre Schritte, hörte, wie sie im Bad verschwand und dann ihre Sachen zusammensuchte. Kurz darauf fiel die Eingangstür hinter Jill ins Schloss.

***

Bis zum Nachmittag gab Henry sich nicht die Ehre runterzukommen. Also nahm Kate, die sich inzwischen beruhigt hatte und das Warten nicht länger ertrug, allen Mut zusammen.

Henrys fröhliches »Herein« ließ sie die Stirn runzeln. Ihre Verwunderung nahm nicht ab, als sie ihn vor der Staffelei sah. Noch immer trug er nicht mehr als eine Boxer-Shorts, doch in einer Hand hielt er nun die Palette und in der anderen einen Pinsel. Da er diesen nicht absetzte, sah er auch nicht auf, doch er lächelte.

»Hey, wie geht's?«, erkundigte er sich leichthin. »Ich wäre jeden Moment unten gewesen. Bin hier gleich fertig.«

Kate trat hinter ihn und betrachte die Leinwand über seine Schulter hinweg. Das Bild war in Rottönen gehalten. Obwohl es nicht direkt etwas darstellte, sprühte es dennoch vor Erotik.

»Eine rote Phase hattest du noch nicht«, stellte sie fest.

»Nein, stimmt. Was hältst du davon?«

Diese Frage konnte er ihr doch nicht allen Ernstes stellen! »Hm, nun ja …«, hob sie an und reagierte ehrlich. »Es sieht toll aus.«

»Danke, Darling! Ich bin total glücklich damit.« Endlich

wandte er sich zu ihr um. Er strahlte geradezu. »Ich bin sofort bei dir.«

Kate nickte und ließ ihn wieder allein, schlich mit jäher Taubheit in den Gliedmaßen die Treppe hinunter und aus dem Haus. Auf der Veranda angelangt, setzte sie sich auf die Holzstufen und füllte ihre Lungen mit Sauerstoff.

Es sah danach aus, als hätte Henry seine unkreative Phase überwunden – und er war glücklich darüber, natürlich war er das. Allerdings schien er vor lauter Euphorie vergessen oder verdrängt zu haben, was der Auslöser gewesen war. Am Auslöser gab es für Kate keinen Zweifel. Jill würde sich, egal was sie von Henry und seiner Kunst hielt, wahrscheinlich geehrt fühlen.

Eine halbe Stunde später hörte sie Henry durchs Haus laufen. Die Eingangstür wurde geöffnet, seine Schritte brachten die Holzplanken zum Knarren.

»Hier bist du.« Er setzte sich neben sie. Mit einem Seitenblick stellte Kate fest, dass er eine Jeans und ein Sweatshirt übergezogen hatte. Die Beine ausstreckend, mit den Zehen wackelnd, stützte er den Oberkörper auf den Armen ab und legte den Kopf in den Nacken. »Ich bin so froh, dass es vorbei ist«, sagte er und schickte ein Seufzen hinterher.

Dahingegen hatte Kate das Gefühl, es habe gerade erst begonnen. Wie auch immer *Es* zu definieren war. Dass er mit Jill im Bett gewesen war, wollte sie eigentlich gar nicht ansprechen, konnte aber dazu auch nicht schweigen.

Henry kam ihr zuvor. »Ach ja, und diese Sache mit Jill …«, begann er und klang schon weniger heiter. »Ich möchte nicht, dass du das überbewertest.«

»Ich könnte es nur dann überbewerten«, antwortete Kate, »wenn ich es überhaupt bewerten würde. Da ich aber nicht weiß, was ich davon halten soll, macht es …«

»Dann vergiss es einfach«, fiel Henry ihr ins Wort. »Ich habe es bereits vergessen.« Er rutschte hinter Kate, sodass sie zwischen seinen Beinen saß, schlang die Arme um sie und legte das Kinn auf ihrer Schulter ab. »Ich bin einfach nur froh, dass du da bist … dass du *noch* da bist, nach diesen ganzen Monaten. Danke, dass du mich erträgst in diesen Zeiten, als sei es selbstverständlich. Ich weiß, dass es das nicht ist.«

Kate dehnte das Schweigen aus. Der Nachmittag wurde zum Abend, und der Mond, der gestern noch voll am Himmel gestanden hatte, verbarg seine heute nicht mehr ganz so runde Form hinter Wolken. Das Gestern war perfekt gewesen, kam es ihr in den Sinn, während das Heute einen außerordentlich kaputten Eindruck auf sie machte – egal aus welcher Perspektive und vor welchem Hintergrund man es betrachtete.

»Es wird nicht das letzte Stimmungstief gewesen sein«, machte sie Henry bewusst. »Was, wenn es das nächste Mal eines ähnlichen Auslösers bedarf? Soll ich dann wieder so tun, als sei es nicht passiert?«

»Wer weiß schon, was in Zukunft geschieht«, konterte er. »Solange wir wissen, wohin wir gehören und was wir aneinander haben, sollte uns derlei nicht aus der Bahn werfen.«

»Henry, beinahe ein halbes Jahr hast du nicht gewusst, was du an mir hast, und du hast dich wenig darum bemüht, dich zu erinnern. Was ist, wenn ich mich in diesem halben Jahr verändert habe? Bin ich noch dieselbe Kate? Erkennst du mich noch?«

Jetzt lachte er und zog sie an seine Brust. Seine Hände streichelten über ihre Unterarme. »Selbstverständlich erkenne ich dich, und natürlich bist du noch dieselbe Kate.« Er platzierte einen Kuss in ihrem Nacken. »Die wirst du immer bleiben.«

Kate hatte nicht ohne Grund gefragt. Sie wollte, dass er

argwöhnisch wurde. Doch das wurde er nicht. Für ihn gab es keinen Grund, ihr zu misstrauen.

Was sie ihm hatte sagen wollen, brachte sie nun nicht mehr hervor. Denn es passte so gar nicht mehr zur Situation. Sie würde es dem Henry sagen, auf den sie doch eigentlich gewartet hatte. Einen Moment lang war sie versucht, ihn damit zu konfrontieren, dass es einen anderen Mann gab. Nicht, um es ihm heimzuzahlen, um ihn zu verletzen oder zu provozieren, sondern aus Neugierde. Sie wollte erfahren, wie er reagierte und mit der Tatsache umging.

Sie verkniff es sich, denn das Risiko war zu hoch. Sie wollte und würde Jackson wiedersehen. Dieser unbedingte Wunsch ließ sie dennoch grübeln, warum sie nicht ehrlich war. Genau genommen war sie sogar unfair. Würde Henry mit Verständnis reagieren, wenn er es herausfand? Möglicherweise würde er das, doch er würde es keinesfalls weiterhin dulden.

Es wäre leichter gewesen, den fiesen Henry aufzugeben, doch wen würde sie jetzt verlieren? Kate sah hinab auf seine Hände, die sich vor ihrem Bauch schlossen. Seine Umarmung war warm und liebevoll. Sie war es, was sie all die Monate vermisst hatte, und erschien ihr in diesem Moment wohltuend und richtig. Und doch auch falsch, was ihre Irritation von Minute zu Minute steigerte.

Mit einem weiteren Kuss in ihren Nacken stand Henry auf. Er müsse das ausnutzen, meinte er, und klang so motiviert, dass kein Platz für ein Bedauern blieb. Er müsse malen.

Kate blieb auf den Stufen sitzen. Sie stützte die Ellenbogen auf die Knie, das Kinn in die Handflächen und bedauerte Henrys Verschwinden nicht lange. Sie hatte sich daran gewöhnt, hier allein zu sein – und war es für den Moment einfach lieber.

Zehn

Die halbe nächste Woche sprach Kate nicht viel mit Jackson. Am Mittwoch hatte er sich erkundigt, ob alles in Ordnung sei und es ihr gut ging. Sie war schlecht gelaunt, aber das sagte sie ihm nicht, sondern gab vor, viel zu tun zu haben. Dennoch vermisste sie die Unterhaltungen mit ihm, und verschwieg ihm auch das.

Die Vorstellung, ihn nicht mehr zu sehen, lastete auf ihrem Gemüt. Soll ich … soll ich nicht … die Fragen brachten sie völlig durcheinander, und sie wusste, dass sie sich erst wieder besser fühlen würde, wenn sie eine Entscheidung getroffen hatte. Nämlich die dafür.

Sie sollte! Sie wollte!

Und sie tat es.

Je weiter sie Palo Alto hinter sich ließ, desto leichter wurde ihr ums Herz, desto drängender die Ungeduld und desto kribbelnder die Freude, Jackson zu sehen, ihn zu fühlen, zu schmecken, einzuatmen.

Dem Sonnenuntergang entgegenfahrend, hatte sie noch immer keine Ahnung, wohin die Reise ging, sondern zählte die Meilennummern des scheinbar ewig langen, schnurgeraden Highways. Öde Felder erstreckten sich zu beiden Seiten. Strommasten ragten in den dunkler werdenden Himmel. Nicht ein Wagen begegnete ihr.

Noch zwei Markierungen galt es zu passieren, und Kate hätte das Gaspedal am liebsten bis zum Anschlag durchgetreten. Nicht allein die Geschwindigkeitsbeschränkung hielt sie davon ab, sondern auch die Beschaffenheit des Asphalts. Diesen kaputten Highway hatte Jackson zweifelsohne bewusst ausgewählt.

Raste Kates Wagen auch nicht, so tat es zumindest ihr Puls beim Sichten der besagten Meilennummer. Sie versuchte sich zu beruhigen, doch es gelang ihr nicht wirklich. Klopfenden Herzens hielt sie an, stieg aus, schloss die Wagentür und betätigte die Zentralverriegelung. Dann folgte sie dem Straßenverlauf zu Fuß.

Eine halbe Meile war sie gelaufen, da vernahm sie das Brummen eines Motors und wandte sich um. Noch weit in der Ferne erkannte sie einen Wagen, der sich näherte. Dunkel und klobig war er, wie der Volvo, den Jackson fuhr. Sie hätte nicht geglaubt, dass ihr Herzschlag noch an Tempo zulegen konnte, doch das tat er – sein wildes Hämmern machte sie bald irre. Es wollte alle anderen Geräusche übertönen und verbot es ihr einzuschätzen, wie nahe Jackson inzwischen war. Als er neben ihr fuhr, waren ihre Knie weich wie Gummi. Der Wagen hielt und das Fenster wurde heruntergelassen. Kate blieb stehen.

Er zog die Sonnenbrille von der Nase. »Hey! Deine Karre da hinten am Straßenrand?«

Über seine liederliche Sprache hätte sie beinahe gelacht. Offenbar war sie Teil des Spiels.

»Es hat einen Knall gegeben«, erklärte sie und gestikulierte, um nicht mehr nervös, sondern verzweifelt zu wirken. »Und dann hat's gequalmt. Ich müsste in eine Werkstatt, aber noch viel dringender muss ich zu einem Termin.«

Er verzog die Miene in Abschätzung. »Keine Ahnung. Das mit dem Knall und dem Dampf kann ja alles Mögliche bedeuten. Kann dir da nich helfen. Kann dich höchstens 'n Stück mitnehmen. Zu 'ner Werkstatt oder wo dein Termin is.«

»San Francisco?« Kate ließ es wie eine Frage klingen.

»Ah ja, kein Thema. Muss da auch hin. Spring rein!«

Sich weiter in ihre Rolle hineinspielend, zeigte sie Erleichterung, zog die Tür auf und nahm auf dem Beifahrersitz Platz.

»Jackson«, ließ er sie wissen, setzte die Sonnenbrille auf und fuhr los. Während Kate bei sich selbst noch immer das Gefühl hatte zu spielen, wirkte er ganz unbemüht. Seine Stimme war anders, seine Körperhaltung auch, und sein Dialekt wurde durch den Zahnstocher, auf dem er kaute, verstärkt.

Im versucht locker-flockigen, nach wie vor dankbaren Tonfall stellte sie sich ihm vor: »Ich bin Kate.«

»Okay, Kate, erzähl mal.« Geräuschvoll zog er die Nase hoch. »Auf was für 'n Termin gondele ich dich?«

»Ich muss zu einer Präsentation«, fiel ihr spontan ein. Wollte er ihr auch als Mr Ungehobelt begegnen, bedeutete das für sie noch lange nicht, dass sie eine andere Persönlichkeit annahm.

»'ne Präsentation?«

»Schmuck, den ich entwerfe.«

»Echt jetz'?« Durch einen kräftigen Tritt auf die Bremse brachte Jackson den Volvo zum Stehen. Er wies mit dem Daumen nach hinten. »Wo iss'n dieser Schmuck? Etwa noch deiner Karre?«

Kate, die sich erschreckt hatte, winkte ab und verkniff sich ein Grinsen. »Nein, der ist längst beim Juwelier.«

»Dann is' ja gut.« Er fuhr weiter und schaltete das Radio ein. Den aktuellen Song von Eric Clapton fand Jackson wohl unpassend und startete den Suchlauf. Ein Countrysender gefiel ihm besser. Er drehte die Lautstärke sogar ein bisschen auf und klopfte im Takt auf das Lenkrad.

»Sonst was Wichtiges in der Karre?« Er ließ den Zahnstocher zum anderen Mundwinkel wandern. »Nich', dass dir's sonst wann einfällt und wir ’n Weg zurück müssen. Würde ziemlich teuer werden.«

Auf seine letzte Behauptung zog Kate die Brauen hoch. »Das würde ziemlich teuer werden? Kostet diese Fahrt hier etwa auch etwas?«

»Ja logisch.« Um nicht zu schmunzeln, biss er fester auf den Zahnstocher. »Ein Dollar pro Meile, wie ’m Cab. Verbrauch ja mehr Diesel, wenn du mitfährst. Das iss’n Problem?«

»Einen Dollar?«, empörte sich Kate. »Pro Meile? Das ist kein Problem, sondern ein Witz!«

»Ich scherz nich’, Lady.« Er stoppte den Wagen ein zweites Mal und wandte sich ihr zu. Die Fahrigkeit, mit der er sich die Sonnenbrille abzog, wirkte beängstigend echt, wie auch die Verärgerung in seinen grünen Augen. »Zeig ma, was du an Barem hast oder geh zu Fuß nach San Francisco.«

Kate kramte ihr Portemonnaie aus der Handtasche, öffnete es und hielt es ihm hin. »Ganze fünf Dollar habe ich dabei. Aber wenn wir in San Francisco sind, kannst du an einer Bank halten, damit ich den fälligen Betrag abhebe.« Letzteres spie sie bissig aus und war stolz auf sich.

»Is für die Strecke bis hier«, brummte er, zog die Dollarnote aus dem Portemonnaie und schob sie in seine Jackentasche. »Dein Vorschlag is mir zu heiß. Weiß ich, ob dein Konto gedeckt is?«

»Dann schlag etwas anderes vor!«, grollte Kate. »Aber lass uns endlich weiterfahren. Ich will heute noch ankommen.«

Statt wieder Gas zu geben, schaltete er den Motor ab. Er pfefferte die Sonnenbrille auf das Armaturenbrett und lehnte den Arm auf Kates Rückenlehne. »Musst mir halt was anderes geben, pro gefahrener Meile.«

An dieser Stelle hätte Kate ihn vielleicht ohrfeigen und

aussteigen sollen, doch sie verschränkte die Arme und trotzte: »Etwas anderes. Und an was denkst du da?«

»Deine Jacke, zum Beispiel, die wär in 'ner Meile fällig. Deine Schuhe, und zwar alle beide, nach der nächsten Meile. So machen wir weiter, bis wir am Ziel sind.«

***

Acht Meilen später war Kate ihre Jacke, die Schuhe, ihr Tuch, ihre Jeans, ihr Shirt, ihre Ohrstecker, ihren Ring und ihre Haarklemme los. Jackson bedankte sich für jedes Teil, das sie auf seinen Rücksitz schmiss, und hatte nun doch Mühe, den Unsympathen, den er mimte, aufrechtzuhalten. Immer öfter kniff er die Lippen zusammen und konnte den Spaß, den ihr verrücktes Spiel und Kates aufgesetzte Widerspenstigkeit ihm bereiteten, doch nicht verbergen. Es kostete Kate einige Zurückhaltung, ihn nicht in die Seite zu boxen und einen Blödmann zu schelten. Jackson hingegen schien den Wagen stoppen zu wollen, um sie niederzuknutschen, doch er widerstand der Versuchung ebenfalls.

Nur noch in ihre Unterwäsche gekleidet, saß Kate auf dem Beifahrersitz und hielt nach der nächsten Markierung Ausschau. Ihren BH würde sie ihm um die Ohren schlagen, nahm sie sich vor und warf ihm einen verstohlenen Blick zu.

Dass Jackson seine Rolle so gut und rigoros spielte, turnte Kate an, sodass ihr Amüsement bald in eine andere Regung umschlug. Diese konzentrierte sich mehr auf ihren Unterleib und ließ sie unruhig auf dem Sitz herumrutschen. Sie konnte es kaum noch abwarten, Jackson in ihre Arme und zwischen ihre Schenkel zu bekommen. Sie wollte ihn an sich ziehen, über seine Haut lecken, die Beine um ihn schließen und ihn in sich spüren. Vielleicht plante er, sie im Auto zu vögeln, ganz wie zu High-School-Zeiten? Vielleicht würde er sie auch ins hohe Gras eines verborgenen Weihers verschleppen?

Ihren BH zog sie bei Fälligkeit aus und warf ihn über ihre Köpfe auf den Rücksitz. Da war es eine Meile später auch schon egal, das Höschen zu verlieren – fast egal zumindest. Das Prickeln auf ihrer Haut erinnerte sie an ihren, sich immer weiter in den Vordergrund schiebenden Wunsch: dass Jackson aufhörte, den Macho zu mimen, dass er den Wagen stoppte und sie berührte. Doch er machte es perfekt und hielt erst nach einem weiteren Kilometer, begutachtete sie und verzog den Mund zu einem schiefen Grinsen.

Sein Blick strafte ihn Lügen. »Scheint, als könntest du mir nix mehr geben.«

»Einen Blowjob könnte ich dir geben«, antwortete Kate, deren Hemmungen mit ihrem Höschen endgültig gefallen waren.

Jackson bedachte das Angebot. »Müsste aber ein richtig guter sein, wenn's für die restlichen Kilometer reichen soll.«

Ohne Kates Reaktion abzuwarten, bog er in den Weg ein, der in unmittelbarer Nähe querfeldein verlief, und fuhr ihn entlang. Bald hielt er, schaltete den Motor ab und stieg aus. Kate hörte, wie er den Kofferraum öffnete, wieder schloss und um den Wagen herumkam, um ihr die Tür aufzuhalten. Sie stieg ebenfalls aus, ließ sich von ihm zur Motorhaube dirigieren. Er breitete zwei dicke Handtücher über die Motorhaube und hob Kate darauf.

»Leg dich hin!«, bat er mit einem Timbre in der Stimme, das nicht zu seiner Rolle passte. Nur Jackson schaffte es, einen Befehl wie eine Bitte klingen zu lassen. »Andersherum, sodass dein Kopf über der Stoßstange ist.«

Das von der Fahrt noch warme Metall schmeichelte Kates Rücken durch die Handtücher, doch es verstärkte auch die von der kühlen Luft verursachte Gänsehaut. Jackson nahm einen Gurt, mit dem man üblicherweise Dinge auf dem Autodach sicherte, befestigte ein Ende am linken Radkasten, spannte den Riemen über Kates Schultern und hakte das andere Ende im rechten Radkasten ein. Mit einem zweiten Gurt ging er ähnlich vor, bloß zurrte er ihn unterhalb ihrer Brüste fest.

Seine Miene verriet, wie sehr ihm sein Werk gefiel und erst recht der Anblick, der sich ihm mit der auf so besondere Weise gefesselten Kate bot. Er trat näher, öffnete die Knöpfe seiner Jeans, griff in seine Boxershorts und schenkte seiner Männlichkeit die augenscheinlich ersehnte Freiheit.

Eine kleine Weile rieb er ihn vor ihren Augen, schickte die Eichel dann über ihre Lippen und schob sie dazwischen. Mal bestimmte er, wie sie ihn lutschte, mal überließ er ihn ihrer Zungenspitze.

»Baby, du hast ein Talent dafür«, murmelte er und ließ seine Hände über die Gurte zu ihren Brüsten wandern.

Kate erschauderte als er sie knetete, an den von Kälte und Erregung gehärteten Nippeln zupfte und weiter hinabstrich. Da er sich nach vorn lehnte, rutschte sein Schaft tiefer in ihren Mund, was sie für einen Moment aus dem Konzept brachte.

Jackson stoppte nur den Weg seines Beckens, nicht den seiner Hände, und ließ sie den Rhythmus wiederfinden. Sein Keuchen trieb sie an und ließ sie die Hüfte anheben, wo ihr Verlangen nach ihm so unnachgiebig summte, dass ein Zittern durch ihre Muskeln fuhr. Sie wünschte sich, er würde sie lecken, während sie ihn weiter auf diese Weise verwöhnte. Ihre Pussy wollte sie ihm so ausliefern, wie er ihr seinen Schwanz gab.

Von ihrem Bauch streichelte Jackson zum glatten Venushügel. Dort trennten sich seine Hände und bewegten sich zu Kates Schenkeln, umfassten sie. Indem er ihre Beine heranzog, machte er ihre Mitte für ihn leichter zugänglich, ohne die Handlungen ihrer Zunge und Lippen zu stören.

»Du bist wundervoll«, raunte er jetzt und setzte die Liebkosungen fort. »Dein Body ist der Hammer, fest und doch weich. Es turnt mich echt an, dich anzufassen.«

So viel Zeit ließ er sich. Und Kate ertrug es kaum, mit welcher Geduld er sich ihrem empfindlichen Punkt näherte. Als seine Finger endlich in ihrer Spalte waren, den Kitzler berührten, schien etwas in ihr zu bersten, und sie stöhnte gegen seine Erektion. Sie wollte sich winden, konnte sich jedoch nicht bewegen. Das Einzige, was sie schaffte, war, ihre Hände in eins der Handtücher zu krallen.

Dem ersten Finger ließ Jackson einen zweiten und dritten folgen, die mühelos in sie glitten. Um sie zu dehnen, öffnete er sie ein wenig und nahm auch den vierten Finger hinzu. Nun war es sein Daumen, der über ihre Klit rieb. Kate keuchte, wann immer sein Schaft ihr einen Ton erlaubte. Ihr unregelmäßiger Atem und die kontraktierenden Muskeln kündigten ihren Höhepunkt an, da zog Jackson sich zurück. Was blieb, war die pochende Begierde, das Ziehen und Stechen unterhalb ihres Nabels, das Sehnen nach sofortiger Erlösung.

»Hör nicht auf!«, brachte sie hervor und musste doch zusehen, wie er die Enden der Gurte nacheinander löste.

Er half ihr, sich aufzusetzen und drehte sie zu sich herum. Ihre Beine winkelte er an, indem er seine Arme darunterschob.

»Ich liebe es zu beobachten, wie du die Kontrolle verlierst.« Er zog sie näher. »Ich möchte das immer wieder sehen und es hinauszögern … so lange ich es selbst aushalte.«

»Wie lange hältst du es noch aus?« Kate schloss die Beine hinter seinem Po und zog ihm das T-Shirt über den Kopf. Seine Haut war warm und sie musste sie auf ihrer spüren.

»Nicht mehr lange«, flüsterte er an ihre Lippen, verschloss sie ihr mit einem Kuss und stieß in sie.

***

»Wahrscheinlich wäre ich mit alldem sogar bis nach Paris gekommen«, scherzte Kate auf der Rückfahrt.

»Vielleicht sogar noch weiter.« Um sie anzuschmunzeln, nahm Jackson den Blick von der Straße. »Geht's dir gut?«

»Mir geht's sehr gut. Dir auch?«

»Ja.« Um sie aufzuziehen, fischte er ein neues Zahnstäbchen aus der Box und biss darauf. »War 'ne echt heiße Nummer, Babe!«

Kates Knuffen abwehrend, konzentrierte er sich wieder auf die Strecke und bemerkte, dass der Countrysender noch dudelte. »Verdammt, wer hört sich bloß so was an! Da fallen einem ja die Ohren ab.« Er schaltete auf CD um und warf den Zahnstocher aus dem Fenster.

Kate hob die Arme hinter den Kopf und streckte sich. »Hast du nicht auch einen Mordshunger? Mein Magen hängt in den Kniekehlen. Ich könnte ein Steak verputzen.«

»Hm«, grübelte er. »Hier etwas zu essen zu finden, dürfte eine Herausforderung sein, die am ehesten mit einem Gewehr zu bewältigen ist. Aber wir können es in einem kleinen Kaff versuchen.«

Die nächste Abbiegung führte sie in eine Stadt, deren Name sich als allzu treffend herausstellte: Hopes End. Kate und Jackson hatten auf ein ›McDonald's‹ gehofft, doch sie fanden nur eine Bar. Da es Freitagabend war, hatten sich einige jüngere Leute aus der Stadt versammelt, spielten Billard oder standen am Tresen, wo auch ältere Männer hockten, die sicherlich Stammgäste waren.

»Nicht gerade das *Four Seasons*«, kommentierte Jackson die Szene und schien zu überlegen, ob er an einem der Tische Platz nehmen wollte. »Das hätte ich für das erste Dinner mit dir doch bevorzugt.«

Kate ging voraus und suchte einen sauberen Tisch aus. »Einen stinknormalen Burger werden sie hinbekommen«, beschwichtigte sie Jackson und setzte sich. Er folgte ihrem Beispiel und wirkte in der Umgebung so deplatziert, dass Kate lachen musste.

»Was denn?«, grinste er und rubbelte mit der Hand über seine Haarstoppeln – ein weiterer Ausdruck seines Unbehagens. »Erzähl mir nicht, dass das die Art von Restaurants ist, die du für gewöhnlich besuchst.«

Lachend schüttelte Kate den Kopf. »Gewiss nicht, aber es ist spannend, dich zu beobachten. Hast du ein Lieblingsrestaurant in San Francisco?«

»Ich mag das *Fino* und auch das *Chapeau!*.«

»Letzteres ist vermutlich französisch?«

»Du vermutest richtig.«

Kate zog die Nase kraus. »Schnecken, Muscheln, Froschschenkel … «

Jackson stützte die Ellenbogen auf dem Tisch ab und schien sich mit der Bar abzufinden. »Die französische Küche umfasst ein bisschen mehr als das. Und selbst diese Dinge sind lecker, wenn sie richtig zubereitet sind. Du solltest nichts beurteilen, was du nie versucht hast.« Nach einer Pause, die seinen Worten Wirkung verlieh, sagte er: »Aber rümpf deine Nase bitte noch einmal! Das sah niedlich aus.«

Kate spiegelte seine Körperhaltung, indem sie die Ellenbogen ebenfalls aufstützte. Sie zog die Nase kraus. »So?«

»Genau so. Danke.«

Für einen Moment verfingen sich ihre Blicke und ihre Gedanken verloren den Faden. Eine derbe weibliche Stimme holte sie zurück in die Wirklichkeit. Jackson musterte die schmuddelige Bedienung einige Sekunden lang sprachlos.

Sobald er seine Sprache wiederhatte, bestellte er zwei Wein und zwei Burger.

»Ich habe jetzt schon eine Magenverstimmung«, brummelte er, blickte der Davontrottenden aber mehr belustigt als besorgt nach.

»In ein paar Stunden bist du wieder in deinem Leben. Wer weiß, vielleicht sehnst du dich dann sogar zurück«, zog Kate ihn auf und hängte eine Frage an: »Wie lebst du eigentlich in San Francisco?«

Da ihm das Thema nicht behagte, ging er nur knapp darauf ein. »In einem Gebäude, das ich im vergangenen Jahr gebaut habe.« Er schien froh, dass der Wein gebrachte wurde. Mit dem Glas bekamen seine Hände Beschäftigung.

Kate hatte längst verstanden, dass sie während ihrer Dates nicht viel voneinander preisgaben, doch das hier hielt sie für Small Talk. Sie verstand nicht, warum es Jackson verunsicherte. Das sich ausdehnende Schweigen war unangenehm, deshalb hakte sie weiter nach. »Ein Appartementkomplex?«

Einen Moment lang betrachtete er sie. »Ich wohne ganz oben«, sagte er dann. »Den top Floor wollte ich unbedingt, weil die Aussicht grandios ist.« Der Argwohn verschwand aus seinen Augen. Ein Lächeln umspielte seine Lippen. »Sie ist inspirierend, beruhigend, erfrischend, ermutigend. Sie ist, was auch immer sie im entsprechenden Moment sein soll. Außerdem mag ich es, draußen zu sein und über mir nichts anderes als den Himmel zu haben.«

Einmal mehr mochte Kate Jacksons Worte so sehr, dass ihr jedwede Erwiderung überflüssig und plump erschien.

Elf

Zum fünften Mal an diesem Montagmorgen ließ Jackson das Handy in der Tasche verschwinden, ohne die *Bonjour*-SMS geschickt zu haben. Er würde es heute ganz einfach nicht tun, beschloss er, und auch morgen nicht. Zwei Tage lang würde er einmal nichts schreiben – und auch nicht antworten, wenn Kate sich meldete. Bestimmt würde sie irgendwann schreiben und sich wundern, wo sein »Bonjour« blieb.

Sowieso war ihm nicht nach dem Austausch erotischer Gedanken zumute, denn auf der Baustelle, zu der er sich auf den Weg machte, erwartete ihn eine Menge Ärger. Die Firma, die er für die Elektroinstallationen beauftragt hatte, lag mit ihren Arbeiten aufgrund von krankheitsbedingtem Personalmangel bereits eine Woche hinter dem Bauzeitenplan. Außerdem war der Trockenbau in der fünften Etage nicht nach seinen Vorgaben ausgeführt worden und musste korrigiert werden. Die Fliesenleger, die nächste Woche auf die Baustelle kommen wollten, hatten wiederum Probleme mit der Materialbeschaffung, womit sich eine weitere Verzögerung ankündigte. Den Fertigstellungstermin, den er der Stadt zugesagt hatte, würde er definitiv nicht einhalten können. Es würde ihn einiges an Contenance kosten, seinen Ärger darüber im Zaum zu halten und nicht unfair zu werden.

Er hatte also ganz andere Sorgen.

Ganz andere Sorgen, als darüber nachzugrübeln, warum er mit Kate in diese schreckliche Bar gefahren war. Schließlich hätte er damit rechnen müssen, dass dies ihrer speziellen Beziehung den unerwünschten Touch der Normalität verlieh.

Innerlich grollend gestand Jackson sich ein, dass er es in diesem Moment exakt so gewollt hatte. Er war sogar froh darüber gewesen, sie noch nicht an ihrem Auto abliefern und sich auf den Rückweg in – wie sie es genannt hatte – sein Leben machen zu müssen. Als er sich schließlich von ihr verabschiedet und beobachtet hatte, wie sie davonfuhr – in ihr Leben – war ihm speiübel gewesen. Nicht vom Burger, denn der war überraschend gut gewesen, sondern von dem Gefühl, das sich da in ihm ausgebreitet hatte: Er hatte sich glücklich gefühlt, euphorisch beinahe – und dennoch betrübt, weil er sie schon vermisste.

Inzwischen war er nur noch sauer.

Er musste das alles irgendwie besser unter Kontrolle halten, sich selbst vor allen Dingen, denn diesen Weg, auf den Kate ihn hier lotste – unbewusst natürlich –, den wollte er nicht gehen. Er wollte Sex. Punkt. Wie er es ihr gesagt hatte. Gab er die Kontrolle ab, würden die Dinge aus dem Ruder laufen. Er würde mehr wollen. Sie würde mehr wollen. Und dies würde das Ende ihrer fantastischen Reise bedeuten. Denn ein Mehr war einfach nicht drin. Ein Mehr bedeutete Grenzen ganz anderer Art, und Fesseln, aus denen er sich vor nicht ganz zwei Jahren unter Höllenqualen befreit hatte – als er festgestellt hatte, dass es gar nicht mehr sein Leben war, das er lebte, sondern ein ihm auferlegtes. Ein Leben voller Regeln, Pflichten, Verboten, Selbstverständlichkeiten und Routine. Die Gewohnheit und die Bequemlichkeit waren es gewesen, die ihn blind gemacht hatten, während so etwas wie Liebe und Geborgenheit es ihm schwer gemacht hatten, sich davon zu lösen.

Möglicherweise, gestand sich Jackson ein, war er beziehungsunfähig. Was ihn beengt hatte, waren nun einmal die typischen Charakteristika einer Partnerschaft. Eine feste Beziehung forderte ein Maß an Selbstaufgabe und die Bereitschaft zu Kompromissen. Jackson wollte weder das eine noch war er zum anderen bereit – eine ziemlich egoistische Einstellung. Allerdings mochte er nicht irgendwann auf sein Leben zurückblicken und bedauern, bestimmte Dinge nie getan, Reisen nie unternommen, Erfahrungen nie gemacht zu haben. Er wollte keine Freiheiten vermissen, die er nicht gehabt hatte, weil er sie sich selbst nicht eingeräumt hatte.

Jackson war sich sicher, dass dies kein ewig währender Wunsch war, denn Prioritäten verschoben sich häufig im Leben. Solange er dieses Bedürfnis jedoch so stark in sich spürte, konnte er sich schlichtweg nicht auf jemanden einlassen, ohne diesen Menschen und sich selbst unglücklich zu machen.

***

Kates Nachricht ging am späten Nachmittag ein. Sie schrieb ihm das »Bonjour«, das er ihr heute verweigern würde. Er ignorierte es und fühlte sich so lange mies, bis er in einem Telefonat mit der Stadtverwaltung von San Francisco wieder an seine anderen, doch wirklich bedeutenderen Sorgen erinnert wurde. Das daraufhin nur noch leise nagende Gefühl, das ihm sagte, dass etwas nicht in Ordnung war, bestätigte ihn in seinem Verhalten.

Auf Kates zweite Nachricht kurz vor Mitternacht, in der sie sich erkundigte, ob alles okay sei, war er versucht zu antworten, schaltete das Handy jedoch aus. Als er es am nächsten Morgen wieder in Betrieb nahm, erwartete er, ihren geballten Ärger in etwa zwanzig SMS zu lesen, doch sein Posteingang blieb leer. Bis zum Mittag zumindest, wo sie sich zum dritten Mal meldete und die Aussage, dass sie sich Sorgen machte, mit drei Ausrufezeichen bekräftigte.

»Was ist denn los?«, antwortete Jackson endlich. »Ich bin in einem Meeting.«

Das stimmte nicht ganz. Bis zum Meeting war es noch eine Stunde.

In der vier Stunden dauernden Besprechung kontrollierte Jackson gefühlte hundertmal das Display seines Mobiltelefons. Kate reagierte nicht. Stattdessen gingen zwei SMS von David ein, die er nicht einmal las.

Die Verstimmung, die sich seiner bemächtigt hatte, war zu vergleichen mit einer Schlange, die sich in den Schwanz biss: Es war sein Ärger, der ihn ärgerte, und er hatte keine Ahnung, wie er ihn loswerden sollte – außer mit einer Nachricht an Kate, in der er sich nun seinerseits erkundigen müsste, ob es ihr gut ging.

Er blieb konsequent und fragte nicht. Er fuhr nach Hause, ging auf geradem Weg in sein Büro und konzentrierte sich auf seine Zeichnungen.

***

`Bonjour`, schrieb Jackson am nächsten Morgen gleich nachdem er aufgewacht war. `Ich hab von dir geträumt.`

Mit ihrer Antwort ließ sie sich eine halbe Stunde Zeit. `Dann träum mal weiter!`, las er und grinste. Sie war also sauer.

`Das würde ich zu gern tun, aber ich muss mich leider an den Zeichentisch setzen.`

`Ach, nicht in ein Meeting?`

Angriffslustig war sie außerdem. Es würde nicht leicht sein, die Biege zu kriegen und sie sanft zu stimmen.

`Nein, heute nicht. Heute habe ich Zeit, dir zu schreiben.`

`Zeit hattest du gestern garantiert auch. Aber keine Lust.`

[redacted]

Kate ging nicht darauf ein. Sie schwieg.

Wenngleich das abwegig war, meinte Jackson über die Meilen hinweg zu spüren, wie ihr Zorn nach und nach verblasste und ihre Neugier und ihr Sehnen die Oberhand gewannen. Nachvollziehen konnte er es vielleicht deshalb, weil es ihm ähnlich ging. Wurde das, was sich während des Wartens in ihm abspielte, auch hin und wieder von der Sorge überschattet, dass er es übertrieben hatte.

Bis zum Abend hielt sie durch.

[redacted], forderte sie ihn auf.

Jackson ließ seinen Zeichenstift für den Tag fallen. In der Küche öffnete er sich eine Flasche Wein, schenkte sich ein Glas ein und nahm es mit auf die Terrasse. Er setzte sich in einen der beiden Sessel, rückte ihn so, dass er über die Bucht schauen konnte und antwortete Kate:

[redacted]

immer. Wir waren auf meiner Terrasse – wo ich in diesem Moment sitze. Ich habe dich gegen das Geländer gedrängt und umgedreht, deine Angst vor der Höhe durch meine Berührungen verschwinden lassen und den Reißverschluss geöffnet, deinen Po freigelegt, um es dir von hinten zu besorgen. Du hast deine Lust über die Stadt hinausgeschrien und deine Hände haben sich um das Geländer verkrampft, während mir das Beben deines Beckens verraten hat, wie sehr du jeden meiner Stöße herbeisehnst.

Kurz schloss Jackson die Augen und machte sich bewusst, dass es nur ein Traum gewesen war und seine in der Jeans anschwellende Gier heute Nacht nicht die erwünschte Befriedigung erfahren würde. Die durch seinen Kopf geisternden Bilder erschienen ihm jedoch so real, dass dies nur schwer zu akzeptieren war.

Nach dem nächsten Cut standen wir unter der Dusche. Du warst hinter mir, hast die Arme um mich geschlungen und die herabprasselnden Tropfen auf meiner Haut verstrichen ... und dann bin ich leider aufgewacht.

Einen solchen Traum hätte ich auch gern einmal, las er bald von Kate. Ich träume immer nur absolut unsexy Dinge. Nicht weniger verworren, aber in keiner Hinsicht erotisch.

Wie sehen deine Träume denn aus?

Kate schickte ihm einen zwinkernden Smiley und schrieb: Details erspare ich dir. Manche von denen sind so skurril und zuweilen auch gruselig, dass du mich vielleicht für verrückt erklärst.

Dann erzähl mir einen solch skurril-gruseligen Traum, wenn wir uns wiedersehen. Vielleicht gelingt es mir, dir einen meiner Träume in den Kopf zu setzten und dafür zu sorgen, dass er dort über Nacht bleibt.

Das wäre schön. Und nun bonne nuit!

Jackson war überrascht, dass sie es war, die das Gespräch beendete. Ein bisschen angekratzt war sie offenbar immer noch. Zudem hatte sie ihn nicht gefragt, wo sie sich am nächsten Freitag sehen würden, und das war immerhin schon übermorgen. Heute hätte er es ihr sogar schon verraten, denn seine Idee gefiel ihm so gut, dass er sie kaum für sich behalten konnte und die Vorfreude so gern mit ihr teilen wollte.

Mit einem lautlosen Seufzen legte er das Telefon beiseite. Einen Schluck vom Wein nehmend, sah er zu den Lichtern der Golden Gate Bridge hinüber, die sich im schwarzen Wasser spiegelten. Irgendwann stand er auf und schlenderte zum entgegengesetzten Ende der Terrasse, das in Richtung Süden führte. Er suchte und fand den zu jeder Tages- und Nachtzeit vielbefahrenen, nun von Scheinwerfern und Rücklichtern erleuchteten Freeway 101 und folgte ihm mit dem Blick soweit es möglich war.

Nur eine Stunde würde er auf ihm fahren müssen, um bei Kate zu sein, die jetzt am anderen Ende der San Francisco Bay schlafen ging. Er hatte vergessen, ihr süße Träume zu wünschen – ausgerechnet heute, wo sie ihm erzählt hatte, wie wenig süß ihre Träume waren. Also ließ er seinen Wunsch den Freeway entlang fliegen und hoffte, dass er sie erreichte.

Sein zweitägiges Schweigen, das stellte er jetzt für sich klar, war definitiv eine Nummer zu viel gewesen.

***

Am Donnerstag schien Kate jeden Groll überwunden zu haben und plauderte so unbeschwert, wie er es von ihr kannte.

Mal zog sie ihn auf, mal spickte sie ihre Worte mit winzigen, aber nicht gewichtigen Details ihres Alltags, mal fantasierte sie sich und ihn zusammen an irgendeinen Ort, an dem es nur sie beide gab. Dabei waren ihre Worte immer so formuliert, dass es ihm leicht fiel, sich ihre Miene vorzustellen, ihr Lachen, ihre hochgezogene Braue oder gar ihre gekräuselte Nase.

Ich habe nach Catsuits geschaut, schrieb sie aus heiterem Himmel und projizierte ihm damit die Bilder seines Traumes ins Hirn. Würdest du mich lieber in einem roten oder einem schwarzen sehen?

Meine Güte!, dachte Jackson bei sich, sie hatte offenbar vor, sich so ein Teil zu kaufen, und er fand das genial.

In einem schwarzen, antwortete er. Rot würde nicht so gut zum Blau deiner Augen passen, und deine blonden Haare kommen bei Schwarz auch besser zur Geltung. Zudem bist du nicht so blass wie die meisten Blonden - ein weiteres Pro für Schwarz.

Cool. Dann habe ich bereits zwei Favoriten und werde mich demnächst für einen Suit entscheiden.

Wie sehen sie aus? Ich möchte es mit aussuchen!, tippte Jackson.

Kates lang ausbleibende Antwort stimmte ihn nach einer Weile so unruhig, dass er sich kaum mehr auf seine Arbeit zu konzentrieren vermochte. Hatte er schon wieder etwas falsch gemacht? War sie eingeschnappt, weil sie glaubte, er würde ihr nicht zutrauen, die Wahl allein treffen zu können? Oder bestand sie darauf, sich ohne seine Meinung zu entscheiden?

Gerade wollte er nachfragen, da ging ihre Nachricht ein, mit der sie ihm drei Links zu Webseiten übermittelte.

Schau sie dir an und sag mir, welches ich am liebsten mag. Es war gar nicht so leicht. Ein Großteil dieser Dinger sieht nämlich eher aus, als solle man damit zum Mars fliegen.

Jackson schmunzelte über ihren Vergleich. Insbesondere auf Catsuits aus Lack und Leder traf das zu, da sich deren festes Material nicht sonderlich gut an den Körper anschmiegte. Was die Anzüge als Latex betraf, war er allerdings ganz anderer Meinung.

Sein Schmunzeln wurde noch breiter, als er die Links über seinen Rechner öffnete. Jedes der drei Suits war aus Latex. Während Nummer eins eindeutig das Teil war, welches Kate schnell mit in die Auswahl gepackt hatte, waren die beiden anderen schlichtweg heiß. Das zweite war ärmellos und bezog seinen Reiz aus einem Stehkragen sowie dem daran anschließenden offenen Dekolleté. Auf Nummer drei warf Jackson nur einen Blick und sah es Kate umgehend tragen. Hier waren die Ärmel lang und der Kragen ebenfalls hochgeschlossen. Die Vorder- und Rückseite wurde jeweils vom Kragen bis zur Hüfte, beziehungsweise von der Schulter bis zum Po von mittelblauen Schnüren geziert. Der Reisverschluss begann auf der Höhe des Venushügels und zog sich nach hinten unter den Schnüren über den gesamten Rücken. Ein zweiter Reisverschluss verlief quer über die Brust.

Die Regung in seiner Hose konnte Jackson nicht verhindern. Sein Kopfkino lief auf Hochtouren.

Nummer drei, textete er Kate.

Schade, lautete ihre Erwiderung. Mein Favorit ist die zwei.

Die drei würde dir aber noch besser stehen. Es passt toll zu deiner Figur, beharrte Jackson.

Warum? Spielst du etwa auf meine B-Körbchen an, Honey?

Jackson hätte Kate geknutscht, wäre sie bei ihm gewesen.

Absolut nicht. Deine Brüste sind perfekt. Ich stehe nicht auf große Dinger. Abgesehen davon finde ich Nummer drei interessanter und kreativer, viel heißer mit diesen Schnüren.

Papperlapapp!, konterte Kate. Ich habe jetzt meinen Favoriten gekauft und gut. Du wirst dich damit abfinden müssen.

Jackson wollte das eben tun, da ging eine Nachricht von ihr ein, mit der sie ihm die Kaufbestätigung weiterleitete. Die bezog sich allerdings auf den Catsuit mit den Schnüren.

Wusste ich doch, dass du mich verkohlst!, schrieb er mit einem breiten Grinsen.

Kate sendete einen Smiley, der die Zunge rausstrecke, und fragte: Wie sah mein Suit in deinem Traum aus?

Schlichter auf jeden Fall. Jackson lud das Bild erneut auf den Bildschirm und tippte: So eines habe ich noch nie gesehen, weshalb es meine kühnsten Vorstellungen bislang übertrifft.

Bislang?

Ab sofort und bis du es für mich anziehst ist es Teil meiner schmutzigen Fantasien von dir.

Zu schade, dass das noch nicht am nächsten Tag sein würde, überlegte er. Es wäre das i-Tüpfelchen eines weiteren, wahrscheinlich bis in alle Ewigkeiten unvergesslichen Dates mit Kate gewesen.

Das Klingeln riss ihn aus seinen Gedanken. Mit einem Blick auf die Uhr stellte er fest, dass es bereits nach sieben war. Er und David wollten auf einen Happen und ein paar Drinks ins *Chapeau!* gehen.

Auf dem Weg zur Tür erinnerte er sich an Kates gekräuselte Nase und beschloss, ihr lieber nichts davon zu erzählen, sonst kam sie ihm wieder mit Froschschenkeln und Schnecken und würde sich am nächsten Tag eventuell weigern, ihn zu küssen. Worauf er gewiss nicht verzichten wollte.

Noch halb in Gedanken öffnete er seinem Bruder.

Der betrachtete ihn stirnrunzelnd. »Was gibt's denn zu grinsen?«

Jackson dachte gar nicht daran, seine Miene zu glätten. Er zuckte mit den Schultern und ging zum Fahrstuhl voran.

Zwölf

Wäre es nicht März und folglich ein paar Grad wärmer gewesen und hätte es dazu nicht in Strömen geregnet, hätte Kate ein kurzes Kleid für den Freitagabend mit Jackson gewählt. So blieb sie ihrer Liebe zu Hosen treu und entschied sich für eine Röhrenjeans, ein helles Shirt und ihr Jeansjackett, dessen Ärmel sie umschlug. Französische Chansons summend, tänzelte sie vom Schlafzimmer ins Bad, um ein bisschen Make-up aufzulegen und ihre Haare zu trocken. Danach schlüpfte sie in die blauen Pumps mit den Keilabsätzen, die so gut zur Jeans passten und war schon aus der Wohnung.

Praktisch seit dem Heimweg des vergangenen Freitags freute sie sich auf diesen Abend wie ein Kind auf Weihnachten. Von Tag zu Tag hatte die Vorfreude eine Steigerung erfahren – nach dem Dämpfer vom Montag und Dienstag, als sie so gar nicht wusste, woran sie mit Jackson war. Darüber gesprochen hatten sie natürlich nicht. Kate vermutete, dass Jackson ihr hatte verdeutlichen wollen, dass er gut ein paar Tage ohne eine SMS an sie auskam und ohne Sex. Dass sie damit kein Problem hatte, hingegen schon mit seiner Art ihr das mitzuteilen, hatte sie ihn ebenfalls ohne Worte wissen lassen.

Gerade zu Beginn der Woche war es ihr schwergefallen, ihre Verstimmtheit zu verbergen, weshalb sie tagsüber schon stoisch vor sich hingearbeitet und sich abends zurückgezogen hatte.

Jill hatte zum zweiten Mal angerufen und sich mit ihr treffen wollen, doch Kate brauchte noch immer Abstand. Auf ihre Absage hatte Jill ungewöhnlich betrübt reagiert, was ihr zwar leid tat, aber sie dennoch nicht erweichte.

Und was Henry betraf … Er hatte ihr vorgeschlagen, ihn auf die Ausstellung eines befreundeten Malers zu begleiten, doch sie mochte dessen Bilder nicht sonderlich und befürchtete außerdem, bei der ohne Zweifel stattfindenden Diskussion der beiden nur das fünfte Rad am Wagen zu sein. Außerdem war sie überfordert mit der Nähe, die er so plötzlich zu ihr suchte. Zwar hatte sie ihn gebeten, einen Gang runterzuschalten, damit sie allmählich zu dem Leben mit ihm zurückfinden konnte, doch das schien ihm schwerzufallen. Nachvollziehen konnte Kate das ohne Weiteres, denn die vergangenen Monate existierten für ihn nicht mehr. Für sie selbst waren sie allerdings noch sehr präsent.

Wahrscheinlich, so überlegte Kate, als sie die Stadtgrenze von Palo Alto hinter sich ließ, leistete die Sache mit Jackson ihren Beitrag. Würde sie es beenden, könnte sie sich schneller auf Henry einstellen, aber sie wollte nicht, dass es vorbei war. Die Freitage waren die unantastbaren Highlights ihrer Woche, und sie brauchte Jackson. Aus irgendeinem Grund brauchte sie ihn mehr, als sie jemals etwas anderes in ihrem Leben gebraucht hatte. Dieses Eingeständnis brachte ein so gutes Gefühl mit sich, wie es beunruhigend war.

***

Eine Stunde später betrat Kate das Erotikcenter im Marina District von San Francisco. Anfangs nahm sie kaum eine Sache wahr, da sie sich unbehaglich fühlte. In einem Sex Shop war sie noch nie gewesen und befürchtete zudem, die einzige Frau unter lauter Männern zu sein. Dem war nicht so, und all die

Leute, die ihr in den Gängen begegneten, machten einen so stinknormalen Eindruck, als sei dies das ›Bed, Bath & Beyond‹ und sie auf der Suche nach einem Duschvorleger.

Kate entdeckte Jackson nirgends und schlenderte herum. Zuerst schaute sie bei den Lustkugeln. Solche besaß sie nicht und zweifelte, ob die funktionierten. Gleich daneben gab es Dildos in allen Farben und Ausführungen. Einen Dildo hatte sie sich zwar vor Jahren zugelegt, doch der verstaubte inzwischen irgendwo. Gerade blieb ihr Blick an einem besonders interessanten Exemplar hängen, das zugleich in Vorder- und Hinterpforte eingeführt wurde, da bemerkte sie jemanden neben sich.

»Hast du schon etwas Passendes gefunden?«, hörte sie Jackson fragen und wandte sich ihm zu.

Wieder einmal sah er umwerfend aus. Er trug ein rotes Shirt und Bluejeans. Ein Blick in seine Augen genügte, um das Prickeln in ihr heraufzubeschwören. So sehr sie sich bemühte, sie konnte in Jackson keinen Fremden sehen und würde das nie wieder können. Da sie den Anschein bewahren wollte, schluckte sie, was sie zuerst auf seinen zweideutigen Kommentar hatte entgegnen wollen.

»Ich kaufe keinen Dildo«, entgegnete sie so sachlich wie ehrlich. »Den Dingern kann ich nichts abgewinnen. Ich schieb ihn mir rein und er summt da rum und es ist eine rundherum plastisch-technologische Angelegenheit. Erregt bin ich dabei nicht wirklich, denn mir fehlt der Männerkörper mit all seinen harten Muskeln und dem Gefühl von warmer Haut.«

Jacksons Blick wanderte von Kate zu den Dildos und retour. »Wäre das anders, wenn der Mann mit den harten Muskeln und der warmen Haut den Dildo bedienen würde.«

Ihr schlichtes »Nein« ließ ihn grinsen.

***

Eine halbe Stunde später hatten sie den Shop besichtigt und dabei so hemmungslos über Sex gesprochen, dass Kate an nichts anderes mehr denken konnte, als daran, die sexuell aufgeladene Situation auszuleben und Jackson einfach irgendwo zu vögeln. Die Vorstellung, die drei Dinge einzusetzen, die Jackson in der Fetish-Abteilung mitgenommen hatte, schürte das ohnehin heftige Ziehen, welches unterhalb ihres Bauchnabels einsetzte und auf ihrem Kitzler endete.

Nachdem die Artikel bezahlt waren, verließen sie den Verkaufsraum und betraten das daran anschließende Gebäude, das über ein Kino sowie mehrere Filmkabinen verfügte. Da bei der Vorauswahl der in den Kabinen gezeigten Filme keine Ausschnitte zur Verfügung standen, wählte Jackson kurzerhand eine Kategorie und ließ Kate den Vortritt in den kleinen Raum. Dessen Eye-Catcher war der an der Wand hängende Flat-TV. Ihm gegenüber standen zwei knallrote, stylische Sesselschalen aus Kunststoff, die bequemer waren als sie wirkten, wie Kate feststellte, als sie Platz nahm. Die schräg auslaufende Lehne erlaubte es, dass man sich darin zurücklehnte und praktisch hineinlegte.

Jackson packte die eingekauften Toys auf einen zwischen den Sesseln stehenden Tisch und setzte sich ebenfalls.

Kate fand den Vorspann des Films ziemlich langweilig. Aufgeheizt, wie sie war, hätte sie nichts dagegen gehabt, wenn es gleich zur Sache gegangen wäre. So aber stahlen sich ihre Gedanken davon und ihre Blicke flogen zu Jackson, der relaxt in seinem Sessel lehnte und sich berieseln ließ.

Kate hielt es nicht länger aus. Sie stand auf, ging zu Jackson hinüber und kroch über ihn. Wann immer ihr danach war, drängte sie ihre kontinuierlich nach ihm verlangende Mitte gegen sein Becken und stellte fest, dass es um ihn ähnlich bestellt war. Auch hatte er nichts dagegen einzuwenden, dass sie die Sicht auf den Bildschirm versperrte und ließ sich von ihrem Blick gefangen nehmen. Seine Hände wanderten über ihren Rücken, erreichten ihren Nacken und kraulten durch die glatten, blonden Haare. Indem er sich ein Stück aufsetzte, brachte er sein Gesicht nahe vor Kates. Wieder einmal schien es zwischen ihren Mündern zu knistern.

»Ich hatte dich eher unter mir gesehen«, raunte Jackson.

»Dann wirst du dich an diese Perspektive gewöhnen müssen«, entgegnete Kate, schob die Hände unter sein T-Shirt und zog es über seinen Kopf.

»Das klingt, als wüsstest du genau, wie es ab hier weitergeht.«

Statt einer Antwort sah Kate zu den gekauften Toys.

Er schien umgehend zu verstehen. »Hey«, neckte er sie. »Komm bloß nicht auf dumme Gedanken!«

Sie zeigte sich unbeeindruckt. Sie nahm das Lederband, öffnete es und schloss es um Jacksons Hals. »Pech gehabt«, kommentierte sie ihr Tun. »Ich habe sie schon, die dummen Gedanken.«

Mit dem Finger zeichnete sie die Glieder der beiden silbernen Ketten nach, die vom Halsband auf Jacksons wohlgeformte Brust hingen. Als die beiden Klemmen gegeneinanderklimperten, zog er die Braue hoch, ohne ihren Blick freizugeben.

»Und hast du Ahnung von dem, was du zu tun gedenkst?«

Kate ließ die Klemmen ein zweites Mal klimpern. »Ich bin eine absolute Anfängerin«, gestand sie.

Jackson schnaubte. »Hätte ich das geahnt …«

»Was dann?«

»Na, was schon!« Sein abwertender Ton klang einschüchternd glaubwürdig. »Sehe ich aus, als ließe ich mich auf Anfänger ein?«

Kate schob seine Arme hinter seinen Kopf, wie sie es schon einmal im Dachgeschoss über der Kostümparty getan hatte. Es hatte ihr gefallen, diesen Mann, der viel kräftiger als sie und zudem leidenschaftlich gern dominant war, wehrlos zu machen. Das Bedürfnis, es noch einmal zu erleben, prickelte noch mehr in ihr, da er es geschehen und sie über ihn bestimmen ließ. Sie wollte und würde ihm nicht wehtun, nicht wirklich. So wie er ihr nicht wehtat, wenn er die Kontrolle hatte.

Kate nahm die ledernen Handfesseln und legte sie um Jacksons Gelenke. Die ins Material eingearbeitete Kette befestigte sie an der Öse, die sich neben dem Verschluss des Halsbandes befand.

Da Jacksons Blick hinter sie zum Bildschirm schweifte, drehte sie sich um und stellte fest, dass der öde Vorspann vorüber und die Handlung voll im Gange war: Nur noch wenig bekleidet, kniete die Hauptdarstellerin über dem Gesicht des Hauptdarstellers und befahl ihm, ihre Möse auszulecken. Nach einer Szenenblende hockte sie von ihm abgewandt über ihm und ließ seinen Schaft in ihr verschwinden.

»Sie leidet viel zu künstlich«, kam es kritisch von Jackson. »Und die Laute, die er von sich gibt, die sind auch total übertrieben.«

Kate wandte sich zurück. »So ist das mit Pornos und Schauspielern, die eigentlich keine sind«, gab sie ihm zu bedenken und schob den Strapball zwischen seine Lippen, damit er sich nicht mehr beschweren konnte.

Nachdem sie den Riemen in seinem Nacken geschlossen hatte, rutschte sie zwischen seine Beine und ging auf die Knie. Über Jacksons Oberschenkel streichelte sie zu seinem Schritt. Die unter dem Jeansstoff verborgene Beule war schon beachtlich, doch sie hatte noch Potenzial. Dieses Potenzial durch die Jeans hindurch antreibend, öffnete sie den Gürtel und die Knöpfe der Hose, zog sie von seinen Hüften und nahm die Boxershort gleich mit. Jacksons freigelegte Erektion sah fantastisch aus. Kate betrachtete sie mit einer provokanten Ruhe und beobachtete außerdem, wie Jacksons Arme in den Fesseln zuckten, was jedoch nur das Halsband enger werden ließ. Sie kannte ihn inzwischen gut genug, um zu wissen, dass er seine Hände zu gern benutzen und seinen Schaft in ihren Mund eintauchen wollte.

Sie senkte die Lippen auf seine Beckenmuskeln und küsste sich aufwärts. Mit jedem Zentimeter war ihr Kuss weniger ein Kuss als viel mehr ein Biss, jedoch immer nur ein kurzer, dessen abrupter Schmerz von Lust verschluckt wurde und sie multiplizierte. Jackson keuchte gegen den Strapball.

Bei seinen Brustwarzen angekommen, leckte sie darüber, sog sie ein und bearbeitete sie mit der Zunge. Als sie ihn auch hier ihre Zähne spüren ließ, zog er harsch Luft ein und spannte die Muskeln an. Er hob das Becken und drängte sein hartes Glied gegen den Stoff ihrer Hose, was eine neue heiße Welle durch ihren Körper schwappen ließ.

Den nächsten Schachzug vorbereitend, gab Kate Jacksons Nippel frei, leckte über seine Brust und die beiden Ketten. Eine nahm sie in den Mund, schickte ihre Zähne darüber und hatte bald die Klemme zwischen den Lippen. Damit kreiste sie um seinen linken Nippel, griff zugleich nach seiner Männlichkeit und massierte ihn ein wenig. Jackson knurrte. Kate ließ seinen Schaft wieder gehen und befestigte die Klemme an der Brustwarze, leckte über die andere, pustete sie trocken und befestigte die zweite Klemme daran. Darauf löste sie die Schrauben, sodass das Metall fester saß und Jackson erneut einen vom Strapball gedämpften Laut hören ließ.

Kate stand auf, zog ihm die Hose und die Boxershorts von den Beinen und umrundete den Sessel. Hinter ihm stehend, massierte sie seine Schultern und seine Brust, wobei sie – vermeintlich unachtsam – an den Ketten hängen blieb. Jackson begann sich zu winden. Den Mund an seinem Hals platziert, wanderten Kates Hände tiefer. Sie packte seinen Schwanz, strich an ihm auf und ab und drückte ein wenig zu. Auf seine schwerer gehende Atmung reagierte sie, indem sie das Loch seiner Eichel mit dem Zeigefinger umrundete. Hin und wieder hob sie den Blick, um den Porno zu schauen, der sich dem Finale näherte.

Inzwischen hockte die Frau rittlings über dem Mann. Während er seinen Schwanz in ihren Anus stieß, gesellte sich ein zweiter Mann hinzu und nahm ihre Möse in Besitz. Sie schrie sich ihrem Orgasmus entgegen, wurde von den beiden auf die Knie gebracht und lutschte die prallen Schwänze, bis sie ihre Säfte verspritzten.

Als der Monitor dunkel war, ging Kate zur Tür und nach draußen. Dass sie ein weiteres Spielzeug kaufen wollte, ließ sie Jackson nicht wissen und war erst zehn Minuten später zurück. Er empfing sie mit einem erleichterten Schnaufen und ließ den Kopf zurückfallen. Sie hielt inne und dachte über das nach, was sie nun eigentlich hatte tun wollen, doch der Anblick, den er abgab, schürte ihr Verlangen so sehr, dass sie es nicht länger hinausschieben mochte. Also kickte sie die Pumps von den Füßen, zog die Hose aus und kletterte über ihn. Sie musste das jetzt einfach tun, wollte nicht mehr warten, schob das Höschen zur Seite und nahm Jacksons Schaft in sich auf. Während des Wartens hatte er zwar an Größe eingebüßt, doch glitt er aufgrund ihrer Nässe problemlos in sie. Wieder ging ein Rucken durch seine Arme, und wieder hielten ihn die ans Halsband geketteten Lederfesseln vom Agieren ab.

Kate hatte das Gefühl, dass Jacksons Erektion mit jeder ihrer Bewegungen wuchs, und bald füllte er sie in der gewohnten Größe und Härte aus. Sie seufzte, weil seine Eichel gegen ihren G-Punkt stieß, und kostete das intensive Gefühl voll aus. Während sie ihn schneller und kräftiger ritt, lagen ihre Hände auf seiner Brust. Ab und zu rutschten ihre Finger über die Klemmen, in denen seine Nippel gefangen waren, und bereiteten ihm eine Qual, die sein Knurren lauter werden ließ. Seine starren Muskeln und sein entrückter Blick sagten ihr, dass sein Höhepunkt nahe war. Bevor er kam, hatte sie aber anderes mit ihm vor.

Dass sie langsamer wurde, gefiel ihm noch. Dass sie ihn freigab, mochte er hingegen gar nicht. Kate grinste über seinen Unmut und griff nach dem gerade erstandenen Spielzeug.

Den einen Riemen des ledernen Gurtes legte sie um seinen Schaft und zog ihn zu. Der zweite war für seine Eier bestimmt. Als Kate diesen Riemen schloss, wand sich Jackson abermals und rang um Atem. Auf Kates fragenden Blick, ob sie das Teil ein wenig öffnen sollte, schüttelte er den Kopf. Da sie ihm dennoch einen Ausgleich verschaffen wollte, streichelte sie über seine Beine und verwöhnte die nun noch empfindlicheren, dunkler werdenden Bälle mit ihren Lippen und der Zungenspitze.

Ohne diese Liebkosungen zu unterbrechen, legte sie eine Hand an Jacksons geknebelten Schaft. Er fühlte sich so gut an, so sehnig und heiß. Sie rieb ihn, bis sein durch den Strapball gedämpftes Keuchen ein konstanter Ton war, trieb ihn weiter und weiter auf seine Grenze zu. Ihr war klar, wie dringend er kommen wollte und ohne die Riemen mittlerweile gekommen wäre. Um ihm eine Pause zu gönnen, küsste sie sich an ihm hinauf, nahm den Strapball aus seinem Mund und löste die Klemmen von seinen Brustwarzen, was ihn zischend einatmen ließ.

Vor ihm stehend, schälte sie sich aus den restlichen Kleidungsstücken: Sie zog das Shirt über den Kopf und ließ es vom ausgestreckten Arm auf den Boden fallen. Sie drehte ihm den Rücken zu, öffnete ihren BH und schob ihn von ihren Schultern. Zum Schluss beugte sie sich vor, strich das Höschen über ihre Pobacken, ihre Beine hinab und wandte sich ihm wieder zu. Als sie sich im freien Sessel zurücklehnte, ihn ansah und die Beine spreizte, verstand er und kam zu ihr. Dass sie sich ihm so darbot, erfüllte sie keineswegs mit Scham. Sie tat es, weil sie sicher war, dass er wusste, wie er damit umzugehen hatte.

Die Hände noch hinter seinem Kopf an das Halsband gebunden, den Schwanz und die Eier nach wie vor geknebelt, ging er vor ihr auf die Knie. Sein Mund fuhr über ihre Schamlippen, spielte mit ihnen. Sie stöhnte leise und schloss die Hände um seinen Kopf, ließ die Stoppeln ihre Handinnenflächen kitzeln und presste seinen Mund fester auf sich. Sein Atem schmeichelte ihrer Haut, als er die Zunge in sie tauchte und sie durch sein schnelles Lecken dazu brachte, noch mehr Flüssigkeit zu produzieren. Kate spürte, wie kleine Bäche davon über ihre Pobacken rannen.

»Oh, Honey …«, murmelte sie, als er ihren Kitzler zwischen die Lippen nahm und seine Zunge darüberschickte, ihn umkreiste und teaste. Sie vergaß, dass sie ihn manches Mal in ihren SMS Honey genannt hatte und das nun eigentlich nicht tun sollte, doch Jackson störte es nicht. Wie schon im Poolhaus wurden seine Liebkosungen drängender und erzeugten das zuerst unangenehme, dann aber berauschende Pieken. Sie stützte die Arme ab und setzte sich ein Stück auf, um zuzuschauen, wie Jacksons Mund sie verwöhnte.

»Ja, Honey, genau da und genau so«, stöhnte sie weiter und antwortete auf seine Reizung mit einem heftiger werdenden Zittern. Alles, was sie nun noch tat, war fühlen. Ihre Muskulatur spannte sich an, ihre Atmung ging in Stößen und stockte dann ganz. Kate zuckte und bäumte sich auf und kam mit einem Laut der Erleichterung.

Während sie zu sich fand, wanderte Jacksons Mund über ihren Bauch zu ihren Brüsten. Seine Zunge und Zähne brachten ihre Nippel dazu, sich abermals aufzurichten, bevor sie sich über ihr Ohrläppchen hermachten. Hingebungsvoll knabberte er dort. Seine Eichel glitt über ihre Beine, höher und in ihre Nässe.

»Mach mich los!«, raunte er.

Ohne Umwege flogen Kates Hände zu Jacksons Nacken. Sie löste die Kette von den Manschetten und öffnete das Halsband, das mit einem Klimpern herunterfiel. Sobald seine Hände frei waren, schlossen sie sich um Kates Schenkel, um sie nach oben zu bringen. Ein letztes Mal schob er seine Eichel durch ihre Spalte, drückte sie dann zwischen ihre Pobacken und rieb sich daran. Kate stieß einen überraschten Schrei aus, als er den Muskel dehnte. Die Enge melkte seine Schwanzspitze so gut, dass er gleich noch einmal hinaus- und hineinglitt und sie behutsam anal vereinnahmte, bis ihn der Lederriemen stoppte.

Mit jedem Stoß wurde Jackson schneller. Indem er sich weniger zügelte, gab er einen Teil der Qual und ebensoviel Lust, die ihm die Riemen bereiteten, an sie weiter. Kates Stöhnen wurde lauter. Er hielt ihr den Mund zu und umfasste ihre Handgelenke, damit sie seine Bewegungen nicht beeinflussen konnte. Sein Keuchen erregte sie zusätzlich, und so dauerte es nicht lange, bis ihr Körper abermals wie unter Strom gesetzt zu beben begann und sie ein zweites Mal kam.

Jackson gab ihren Mund und ihre Hände frei, änderte den Winkel und zog sie für seinen letzten Stoß an sich. Mit einem langgezogenen Murren ergoss er sich in ihr.

Nach einigen reglosen Sekunden löste er sich von Kate. Er nahm den Riemen ab und reichte ihn ihr, angelte ihr Höschen aus dem Wirrwarr verteilter Kleidung und gab es ihr ebenfalls. Kate, die noch unwillig war, sich zu bewegen, knüllte es in der Faust zusammen und sah zu, wie er sich anzog und die Toys einsteckte.

Daraufhin beugte er sich runter und gab ihr einen Kuss auf die Stirn. »Es war echt toll mit dir. Danke schön!«

Kate zog die Brauen hoch. »Gern geschehen. Ebenso.«

»Na dann … Vielleicht sieht man sich ja mal wieder.«

Kate wollte nicht glauben, dass er einfach so ging. Doch das tat er. Sie grummelte, als er die Tür der Kabine hinter sich schloss. Diesmal hatte er sichergestellt, dass alles zu hundert Prozent wie eine erste, auf Sex ausgerichtete Begegnung verlief.

DREIZEHN

Der Catsuit wurde am folgenden Dienstag geliefert. Kate war so neugierig, dass sie es kaum aushielt, mit der Anprobe bis zum Feierabend zu warten. Während sie am Ring für *2Love* arbeitete, schielte sie immer wieder zum Paket hin, das an der Treppe stand und sie lockte. Gedanklich sah sie sich schon hineinschlüpfen und die blauen Schnüre schließen.

»Kate, hier ist wieder eine Bestellung. Aus San Diego diesmal«, rief sie Jessies Stimme in die Werkstatt zurück.

Sie nahm den Ausdruck und überflog ihn. Wenn es so weiterging, würde sie sich nach einer weiteren Angestellten umschauen müssen. Zwar waren die beiden Studentinnen talentiert und mit ihrer Unterstützung war die letzte Flut an Bestellungen termingerecht abgewickelt worden, dennoch würde Kate jemanden brauchen, der wie Jessie und Lindsay regelmäßig in der Werkstatt mitarbeitete.

Nachdenklich sah sie vom Fax zum beinahe fertigen Ring, wo die Liebenden nun, nach ihrer Trennung über die Ohrstecker, ineinander verschlungen lagen und schlummerten. Würde sie diese Kollektion erst zum Verkauf freigeben, könnten sie drei den Aufwand garantiert nicht länger allein bewältigen.

Ihre Finger strichen über die winzigen, noch leeren Fassungen der männlichen Silhouette. Das dunkle Silber war nach oben gewölbt, womit der Figur eine bessere Form gegeben war. Das Material würde, wie schon die männlichen

Parts der Kette und des Ohrschmucks, mit vielen schwarzen Onyxsteinen besetzt werden. In die hellsilbernen weiblichen Silhouetten waren tiefblaue Tansanite eingelassen.

Was würde Jackson wohl dazu sagen?, überlegte Kate, setzte die Lupe auf und begann mit der aufwendigen Kleinarbeit der Implementierung. Würde ihm diese Kollektion so gut gefallen, wie die Echsen und würde er ahnen, dass wahrscheinlich er und seine Musik die Inspiration hierzu gewesen war? Sie wollte es ihm nicht verraten, beschloss Kate. Noch nicht.

***

Bis zum Feierabend landeten vier weitere Einzelbestellungen auf Kates Tisch. Bevor sie die Werkstatt verließ, griff sie also zum Telefonhörer und bat die beiden Studentinnen für den Rest dieser und die kommende Woche um Mithilfe.

Danach schnappte sie sich das Paket und eilte in ihre Wohnung. Voller Ungeduld öffnete sie die Pappschachtel, nahm die Tüte heraus und riss sie auf. Das schwarze Latexteil sah spektakulär aus. Herrlich verrucht und doch edel.

Kate zog sich aus, öffnete die Schüre am Rücken sowie den Reißverschluss und schlüpfte in die Beine. Es war etwas mühsam, das Teil anzuziehen, doch das kühle Material fühlte sich gut auf ihrer Haut an. Als auch der obere Part saß, begann Kate, den Reißverschluss zuzuziehen. Der Weg vom Bauchnabel über den Venushügel und ihre Scham zum Po verursachte einigen Nervenkitzel – der Latex lag so eng an und die Zähne des Verschlusses waren gefährlich. Sie würde Jackson sagen müssen, dass er beim Öffnen vorsichtig sein und den Zipper gut festhalten musste.

Doch nun ging es erst einmal ums Schließen, und das stellte ab dem Rücken eine echte Herausforderung dar. Einen Arm schon schmerzhaft hinter sich verbogen, versuchte Kate, den Reißverschluss so weit wie möglich nach oben zu schieben, damit ihn die andere Hand übernehmen konnte. Mehrmals verlor sie den Verschluss und er sauste zurück zum Po.

Nach einer halben Stunde war sie so genervt, dass sie den Anzug am liebsten ausgezogen und retourniert hätte. Rücksendegrund: benutzerunfreundlich. Sowieso fragte sie sich inzwischen, wie zum Teufel sie erst die losen Schnüre durch die oberen Ösen ziehen wollte, ohne sich die Arme zu brechen.

Vor Frustration schnaubend, unternahm sie einen weiteren Versuch, da klingelte es. Kate schlich zum Fenster und sah auf die Straße. Jills Wagen parkte vor dem Haus.

Mist!, fluchte sie und trat vom Fenster zurück, grübelnd, was sie nun tut sollte. Es war wohl Zeit für eine Konfrontation mit Jill; sie hatte sie lange genug zappeln lassen. Aber gerade heute und jetzt ... Die Einwände fallen lassend, spurte sie ins Bad und warf sich den Bademantel über.

Jill sah furchtbar aus. Das rote Haar hatte sie zu einem wirren Knäuel auf dem Kopf hochgebunden und den blauen Freizeitanzug, den sie trug, hatte Kate noch nie an ihr gesehen. Ihr Gesicht war ungeschminkt und wirkte fahl, was die von dunklen Ringen umgebenen Augen verstärkten.

»Es tut mir so leid, Kate«, jammerte sie. »Ich hätte das nicht tun sollen ...«

»Das nicht und du hättest danach nicht reagieren sollen, als sei es das Normalste der Welt.« Eine letzte innere Hürde überwindend, trat Kate zur Seite, um Jill mit dieser Geste hereinzubitten.

Sie schloss die Tür hinter sich. »Ich weiß. Das war absolut ...« Kein Wort findend, schüttelte sie den Kopf.

»Genau das war es«, pflichtete Kate ihr bei.

Jill schaute an ihr vorbei in Richtung Wohnzimmer. »Können wir uns setzen und darüber reden?«

»Nein.« Kate blieb wo sie war. »Ich will nicht darüber reden. Nicht heute und nicht irgendwann. Und ich will das nie wieder von dir erleben. Tust du so etwa noch einmal, spreche ich in meinem Leben kein Wort mehr mit dir.«

Jill nickte, wobei ihr Blick auf Kates Beine fiel. »Was trägst du da unter dem Bademantel?«, argwohnte sie beinahe schon wieder im altbekannten Ton. »Ist das eine Leggins?«

»Ähm«, machte Kate und sah an sich herab. »Das ist ...«

»Keine Leggins!«

Kate ließ die Schultern sinken, was gut tat, denn mit ihnen sank ihre Anspannung. »Wo du schon mal da bist ...« Sie schnürte den Mantel auf und zog ihn aus. »Ich krieg dieses Teil einfach nicht zu. Das kann ich nie und nimmer allein anziehen, doch ich kann mir dabei doch nicht von ihm helfen lassen.«

Jill stieß einen leisen Pfiff aus. »Ist ja ein heißes Teil.« Im nächsten Moment war sie hinter Kate, schloss den Reißverschluss und zog die Schnüre zu.

»Ich sollte den Zipper des Reißverschlusses verlängern«, überlegte Kate. »Durch ein Stück der blauen Schnüre zum Beispiel. Die sind sowieso zu lang und verheddern sich ständig.«

»Das ist eine Option, wenn du das Ding allein anziehen musst.« Jill ging um Kate herum, um sie anzuschauen. »Ansonsten ruf mich einfach an.« Sie verschränkte die Arme vor der Brust. »Ich will auch so einen Catsuit ... und den Kerl, der mir den Reißverschluss aufmacht, den hätte ich gern dazu.« Stirnrunzelnd sah sie zu Kate auf. »Was, sagtest du, muss man dafür tun? Eine falsche Nummer anrufen?«

Kate blieb ihr die Antwort schuldig. Sie ging ins Schlafzimmer und kehrte mit einem Paar Pumps zurück, das sie gerade zweimal getragen hatte. Sie waren schwarz mit schmalen Absätzen. Ihre Besonderheit waren die Sohlen, die beinahe den gleichen Blauton besaßen wie die Schnüre.

Kate schlüpfte hinein, sah sich im Spiegel an und wurde von so großer Vorfreude ergriffen, als würde sie Jackson in der nächsten Stunde sehen und nicht erst in zwei Tagen.

»Perfekt«, kommentierte Jill Kates Outfit.

***

Als Kate Jackson am Donnerstagnachmittag wissen ließ, dass der Catsuit eingetroffen war, nannte er ihr den Ort, an welchem sie sich treffen würden und bat sie, den Suit zu tragen. Ihre Antwort hatte Kate bereits formuliert, da erinnerte sie sich an etwas.

»Ich kann morgen leider nicht«, schrieb sie Jackson und hatte Mühe, ihre Enttäuschung nicht überhand nehmen zu lassen. Um sich abzulenken, nahm sie den Ring zur Hand, starrte ihn an und ging die noch fälligen Schritte bis zur Fertigstellung gedanklich durch. Irgendwann merkte sie, dass sie weder mit den Gedanken noch mit den Blicken beim Ring war.

»Wieso nicht?«, erkundigte Jackson sich.

»Weil ich einen Termin habe.«

Wie hatte sie die Präsentation in Los Angeles nur vergessen können? Sie war wichtig und ein Event, dem sonst ihre ungeteilte Vorfreude gegolten hätte. Nun war sie bloß eine lästige Veranstaltung, die sie um ihren Freitagabend brachte.

Auf ihre Erklärung meldete Jackson sich nicht mehr, möglicherweise, weil er gleichermaßen enttäuscht war oder vielleicht sogar sauer. Vielleicht auch nur, weil er wieder in einem Meeting war.

Jackson setzte seine Prioritäten, erinnerte sich Kate und verlieh ihrer inneren Stimme einen ironischen Ton. Und genau das musste sie nun auch tun. Was war schon ein verlorener, aber nachzuholender Freitagabend gegen die Chance, die sich ihr mit der Präsentation bot? Ihre Arbeit war ihr Leben. Viele Jahre hatte sie nicht gewusst, ob dieses Leben ihre Bedürfnisse finanzieren würde oder ob sie nicht ein paar davon aufgeben musste.

Da Kate geplant hatte, *2Love* auf dem Event in L.A. zu tragen, galt es, sich zusammenzureißen, die verbleibenden Steine einzusetzen und dem Stück den letzten Schliff zu geben.

Also vergaß sie ihr Handy, konzentrierte sich auf ihre Tätigkeit und wurde fertig, als Lindsay sich bis zum nächsten Tag verabschiedete. Kate hörte, wie sie durch den Laden ging, die Tür öffnete und jemanden mit: »Hey, welch seltener Gast« begrüßte. Henry antwortete ihr.

Kate lauschte, um sich zu vergewissern, doch es war ohne Zweifel Henrys Stimme, die sie da hörte. Es war sicherlich ein Jahr her, dass er zuletzt hier gewesen war, denn selbst vor seiner unkreativen Phase hatte er sich nur selten die Ehre gegeben.

Wenig später betrat er die Werkstatt, küsste Kate auf die Wange und stützte sich auf den Tisch, um den Ring anzuschauen.

»Das sieht gut aus«, sagte er. »Eine tolle Idee hattest du da.«

Kate gab sich Mühe, es als Kompliment zu verstehen, doch aus dem Mund des Malers klang es eher verwundert und als seien ihre restlichen Ideen weniger toll – was zu seiner Einstellung gegenüber ihrer Arbeit passte. Keiner ihrer Kreationen hatte er bisher etwas abgewinnen können, waren sie doch das Gegenteil von dem, was er schuf. Während man bei seinen Bildern oft nur ahnen konnte, was sie darstellten, waren Kates geformte Edelmetalle für gewöhnlich detailverliebt und formvollendet. Kitsch also, in Henrys Augen.

»Wie kommt es, dass du reinschaust?« Kate stand auf und brachte den Ring zum Safe. Die Kette und die Ohrstecker zeigte sie Henry nicht.

»Ich dachte, wir gehen was essen. In der Nähe des Campus gibt es ein neues italienisches Restaurant, das gut sein soll.«

Kate musste schmunzeln. »Das *La Villetta*? Das gibt es seit beinahe einem Jahr. Aber stimmt, das Essen dort ist lecker.«

***

Die Vorspeise war gerade abgeräumt und Henry schenkte Kate Wein nach, da vernahm sie das Zwitschern ihres Mobiltelefons. Henry hörte es ebenfalls und zeigte sich verstimmt, als sie es aus der Tasche zog und nachsah, wer geschrieben hatte.

»Kannst du das Ding nicht ausschalten? So wichtig kann es um diese Zeit doch nicht sein.«

»Ich erwarte die Rückmeldungen dieser beiden Studentinnen«, log sie und aktivierte Jacksons Nachricht.

»Die bei dir aushelfen? Brauchst du sie etwa schon wieder?«

Kate nickte geistesabwesend. Jackson wollte wissen, wo und wann ihr Termin stattfand. »Ja, heute kamen eine Menge Bestellungen rein«, antwortete sie Henry und ließ das Handy wieder verschwinden. Sie konnte Jackson jetzt nicht schreiben.

»Und kommen sie?«, drang Henrys Stimme in ihre Gedanken.

Noch damit beschäftigt, warum Jackson fragte, sah Kate auf und in Henrys ruhige braune Augen. »Wer? Ach, die Aushilfen. Ja, eine hat schon mal Zeit.«

»Na dann …« Er nahm ein Stück Ciabatta aus dem Brotkorb, biss hinein und brummte, weil Kates Handy abermals zwitscherte. »Und wer schreibt nun?«

Noch einmal angelte Kate das Gerät aus der Tasche. Es war wieder Jackson. Sie las, dass er da sein würde, wann auch immer sie wo sein musste, und Hitze schoss in ihre Wangen.

»Die andere Aushilfe«, murmelte sie und schaltete das Gerät aus. »Sie hat glücklicherweise ebenfalls Zeit.«

»Melden sich gleich noch Nummer drei und vier?« Obwohl Henrys Ton eher neckend klang, fühlte sich Kate von seinen Worten angegriffen. »Oder können wir nun so etwas wie eine Unterhaltung führen?«

Ihr fiel kein Thema ein, über das sie sprechen wollte. Nicht so Henry. Sobald er sich ihrer ungeteilten Aufmerksamkeit sicher war, redete er wie ein Wasserfall, als wollte er die stummen Monate nachträglich mit Worten füllen. Sein Essen rührte er kaum an und pickte nur darin herum, doch er trank viel Wein, wodurch sich sein durch Gesten untermalter Redefluss potenzierte. Er war die pure Begeisterung.

Kate lauschte und beobachtete und interpretierte – sowohl Henrys Verhalten als auch ihre innere Reaktion. Was sie einst so fasziniert hatte – seine Begeisterungsfähigkeit –, erschreckte sie nun, denn sie galt bloß sich selbst. Er sprach über seine Kunst, seine Probleme und deren Lösungen, über seine künftigen Möglichkeiten, seine Ideen und Pläne. Bald war sie so gereizt, dass sie mit der Stirn auf dem Tisch aufschlagen wollte, um ihm zu verdeutlichen, dass er sie langweilte.

»Wenn du an uns denkst«, fiel sie ihm einem Impuls folgend ins Wort, »an welches Erlebnis denkst du am liebsten?«

Henry klappte den Mund zu und runzelte die Stirn, nicht verärgert über die Unterbrechung, sondern eher verdutzt. Das Wechselspiel seiner Miene, der verträumte Schimmer in seinen Augen und sein Lächeln ließen Kates Gereiztheit verpuffen.

»An Lake Tahoe«, antwortete er und sie schluckte.

Ihre Eltern besaßen ein Ferienhaus am Lake Tahoe und hatten sie und Henry für ein Wochenende dorthin eingeladen. Damals waren sie gerade wenige Monate ein Paar und noch so richtig verknallt gewesen. Henry hatte sie überredet, mit dem Ruderboot rauszupaddeln, und weit draußen angelangt, hatten sie sich im Boot geliebt und waren eingeschlafen. Als sie munter geworden waren, hatten sie nicht nur einen halbseitigen heftigen Sonnenbrand gehabt, sondern auch die Ruder des Bootes verloren. In der einsetzenden Dämmerung hatten sie also ihre Hände zum Einsatz bringen müssen, um zurück zum Grundstück ihrer Eltern zu paddeln. Die hatten inzwischen besorgt die Wasserpolizei verständigt, die sie gefunden und dann zurückgeschleppt hatte.

***

Nach dem Essen begleitete Henry Kate nach Hause und machte keine Anstalten, in seinen Wagen zu steigen. Wie selbstverständlich folgte er ihr in ihre Wohnung.

Oben angekommen, schloss er sie in seine Arme und küsste sie. Kate wollte ihn zuerst abwehren und vertrösten, doch sie schmolz bei seinen zärtlichen Berührungen, die sich von ihrem Zögern nicht verunsichern ließen. Seine Lippen waren weich und tänzelten verträumt und schon halb selbstvergessen von ihrem Mund zu ihrem Hals. Seine Hände fuhren unter ihr Shirt und legten sich warm auf ihren Rücken.

Auf dem Weg ins Schlafzimmer zog Henry Kate und sich selbst aus. Für jeden Knopf ließ er sich so viel Zeit, wie er brauchte, und jeder Zentimeter ihrer Haut wurde mit der gleichen Besonnenheit freigelegt, als handele es sich um ein zu enthüllendes Gemälde. Sie daraufhin fester in den Armen haltend, dirigierte er sie zu ihrem Bett und kam über sie, um seine Lippen abermals auf ihrer Haut wandern zu lassen und die Linien ihres Körpers mit seinen Händen zu ertasten.

Kate schloss die Augen und vergrub die Hände in seinen Locken. Sie hatte es immer gemocht, wie Henry sie liebte. Nicht wild und zügellos, sondern sachte und beinahe kunstvoll. Ihr Vorspiel war stets das gesamte Spiel ihrer Körper gewesen, die sich aneinander rieben, sich anschmiegten, ineinander überflossen, solange bis sie eins waren. Es hatte nie aus besonderen einzelnen Aktionen bestanden, und Kate hatte es nie vermisst.

Sie stöhnte leise und schlang die Beine um Henry, als er in sie eindrang. Ihre Hände fuhren hinab zu seinen Seiten und forderten ihn sachte auf, tiefer zu gleiten und noch weiter in sie zu dringen – bis er sie innen berührte. Von da an wartete sie seinen Rhythmus ab, der ungewöhnlich war – war man ihn nicht gewohnt. Henry stieß nie in sie, er pumpte nie, er nahm sie nie hart, sondern bewegte sich hier mit der gleichen Entrücktheit, die auch von ihm Besitz ergriff, wenn er malte.

Zu ihren Seiten abgestützt, hielt er ihren Blick fest, sobald sie die Augen wieder geöffnet hatte, und wartete darauf, dass sich deren Blau verdunkelte. Als es soweit war, schob er sich ein letztes Mal tief ihn sie und stimulierte ihren Punkt durch einen beständigen Druck. Mit ihr zusammen ließ er sich gehen und sank über sie, wobei er darauf achtete, dass sein Gewicht nicht zu sehr auf ihr lastete.

Bald rollte er sich zur Seite, kuschelte sich an sie und schlang einen Arm um sie. Die Stirn an ihren Nacken gebettet, schlief er ein.

Kate lauschte seinen Atemzügen und versuchte, selbst zur Ruhe zu kommen. Was ein unmögliches Unterfangen zu sein schien, denn die Erinnerung an Lake Tahoe wühlten in ihr. Sie ließen sie lächeln, doch bekümmerten sie sie auch, und Henrys Nähe, die sie früher in einen zufriedenen Schlummer gewiegt hätte, machte sie von Minute zu Minute nervöser. Ein unangenehmes Kribbeln setzte in ihrer Brust ein und raste in alle Glieder. Sein Arm wog bald so schwer, dass sie nicht mehr durchatmen konnte, und seine Umarmung engte sie ein, denn sie hielt sie davon ab, sich im Bett umzudrehen. Kate wollte aus ihrer Haut fahren.

Lake Tahoe … Die Bootsfahrt. Henry war so wundervoll gewesen an diesem Tag, und Kate war sich bewusst geworden, dass sie nicht länger verknallt war, sondern sich ernsthaft in ihn verliebt hatte. In einem Moment des Blickaustauschs hatte sie das verstanden. Ein ganz stiller Moment war es gewesen, ein paar in grelles Sonnenlicht getunkte Sekunden, in die das Plätschern der Wellen gegen den Bootsrand wie aus weiter Ferne drang. Dass Henry genauso empfunden hatte, wurde mit dem Bild klar, das er kurz darauf malte – in Taubenblau. Wie gewohnt, ließ sich das Motiv nur erahnen, aber auch ohne seinen Titel, *Tahoe,* hatte Kate den See ohne Mühe erkannt. Sie hatte dieses Bild geliebt und war so gerührt gewesen, denn Henry hatte die Stimmung der Stunden auf dem Wasser perfekt eingefangen. Als sie ihm bald darauf einen besonderen Platz im Cottage vorgeschlagen hatte, an dem sie das Bild hätten aufhängen können, hatte er ihr gesagt, dass es bereits verkauft war. Wochenlang hatte sie sich im Stillen gegrämt, dass er *Tahoe* weggegeben hatte, wie jedes andere seiner Werke. Dieses für ein paar Tausender mehr. Für unvergessliche 8.900 Dollar.

Kates Unruhe wurde unerträglich. Behutsam legte sie Henrys Arm zurück und rückte von ihm ab. Sie vergewisserte sich, dass er weiterschlief, stand auf und tappte aus dem Schlafzimmer, um ihre Tasche und das Telefon darin zu suchen. Im Wohnzimmer setzte sie sich auf die Fensterbank und schaltete das Gerät ein. Jackson hatte eine weitere Nachricht geschickt, in der er sich erkundigte, ob etwas passiert sei.

Kurzentschlossen wählte Kate seine Nummer an. Es war zwar nach Mitternacht, doch sie musste seine Stimme hören und hoffte, dass er sein Handy nicht abgeschaltet hatte. Sie war erleichtert, den Klingenton zu hören, und noch viel erleichterter, als er sich meldete. Er schien noch nicht geschlafen zu haben.

»Cherie, ich habe mir Sorgen gemacht«, begrüßte er sie. »Geht's dir gut?«

»Mir geht's okay«, entgegnete Kate mit gedämpfter Stimme. »Ich konnte dir leider nicht antworten. Die Situation war ein wenig …« Was war die Situation? »… ein wenig ungünstig.«

Jackson hatte seine Zweifel. »Du klingst anders. Geht's dir wirklich gut?«

»Ich kann nicht so laut sprechen, doch ich wollte dich unbedingt hören.« Kate strich sich ein paar lose Haarsträhnen aus dem Gesicht. Im Licht des Mondes wirkten sie nicht blond, sondern weiß. Dann schlang sie den Arm um ihre an den Körper gezogenen Beine und ließ Jackson wissen, bei welchem Juwelier in Los Angeles sie am nächsten Tag sein würde.

»Es ist aber keine öffentliche Veranstaltung«, fügte sie hinzu. »Ich bin mir sicher, es wurden Einladungen verschickt, also weiß ich nicht, ob du da so ohne Weiteres Einlass bekommst. Ich könnte dich vielleicht als meinen persönlichen Gast …«

»Nein, Kate«, fiel ihr Jackson ins Wort. »Ich finde eine Möglichkeit. Lass das meine Sorge sein.« Nach einer abwägenden Pause sagte er: »Ich möchte, dass du mir einen Gefallen tust.«

Da Gefallen an Jackson grundsätzlich außergewöhnlich waren, zeigte sie sich vorsichtig. »Was für einen Gefallen?«

Jackson lachte. »Was für einen denn wohl ... Ganz sicher werde ich dich nicht bitten, mir ein Glas Champagner zu reservieren. Also, ja oder nein?«

»Okay …« Kate hob die Schultern an, ließ sie mit einem Atemzug wieder sinken und legte die Stirn auf den Knien ab. »Ich tue dir einen Gefallen.«

»Ich möchte, dass du den Catsuit auf dieser Präsentation trägst.«

Mit einem Ruck setzte sie sich auf. Beinahe wäre sie von der Fensterbank gefallen. »Das geht nicht!«

»Nichts geht nicht.«

»Jackson, ich kann nicht …«

»Klar kannst du. Du musst ihn ja nicht für jeden als das, was er ist, tragen.«

»Aber wie …?«

»Lass dir etwas einfallen! Und nun bonne nuit …« Er pausierte und zog das Schweigen in die Länge. Kate ahnte, dass er über beide Wangen grinste. » … petite lapin.«

Damit beendete er das Gespräch.

Kate legte das Telefon weg und blickte in Richtung Schlafzimmer. Während der Gedanke, dorthin zurückzukehren, sie traurig machte, besiegelte die Vorstellung, den Catsuit auf dem Event zu tragen, ihre Schlaflosigkeit.

Vierzehn

Da Jill Kate nicht nach Los Angeles begleitete, musste sie beim Anziehen des Catsuits auf Jills Hilfe verzichten und sich auf dem vom Juwelier gebuchten Zimmer des am Sunset Boulevard gelegenen *Bel Air* allein damit abmühen. Dank des verlängerten Zippers des Reißverschlusses und der vorsorglich eingefädelten Schnüre, gelang es Kate, den Anzug innerhalb von fünfzehn Minuten anzuziehen. Sie schlüpfte in die Pumps und warf eine hochgeschlossene Tunika über, die den gleichen blauen Farbton wie die Schuhe besaß. Sie war langärmelig, reichte bis knapp über die Knie und wurde unter der Brust geschnürt. Kate zweifelte nicht daran, dass ihre in Latex steckenden Beine so manche verwunderte Blicke auf sich ziehen würden. Was sie tatsächlich Extravagantes unter der Tunika verbarg, würde allerdings niemand vermuten.

Zufrieden mit ihrem Outfit legte sie ein dezentes Make-up auf, steckte die Haare hoch und packte das Kästchen aus, in dem sich *2Love* befand. Die Ohrstecker, der Ring und die Kette der in Silber gefassten Liebenden rundeten ihr Outfit ab.

Um zum Event zu kommen, musste Kate nur den Fahrstuhl nehmen, denn für die Veranstaltung hatte der Juwelier das *Garden Foyer* des Hotels gemietet. Als sie eintraf, war der von hohen Glasfronten und Spiegeln eingeschlossene Raum bereits gut gefüllt. Man trank Champus, knabberte Canapés, tauschte Klatsch aus und sprach über den Schmuck, dessen Präsentation unmittelbar bevorstand.

Neben Kates Kollektionen wurden die von zwei anderen Designerinnen aus Kalifornien vorgestellt, mit denen Kate ins Gespräch kam. Die Kreationen der beiden unterschieden sich sehr von ihren: Die eine arbeitete hauptsächlich mit weißen Perlen, die andere schuf mystisch-dunklen Platinschmuck. Nichtsdestotrotz begegneten sie einander locker und teilten sich während der Präsentation die Sympathie des Publikums. Anschließend verlor Kate die Frauen aus den Augen und fand keine Pause vom Händeschütteln.

Gerade wurde sie einer älteren Damen vorgestellt, deren aktuellen Schmuck sie auf einen Wert von mehreren Millionen schätzte, da entdeckte sie Jackson. Dem Anlass entsprechend, war er in einen dunkelgrauen Anzug gekleidet, der schmal in der Taille und an den Beinen war, und ihm fantastisch stand. Er sprach mit dem Juwelier und dessen Frau und nahm von ihr keine Notiz. Kate hingegen konnte die Blicke nicht von ihm abwenden und hatte Mühe, sich auf ihr so gesprächiges Gegenüber zu konzentrieren. In ihrer Brust breitete sich eine Wärme aus, die sie lächeln ließ, und was auch immer sie und Jackson später tun würden – sie liebte ihn schon jetzt dafür. Und für alles andere. Nicht nur für seinen Sex und seine faszinierende Ausstrahlung, sondern auch für seinen Witz und Charme, für seinen Ideenreichtum. Sie liebte diesen Mann – auf spezielle Weise – ‚so wie er war. Er war in ihr Leben getreten, weil sie eine vermeintlich falsche Nummer gewählt hatte, und er bereicherte es so sehr. Dabei hatte sie ihn abwimmeln wollen, ohne zu ahnen, was für einen tollen Menschen sie verpasst hätte.

»Schätzchen, würden Sie wohl einmal etwas mit Käfern kreieren?«, erkundigte sich die Millionen-Dollar-Schmuck-

Frau und schnippte mit dem Finger vor Kates Gesicht. Kates mentale Abwesenheit war ihr anscheinend nicht entgangen, was Kate äußerst unangenehm war.

»Käfer …«, ging sie hastig auf die Frage ein. »Ja, Käfer. Wieso denn nicht. Käfer sind toll. Da lässt sich sicher etwas machen, wenn ich mal Freiraum und eine gute Idee zum Thema habe.«

Sie wollte nicht über Käfer reden und auch nicht über ihren Schmuck, stellte sie fest und drehte sich nach Jackson um, doch er war in der Schar der Gäste verschwunden.

Zwei neue Gesprächspartnerinnen gesellten sich zu Kate und der Millionen-Dollar-Schmuck-Frau. Sie fragten und redeten und bewunderten und gingen wieder, um Raum für neue Worte anderer Gäste zu schaffen, die Kate bald nicht mehr zu verarbeiten imstande war. Irgendwann zog sie sich aus dem Getümmel zurück und schlenderte zu einem der Fenster, hinter denen sie einen Garten erkannte. Unterwegs schnappte sie sich ein Glas Champus vom Tablett, setzte es an die Lippen und trank einen Schluck, da vernahm sie die ersehnte Stimme hinter sich.

»Ms Clark?«

Sie wandte sich um, erwiderte seinen Händedruck und fröstelte.

»Jackson Ramones«, stellte er sich ihr vor. »Schön, Sie kennenzulernen.«

Heute waren sie also ganz und gar per Sie. »Mr Ramones, die Freude ist ganz meinerseits.«

»Wirklich toll, was Sie da schaffen. Sie haben meine Bewunderung.«

»Vielen Dank.« Kate beließ es bei einem zurückhaltenden Lächeln, obwohl sie am liebsten gestrahlt hätte. »Sind Sie Juwelier und aus L.A., Mr Ramones?«

Jackson verneinte. »Ich bin Architekt und aus San Francisco.«

»Oh, dann sind Sie extra hergeflogen?«

»Genau. So oft bietet sich nicht die Möglichkeit, Ihnen zu begegnen. Und seit mir Ihre Kreationen aufgefallen sind, bin ich begeistert. Sie zeugen von einer Menge Kreativität und Fantasie.« Er nahm ein Glas Champagner von einem Tablett, das eine Bedienung vorbeitrug, und gab ihr sein leeres mit. »Was Sie heute tragen ...« Sein Blick glitt von Kates Ohrläppchen zu ihrem Dekolleté und ihrer Hand. » ... das muss etwas Neues sein. Ich habe es noch nirgends gesehen.«

Kates Hand fuhr zur Kette, ihre Finger umschlossen die Liebenden und fuhren deren Form nach. »Es ist erst gestern fertig geworden«, gestand sie.

Jackson wollte noch etwas sagen, doch ließ es, als sie von vier Frauen umringt wurden, die Kate für sich beanspruchten.

Bevor er einen Rückzieher machte, trat er nahe zu ihr und flüsterte ihr etwas ins Ohr, dass sie frösteln ließ. Zur Widerrede konnte sie nicht anheben, denn er war schon verschwunden.

***

Eine Stunde später verabschiedete sich Kate vom Veranstalter und nahm ein Cab. Dem Fahrer sagte sie die Adresse, die Jackson ihr genannt hatte und die sie seither gedanklich runterbetete, um sie nur nicht zu vergessen. Die Fahrt führte aus dem luxuriösen Bel Air hinaus in Richtung Downtown. Vorher bog der Wagen ab und durchquerte weniger ansehnliche Stadtteile. Nach fünfundvierzig Minuten stoppte das Taxi in einem Industriegebiet, das vor gut dreißig Jahren noch als solches gedient haben mochte. Kate stieg aus.

Mit vor Unbehagen vor der Brust verschränkten Armen drehte sie sich von einem Backsteinriesen zum nächsten und wusste nicht, wohin sie gehen sollte. Als das Taxi anfuhr, lag ihr ein »Stopp« auf den Lippen, befehligt von ihrem Unterbewusstsein, das ihr riet, diese Gegend schnellstens zu verlassen, doch sie schluckte die Angst mit dem Wort und ging ein paar Schritte. Weit kam sie nicht. Ein um ihre Taille gelegter Arm hielt sie auf, ein anderer schlang sich um ihre Brust. Das Letzte, was sie wahrnahm, war Jacksons Duft; dann wurde sie von Müdigkeit übermannt.

***

Als Kate zu sich kam, befand sie sich in einer halben Liegeposition. Etwas nahm ihr die Sicht, und als sie die Arme, die über ihrem Kopf lagen, anheben und es wegziehen wollte, vernahm sie ein Rasseln wie von einer Kette und ihre Arme wurden abrupt gestoppt. Sie versuchte es noch einmal, doch ließ sie sie dann sinken und begriff, dass sie aneinandergebunden und fixiert waren. Von einer leisen Panik ergriffen, versuchte sie, aufzustehen und wurde sich bewusst, dass sie vollkommen bewegungsunfähig war. Ihr Hals und ihre Taille waren in Gurte geschnallt, deren kühles Metall sich durch den Catsuit hindurch in ihre Haut drückte. Ihre Beine, die ebenfalls auflagen, waren gespreizt und von weiteren Manschetten um ihre Oberschenkel, ihre Waden und Gelenke umschlossen.

Augenblicklich fiel ihr eine SMS-Konversation ein, die sie und Jackson in der Woche nach ihrem ersten Date geführt hatten. Darin hatten sie einander ihre heißesten Sexfantasien beschrieben. Die Tatsache, dass er nach seiner Erotikshop-Fantasie nun ihre real machte, schockierte sie – es war eine Sache, etwas zu träumen und eine andere, es zu erfahren. Mit dem Schreck stieg ein Wimmern aus ihrer Kehle auf, das zu einem Schrei anwuchs und abbrach, als der Hauch eines Atems über ihre Wange strich. Kates Puls raste so sehr, dass ihr schwindelig wurde.

»Schrei nur«, raunte die Stimme des Mannes, der für den heutigen Freitag der Architekt aus San Francisco war. »Du darfst so laut sein, wie du möchtest. Es wird niemanden stören.«

Als sie seinen Mund an ihrem Ohr spürte, spannte sich jeder Muskel in Kate an. Seine Lippen wanderten über ihren Hals und gingen tiefer. Selbst durch den Latex hindurch fühlten sie sich sanft an, weich und warm, so angenehm, dass sie einen irritierenden Widerspruch zu den Fesseln darstellten. Während sein Mund die Rundung einer Brust nachzog, öffnete seine Hand den Reißverschluss unter den Schnüren. Die kühle Luft bescherte ihr eine Gänsehaut und ihre Nippel richteten sich auf, ohne dass Jackson sie berührt hatte. Einen umrundete er jedoch und ließ die Kreise immer enger werden, bis er ihn einsaugte.

»Jackson …« Kate bog sich ihm entgegen, soweit es die Riemen erlaubten, und nahm deren Druck in Kauf.

»Du erinnerst dich an meinen Namen?«, murmelte er an ihre Brust und ließ sie kurz seine Zähne spüren. »Dabei hast du heute so viele Menschen kennengelernt.«

»Ich erinnere mich an deinen Namen«, brachte sie mühsam hervor und murrte ob des stärker werdenden Ziehens in ihrem Unterleib. Jacksons Mund steigerte es, indem er sich der zweiten Brust widmete. Indes kümmerten sich seine Finger um den eben ausführlich bespielten Nippel.

Er zwirbelte, zupfte und leckte. »Warum ist das so?«, fragte er und rollte die Brustwarze fester zwischen Daumen und Zeigefinger.

Außer einem Stöhnen brachte Kate nichts hervor. Sie wollte das Becken anheben und ihre Hände über seinen Kopf schicken, wollte die markanten Linien seiner Wangen nachfahren, wurde aber nur wieder an ihre Bewegungsunfähigkeit erinnert.

Jackson löste den Mund von Kates Brust, um beide Hände zu benutzen. »Sag mir, warum du dich an meinen Namen erinnerst!«

»Weil du so …« Kate spürte, wie etwas Leichtes über ihren Körper glitt. Begonnen beim Venushügel und dem noch geschlossenen Reißverschluss tänzelte es über ihren Bauch und ihre Rippen bis zu den Brüsten.

»Weil ich so …?«

»Ich fand dich wohl irgendwie a…Ahh!« Sie keuchte und zog an den Armfesseln, als Metall in ihren Nippel kniff. Von ihrer Brust sauste der Schmerz ins Rückenmark und von da aus zu ihrem Bauch. Völlig unerwartet war, dass er sich dort mit ihrer Lust paarte und sie verdoppelte. Für einen Moment fühlte sich Kate wie betäubt, und sobald das nachließ, war da nichts weiter in ihr als eine bittersüße Schwere.

»Irgendwie fandest du mich …?«

»Anziehend.« Mit einem Atemstoß entließ Kate das Wort endlich und wappnete sich, als dem zweiten Nippel das Gleiche geschah. Wie zuvor war der Schmerz zuerst beißend. Er durchfuhr sie wie ein Schnitt und versetzte sie, am Ziel seiner Reise angelangt, in einen nie zuvor erlebten Rausch.

»Und bist du nun enttäuscht?«

Sowohl Jacksons Frage als auch der Weg seiner Hand, die sich zu ihrem geöffneten Schoß bewegte, irritierten Kate. »Enttäuscht? Wieso?«

Er lachte leise und öffnete den zweiten Reißverschluss. »Weil ich dich aus- und nicht anziehe.«

Der Latex klaffte über Kates Schritt auf und entblößte ihre Spalte, die sich vor Erregung zusammenzog. Jackson legte auch ihren Po frei, ließ den Zipper dann gehen und streichelte über die nackte Haut. Seine Finger strichen nach innen zu ihrer Scham, ertasteten sie und berührten hin und wieder den Kitzler – dies allerdings nie so lange, wie es Kate gefallen hätte.

Als er seine Hand entfernte, stieß sie einen Laut der Enttäuschung aus. Jackson quittierte das mit einem erneuten Lachen und träufelte eine Flüssigkeit auf ihren Schoß. Seine Finger, die beim Verteilen halfen, waren mehr als willkommen und rieben nun öfter über ihre längst geschwollene Perle.

Wenig später spürte Kate ihn in sich und spannte sich unweigerlich wieder an. Sie schätzte, dass es drei Finger waren, die sich da in sie hineinbewegten, und da das Gefühl stärker wurde, ahnte sie, dass Jackson einen vierten hinzugenommen hatte. Immer tiefer in die sich ihm darbietende Pussy schob er seine halbe Hand, stieß gegen ihren G-Punkt und entlockte ihr ein Zucken. Mehrere Male glitt er vor und zurück, und ging bald weniger sachte vor. Seine Berührungen nahm Kate so intensiv wahr, dass ihr Verstand auf Loslassen schaltete und ihr Becken zu beben begann. Vor lauter Lust und Verlangen nach Befriedigung ballte sie die angeketteten Hände zu Fäusten und sackte zusammen, als Jackson sich wiederum zurückzog.

Nach und nach löste er die metallenen Riemen, die Kates Hals, ihren Oberkörper und ihre Beine fixierten. Ihre Hände befreite er nur halb, indem er sie zwar vom Stuhl löste, doch aneinandergekettet ließ. Daraufhin hob er sie an und trug sie ein paar Schritte, um sie abzulegen und erneut etwas an ihren Beinen zu befestigen. Diese Fesseln waren nicht aus Metall, sondern fühlten sich weich an. Trotzdem wollte Kate sie nicht. Sie wollte jetzt sehen, wo sie sich befand und machte es Jackson schwer, die neuen Gurte anzulegen. Der jähe Schmerz in ihren Nippeln erinnerte sie an die Kette, die er nicht abgenommen hatte und ließ sie stillhalten, obwohl die Nervosität weiter unter ihrer Haut prickelte und sie zum Abwehren bewegen wollte.

»Bist du schwindelfrei?«, hörte sie Jackson fragen.

Ihr »Nein« schien sich gut in seinen Plan zu fügen.

Der plötzliche Ruck erschreckte Kate. Automatisch hob sie die gefesselten Hände, um sich festzuhalten, bekam jedoch nichts zu fassen. Nach ihren Beinen wurde ihr Po angehoben, und schließlich hing sie kopfüber. Ruck für Ruck wurde sie höher gezogen und sie versuchte, vergeblich Halt zu finden. Außerdem wollte sie die Beine schließen. Harte Widerstände, die sich wie Stangen anfühlten und gegen ihre Knöchel und Knie drückten, verwehrten ihr dies.

Jackson löste Kates Hände aus den Fesseln; um sie auf ihren Rücken zu legen und dort aneinanderzubinden. Eine Kette, die offenbar von der Decke hing, schmiegte sich in die Mulde ihrer Wirbelsäule, als er ihre Handgelenke daran fixierte.

Das Rascheln von Kleidung verhieß, dass er sich auszog. Obwohl er Kate nicht berührte, wusste sie, dass er vor ihr war. Seine Nähe war spürbar und sein Duft das Einzige, was sie einatmete. Im nächsten Moment presste sich etwas Hartes, Heißes, Glattes an ihrem Mund. Sie verschloss ihn fester. Davon unbeirrt, schickte Jackson seine Eichel über ihre Lippen und bat um Einlass. Da sie ihm diesen beharrlich verweigerte, hielt er ihr die Nase zu und wartete die paar Sekunden ab, die sie ohne Sauerstoff auskam. Sobald sie aufgab, schob er seinen Schaft in ihren Mund.

»Wehe, ich spüre deine Zähne«, warnte er sie und griff in ihr Nackenhaar.

Langsam bewegte er sich vor und drang in sie, bis die Spitze seines Schwanzes ihre Mandeln berührte. Um ihren Mund benutzen zu können, wie er wollte, legte er auch die andere Hand an ihren Kopf. Kate musste kämpfen, musste ihre Atmung kontrollieren und war erleichtert, als er etwas nachgab und sie lediglich seine Eichel verwöhnen ließ.

Als Jackson unvermittelt ein zweites Mal in sie stieß, schnaufte Kate und begann zu zappeln, da legte er seinen Mund auf ihre Pussy – warm und nass. Seine Zunge leckte hindurch, drang in sie ein. Beinahe routiniert saugte er sich an ihrem Kitzler fest und sandte seine Zungenspitze darüber. Kate stöhnte gegen seine Härte und genoss das Gefühl, dass er in ihr auslöste, das Toben in ihrem Unterleib. Die Kombination aus Genommenwerden und Bekommen empfand sie als so gut, dass sie seinen Schaft nicht mehr hergeben mochte. Das elektrisierende Zittern, das Jackson in ihr entfachte, rauschte in Wellen durch ihren Körper und ließ sie vergessen, dass sein Wille von Minute zu Minute immer mehr ihr Wille geworden war. Jetzt wollte sie nichts anderes mehr.

Doch ein weiterer Wechsel stand an. Jackson ging um sie herum und löste ihre Handgelenke von der Kette. Er legte sie auf dem Boden ab, wobei er darauf achtete, dass sie sich nicht wehtat. Abermals war er über ihr und nahm ihr die Augenbinde ab.

Als Kate ihn sah, wie er sich über ihr abstützte und sie betrachtete, erwachte in ihr ein Gefühl, das wenige Stunden zuvor zum ersten Mal aufgetaucht war. Es machte sich nicht in ihrem Bauch bequem, sondern in ihrer Brust. Zuerst ziepte es ein wenig, doch wenig später legte es sich wie Samt um ihr Herz. Sie musste einfach lächeln, erst recht, als das Grün seiner Augen durch ein Flackern erhellt wurde und er ihr Lächeln erwiderte. Sie wollte über seine kräftigen Schultern und die Muskeln seiner Arme streicheln, doch ihre Hände lagen noch gebunden auf ihrem Rücken und begannen allmählich zu schmerzen.

Ein weiteres Mal trug Jackson Kate durch den Raum, den sie nun als den Folterkeller erkannte, für den sie ihn gehalten hatte. Ketten und Seile hingen von der Decke und den

Wänden, die aus grobem Stein gemauert waren. Neben dem Stuhl, auf dem sie zu Beginn gesessen hatte, befanden sich hier ein Kreuz, ein Bett und ein Bock. Jackson legte Kate auf Letzterem ab, und bevor sie nur blinzeln konnte, waren ihr Hals und ihre Beine fixiert. Ihre Handgelenke löste er aus den Fesseln und schob sie in die Schlaufen am Bock.

Warm und weich, aber doch fest und fordernd, strichen Jacksons Hände über Kates Body, als er seine Position hinter ihr verließ und sich vor sie kniete. Seine vor Lüsternheit pulsierende Erektion ließ er sie nun lediglich zur Vorbereitung auf den schwarzen Dildo kosten, den er ihr danach zwischen die Lippen schob. Nachdem sie ihn ausführlich geleckt und befeuchtet hatte, ging Jackson um sie herum und zog den Dildo dabei über ihren Rücken und ihre Seiten bis zu ihrem Po.

»Das tust du nicht«, keuchte sie.

Jackson ließ die Spitze des schwarzen Dings von ihrem Anus zu ihrer Pussy gleiten. »Wie willst du mich davon abhalten?«

»Ich will *dich* in mir haben. Nicht dieses Teil.« Mit einer Bewegung ihrer Hüfte bestärkte sie ihre Aussage, doch Jackson blieb bei seinem Vorhaben. Er streichelte ihre Beine und ihren Hintern und umrundete ihren Kitzler mit der Spitze des Dildos.

Kate reagierte mit einem Stöhnen, und als sie den Stab in sich spürte, kämpfte sich ein zweites Stöhnen ihre Kehle hinauf. Jackson schob ihn tiefer und ließ ihn behutsam in ihr anstoßen. Um das Gefühl zu intensivieren, massierte er ihren Anus und drang mit einem Finger in sie ein. Er wartete ab, bis sie sich daran gewöhnt hatte, bis ihre Anspannung etwas abebbte, und ließ den Finger dann kreisen. Kate wand sich noch immer, wenn auch nicht mehr, um etwas abzuwehren, sondern weil die durcheinanderschwirrenden Gefühle die Kontrolle über ihren Körper übernommen hatten.

»Das ist so verdammt gut«, wisperte sie.

Jackson zog den Finger aus ihr. »Ach wirklich? Ist es das?« Er stieß den Dildo schneller in sie. »Dabei habe ich beinahe befürchtet, dass du es nicht magst, wenn ein Kerl den Dildo für dich bedient.«

Waren seine Bewegungen nun auch weniger sachte, so waren sie doch zu keinem Zeitpunkt grob oder unbedacht. Als das Ding wieder tief in ihr steckte, ließ er ihn dort und stellte sich hinter sie. Seine Eichel pochte gegen Kates Anus.

»Wieso fühlt sich das so gut an?«, seufzte Kate als er in sie eindrang und den Muskel dehnte.

»Weil ich es bin, der das mit dir tut.« Er schob seinen Schwanz weiter, bis er bis zur Wurzel in ihr steckte.

Das Zittern seiner Muskeln verriet ihr, wie schwer es ihm fiel, sich zurückzuhalten. Seine Hände schlossen Kates Hüften in einen festen Griff, und er erhöhte den Druck seines Beckens, als könne er noch tiefer in sie stoßen. Kate zuckte zusammen, als er auf ihre Pobacke schlug, wand sich und keuchte. Der Schlag war so wohldosiert erfolgt, dass er nicht wehtat, sondern nur zwiebelte und sie weiter erregte.

»Beiß die Zähne zusammen, Ms Clark«, knurrte er. »Denn ich muss dich jetzt hart ficken, um meinen und deinen Verstand meinetwegen. Ohnehin verliere ich ihn, wenn ich's nicht tue.«

Kates schon flehendes »Tu es einfach!«, kaum abwartend, zog er sich zurück, entfernte den Dildo und stieß von neuem in ihren Po, um Kate und sich selbst ins Nimmerland zu bringen.

Sie erreichten es nur wenig später, rasten über den Grad, an dessen Seiten sich alles verlor und ruhten dann aus. So besänftigt wie erschüttert. So seelenvoll wie atemlos.

***

Jackson schlüpfte in seine Boxershorts und legte sich hinter Kate aufs Bett. Er richtete ihre Tunika, die nach oben gerutscht war, schlang den Arm um sie, strich das Haar aus ihrem Nacken und hauchte einen Kuss auf ihre Haut.

»Wie geht es dir?«, murmelte er.

Kate blinzelte träge durch die Wimpern und lächelte. »Sehr, sehr gut«, flüsterte sie. »Wie geht es dir?«

Jackson schob seine Leisten an ihren Po und winkelte seine Beine hinter ihren an. »Mir geht es ebenfalls sehr, sehr gut, petite lapin.«

Sie schlug die Augen auf und widerstand dem Drang, sich in Jacksons Umarmung umzudrehen, um ihn anzusehen. Er hatte ihren Kosenamen verwendet. Unbewusst und aus seiner Beseeltheit heraus? Oder voll bewusst und ihren vielen vermeintlich ersten Begegnungen zum Trotz?

»Wir sollten uns ein Safeword überlegen, bevor wir das in diesem Rahmen noch einmal tun«, murmelte er schläfrig. »Wie wäre es mit … « Er grübelte, doch schien keine Idee zu haben.

»Kentucky«, schlug Kate vor.

»Kentucky ist öde.«

»Eben. Total öde.«

Noch einmal küsste er ihren Rücken. »Dann nehmen wir das.«

Als Kate Jacksons regelmäßige Atemzüge vernahm, konnte sie es kaum fassen. Er war tatsächlich eingeschlafen. Er blieb bei ihr, hielt sie fest bei sich und schlummerte. Das verwirrte sie, doch noch viel mehr machte es sie glücklich.

Gedankenverloren strich sie über die feinen Härchen seines Unterarms. Mit jedem von Jacksons Atemzügen, jedem warmen Hauch in ihrem Nacken, jedem Heben und Senken seiner Brust wurden ihre Lider schwerer, und bald schlief auch sie.

***

Am nächsten Morgen lag Jackson nicht mehr neben ihr. Kate setzte sich im Bett auf und lauschte, ob er in der Nähe war. Es war völlig still. Sie blickte sich im Raum um, der nun vom Tageslicht erhellt wurde, das durch zwei schmale Fenster unterhalb der Zimmerdecke einfiel. Vom Stuhl, auf den sie gespannt gewesen war, wanderte ihr Blick zum Seilzug, an dem sie gehangen hatte, und zum Bock, auf dem Jackson sie bis zur völligen Vergessenheit geliebt hatte – auf ihre und seine Weise. Am Ende betrachtete sie den leeren Platz neben sich und lachte sich aus für jeden ach so dummen Gedanken, den sie kurz vor dem Einschlafen gehabt hatte.

Schwermut machte sich in ihrer Brust breit. Für einen Moment raubte er ihr sogar die Luft. Kate sank zurück auf das Kissen und starrte an die Decke bis ihre Augen brannten.

FÜNFZEHN

Bonjour, bist du gut zu Hause gelandet?, schrieb Jackson am Samstagnachmittag.

Kate ließ das Handy in der Tasche ihrer roten Pluderhose verschwinden, ohne geantwortet zu haben, und gesellte sich zu Henry, der im Garten saß. Auf dessen Erkundigung hin berichtete sie vom Event des vergangenen Abends und mochte bald ihre eigene Stimme nicht mehr hören, weil sie so stoisch klang. Es gelang ihr nicht, den geringsten Funken Freude oder gar Stolz hineinzulegen. Später erzählte Henry von einer neuen Maltechnik, die er ausprobieren wollte. Kate hörte ihm nicht wirklich zu und schreckte auf, als er mit plötzlich schroffer Stimme fragte, was eigentlich mit ihr los sei.

Einige Sekunden lang starrte Kate ihn an. Ohne ihm zu antworten, ging sie ins Haus und nahm auf dem Weg in ihr Schlafzimmer mehrere Stufen auf einmal. Oben angekommen, warf sie die Tür hinter sich zu und blickte sich um. Was wollte sie hier? Auf dem Bett liegen und Löcher in die Luft starren? Eben das tat sie für zwei ganze Stunden.

Wahrscheinlich hätte sie weitere Stunden so verbracht, hätte ihr Telefon nicht gezwitschert.

Ich denke an dich, las sie nun von Jackson, schaltete das Gerät aus und stand vom Bett auf.

In der Küche legte sie Gemüse zurecht, das sie für den Salat schnippeln wollte, obwohl sie weder Hunger noch Appetit verspürte. Den gesamten Tag hatte sie keinen Bissen heruntergebracht und verpflichtete sich jetzt dazu, etwas zu essen, damit sie sich wenigstens nicht mehr so schlapp fühlte.

Henry kam in die Küche und öffnete eine Flasche Wein. »Möchtest du auch ein Glas?«, brummte er.

Kate entkernte gerade eine Paprika und sah nicht auf. »Ja, gern, danke.«

Er schenkte zwei dickbauchige Gläser viertelvoll und schob ihr eines hin. Gegen den Kühlschrank lehnend, trank er einen Schluck. »Ist in L.A. irgendetwas geschehen?«

Nun zwang sie sich, den Blick zu heben und ihm in die Augen zu schauen. »Was soll geschehen sein?«

»Keine Ahnung. Ich war nicht dort, und ich habe dich gefragt.« Er zuckte mit den Schultern. »Komisch, dass du mit einer Gegenfrage antwortest, statt mir ein simples Ja oder Nein zu geben.«

»Gar nichts ist geschehen. Der Abend war nett, aber irgendwie anstrengend.«

Noch einen Moment hielt Kate Henrys Blick stand, wandte sich dann aber wieder dem roten Gemüse zu, schnitt es in Streifen, danach in Würfel und schob es vom Brett in die Schüssel.

»Eigentlich habe ich nicht so recht Hunger«, hörte sie Henry hinter sich sagen und fuhr herum.

Zorn wallte in ihr auf und bemächtigte sich ihrer so schnell, dass sie ihre nächsten Handlungen nicht aufzuhalten vermochte. Sie pfefferte das Messer weg, nahm die Schüssel, lehrte sie im Müll aus und warf sie in die Spüle, wo sie in mehrere Stücke zersprang.

»Das ist doch nichts Neues, Henry«, brachte sie mit bebender Stimme hervor und sortierte das noch nicht geschnittene Gemüse zurück.

Er wollte sie stoppen, doch sie wehrte ihn ab, packte die Tomaten in einen Korb und den Salat in den Kühlschrank. Um die Tränen, die nicht einmal ihm galten, vor ihm zu verbergen, wollte sie sich an ihm vorbeischieben, doch er vertrat ihr den Weg und zog sie an sich.

»Es tut mir leid«, murmelte er, streichelte über ihren Rücken und küsste ihren Kopf. »Ich war nur verunsichert, weil …«

»Gar nichts muss dir leidtun«, unterbrach ihn Kate und schluchzte. Sie konnte kaum atmen. Sie bekam einfach keine Luft in dieser Umarmung und auch nicht in diesem Haus. »Ich fahre jetzt nach Palo Alto, Henry.«

»Das möchte ich aber nicht«, sagte er noch immer sanft.

So behutsam sie konnte, löste sie sich von ihm, wischte die Tränen mit dem Handrücken weg und sah ihn an. Sein hilfloser Blick tat ihr so weh, dass sie meinte, durch seine Locken kraulen zu müssen und ihm zu sagen, dass es morgen oder übermorgen besser sein würde. Doch sie glaubte ganz und gar nicht mehr, dass sich demnächst oder in Zukunft irgendetwas, das sie beide betraf, zum Guten wenden würde.

»Aber ich möchte das«, schloss sie und ließ ihn in der Küche stehen.

***

Am Wochenende hatte Jackson nicht mehr geschrieben und auch der Montag verging ohne eine Nachricht von ihm.

Für die *Flames* war eine Bestellung eingegangen, der Kate sich annahm und vor sich hinarbeitete. Ihre Laune umgab sie dabei wie ein wabernder Nebel, der sich nach und nach in der Werkstatt ausbreitete. Bald stellten Lindsay und Jessie die sonst heiteren Gespräche ein und feilten schweigend an den Elfen und den Echsen herum. Hin und wieder warfen sie sich fragende Blicke zu, wovon Kate nichts mitbekam.

Am Abend schleppte sie sich die Treppe zu ihrer Wohnung hinauf, da klingelte ihr Handy. Jackson rief an. Kate polterte zur Tür hinein, atmete durch und nahm den Anruf entgegen.

»Hey, ist alles in Ordnung?« Seine Besorgnis versuchte Jackson hinter Gelassenheit zu verstecken. Das misslang ihm, weil er ein wenig zu gelassen klang.

»Aber ja doch!«, entgegnete Kate ungewollt angriffslustig.

Er stutzte. »Hast du meine Nachrichten erhalten?«

»Natürlich.«

Wieder schwieg er ein paar Sekunden. »Gibt es einen bestimmten Grund, warum du nicht darauf antwortest und jetzt so kurz angebunden bist?«

Kate biss sich auf die Lippen, um das Grollen zurückzuhalten. Ein Wort brachte sie dadurch allerdings auch nicht hervor. Da sie dennoch kurz vorm Platzen war und ihrem Ärger Luft machen musste, kickte sie ihre Schuhe von den Füßen.

Jackson schien das Poltern zu hören, das sie beim Landen verursachten, und klang nun doch besorgt. »Kate, was ist los?«

Das fragte er noch?

»Heute ist nicht Fick-Freitag, Jackson«, giftete sie. »Warum reden wir also miteinander?«

»Okay, du bist sauer …«, schlussfolgerte er nüchtern. Kate hörte, wie er durch den Raum ging – durch welchen Raum auch immer. Sie hatte ja keine Ahnung von seinen Räumen. »Ist es, weil ich in der Nacht gegangen bin?«

Statt einer Antwort stieß Kate einen verächtlichen Laut aus.

»Das war der Deal, Kate.« Da war ein Geräusch, als wurde eine Tür aufgeschoben. Dann waren da das Säuseln von Wind und entfernter Verkehrslärm. Er war also auf der Terrasse. »Wir hatten uns darauf festgelegt, es nicht mehr und nicht weniger als Sex sein zu lassen.«

»Es ist nicht mehr und nicht weniger als Sex, richtig. Aber ich bin nicht nur Sex. Das wollte und werde ich nie sein.« In der Küche sank Kate auf einen Barhocker und stützte den Kopf in die Hand. Es tat weh, darüber nachzudenken, aber es auszusprechen, kam schon Grausamkeit gleich.

Jackson reagierte weiterhin verwundert. »Natürlich bist du nicht nur Sex.«

»Du hast mich behandelt wie eine …« Kate brachte das Wort nicht über die Lippen und ächzte, weil es so anstrengend war, nicht zu weinen. Er wollte ihr ins Wort fallen, doch sie sprach schnell weiter. »Dass wir uns nach einer Nacht mit einigem Anstand verabschieden, hat absolut keinen Einfluss auf die Natur dieser …« Hastig durchforstete sie ihr Hirn nach einem passenden Namen, denn als Beziehung wagte sie es nicht zu bezeichnen. »… dieser Sache. Aber wie du dich verhalten hast … Es hätte nur noch gefehlt, dass du ein paar Dollarscheine auf die Matratze legst, zusammen mit einer Notiz ›Es war wieder sehr schön, Sie zu ficken, Ms Clark‹.«

»Kate …«, hob Jackson beschwichtigend an, kam jedoch erneut nicht weiter.

»Was ist so schlimm daran, zusammen aufzuwachen? Macht es das für dich gleich zu mehr als Sex? Befürchtest du, dass ich dich am nächsten Morgen mit meiner grauen Realität konfrontiere, mein Leben vor dir ausbreite?«

»Nein, Kate …«

»Was ist dann dein verdammtes Problem?«

»Ich habe kein verdammtest Problem!« Auch Jackson war jetzt verärgert. Noch immer waren seine Schritte zu hören. »Du bist nicht nur Sex für mich. Ich will nicht, dass du so denkst.«

»Dann gib mir nicht das Gefühl!« Kate kniff die Augen zu und massierte ihre Schläfe, da sich ein Kopfschmerz ankündigte. Ihre Stimme wurde ruhiger. »Ach, Jackson … Ich will …«

Sie hörte ihn durchatmen. Er beruhigte sich ebenfalls. »Du willst?«

»Dass du mich als Person wahrnimmst.«

»Das tue ich, Cherie. Wenn ich dir einen anderen Eindruck vermittelt habe, tut es mir leid.«

Kate ließ Jacksons Worte und die Entschuldigung sacken. Sie taten gut. Sie heilten diese Verletzung vom Aufwachen in L.A. Zwar blieb ein leiser Zweifel, doch in Bezug auf Jackson hatte sie, anders als bei Henry, viel mehr das Gefühl, dass alles gut werden würde.

Scheinbar um seine Worte zu bekräftigen, sprach er weiter. »Wärst du nur Sex für mich, würde ich mir keine Sorgen machen und nicht so oft an dich denken.«

Waren seine ersten Worte der Balsam gewesen, waren diese der Kuss, den man auf die Wunde hauchte. Kate lächelte. »Wie oft ist denn oft?«

»Verdammt oft. Denkst du etwa nicht verdammt oft an mich!«

Kates Lächeln wurde breiter. »Doch, das tue ich.«

Sie konnte Jackson ebenfalls durch das Telefon lächeln hören, als er sagte: »Ich schreibe dir morgen, okay?«

***

Sowohl am Dienstag als auch am Mittwoch meldete Jackson sich jeweils nur kurz. Angeblich hechtete er von einer Baustelle zur nächsten und von einem Meeting zum anderen und seinen Worten zufolge wollte ihn jeder um einen Kopf kürzer machen.

Auf Kate wirkten diese Meldungen wie eine Pflicht. Sie versuchte, sich abzulenken, doch ihre Gedanken blieben nie an ihrer Werkbank, sondern entglitten ihr ständig.

Wusste Jackson nicht, wie er ihr sagen sollte, dass er alles gut fand, so wie es war, und dass er auf solche Dinge, wie beispielsweise zusammen einschlafen und aufwachen, gern weiterhin verzichten wollte? War ihm ihr letztes Telefonat zu stressig gewesen und überlegte er nun, wie er ihr beibringen sollte, dass er sie nicht mehr sehen würde?

Am Mittwochabend lud Kate Jill zum Essen ein. Sie brauchte Zeit außerhalb ihrer vier Wände und Jills Aufmerksamkeit. Genau genommen konnte sie sich denken, was die Freundin zu allem zu sagen hatte, doch sie war nun einmal die Einzige, mit der sie darüber reden konnte. Und wenn sie nicht bald redete, würde sie irre werden.

Jill wäre gern ins *Seven Seas* gegangen, doch Kate mied das Restaurant beharrlich. Also entschieden sie sich für ein American Diner in Downtown.

»Warum überlegst du sowas überhaupt?«, fragte Jill, nachdem Kate ihre Sorgen erzählt hatte. »Was Jackson denkt, das denkt er nun einmal. Durch Grübelei wirst du es weder erfahren noch ändern. Nachher steigerst du dich nur wieder in Rage und konfrontierst ihn damit …«

» … und dann hält er mich für durchgeknallt und beendet es«, führte Kate Jills Satz fort. »Sowas nennt man die selbsterfüllende Prophezeiung – Gedanken, die nur deshalb wahr werden, weil man daran glaubt.« Sie nahm ein Stück Brot aus dem Korb und brach es auseinander. »Deshalb sollte ich lauter positive Dinge denken«, schloss sie mit einem Grinsen, das ihr vor lauter betonter Fröhlichkeit beinahe aus dem Gesicht fiel.

»Tu's einfach, Darling!« Jill nahm die Karte und blätterte darin. »Was esse ich nur? Ich will keinen Burger und auf einen Ceasar's Salad habe ich auch keinen Appetit. Den hatte ich erst gestern.« Ohne von der Karte aufzusehen, fügte sie an: »Kann es sein, dass du so viel über Jackson nachdenkst, weil du dich in ihn verliebt hast?«

Kate blieb der Bissen Brot im Hals stecken. Sie hustete und schluckte. »Jill, das ist absurd!«, krächzte sie mit vor der Brust gelegter Hand.

Jill zeigte sich unbeeindruckt. »Es erweckt aber den Anschein, als seist du verliebt.« Sie blätterte weiter. »Hattest du schon mal das Beef-Sandwich?«

»Nein und nein.« Kate trank einen großen Schluck Wasser, um den Husten zu stoppen. »Würde ich mich oder Jackson sich verlieben, wäre alles vorbei. So etwas funktioniert nicht mit dem L-Wort.«

»Angenommen, ihr wärt beide verliebt? Funktioniert es dann?«

Kate wollte das gleichermaßen ausschließen, da ertönte das SMS-Signal ihres Handys. Sie ignorierte es, um Jill zu antworten, doch die Freundin ließ sie gar nicht zu Wort kommen. »Jede Wette, dass das Jackson ist. Nun schau schon nach, was er schreibt.«

»Das will ich jetzt aber nicht. Er hat sich den gesamten Tag nicht gemeldet. Und dass wir uns beide …«

»Ja, völlig absurd wäre das. Schon klar! Jetzt hör schon auf zu labern!« Jill wedelte mit der Hand als wolle sie eine Fliege verscheuchen. »Und stille deine und meine Neugierde!«

Kate grunzte etwas Unverständliches, kramte das Telefon aus ihrer Tasche und öffnete Jacksons Nachricht. Sie las sie einmal, las sie ein zweites und drittes Mal und sah verdattert auf.

»Und?«

»Er fragt, ob wir den nächsten Freitag auf das Wochenende ausdehnen und so etwas wie einen Kurzurlaub an der Küste machen wollen … «

»Aha!«, grinste Jill.

Kate runzelte die Stirn. »Wie, *aha*?«

»Aha, nur so.« Jill stützte die Ellenbogen auf den Tisch, umschloss ihr Gesicht mit beiden Händen und seufzte. Völlig abgeklärt sagte sie darauf: »Also ich werde das Beef-Sandwich versuchen. Was nimmst du?«

Sechzehn

Jackson hielt das Gesicht unter den Strahl der Dusche und genoss das Prickeln der Tropfen, die auf seine Haut prallten und daran abperlten. Seit er in das Flugzeug gestiegen war, tobte eine Ruhelosigkeit in seinem Inneren, die ihn zum einen grinsen ließ und ihm die buntesten Ideen bescherte, die zum anderen jedoch auch in seinem Magen rumorte; gerade so, als müsse er sich demnächst einer Prüfung unterziehen.

Möglicherweise war das bevorstehende Wochenende tatsächlich eine Prüfung.

Er verschränkte die Arme vor der Brust, senkte den Kopf und ließ das Wasser auf seinen Nacken und seine Schultern rieseln.

Die Idee, das Wochenende mit Kate zu verbringen, war wie ein Blitz dagewesen, und ebenso schnell hatte er ihr geschrieben. Allerdings waren ihm gleich nach dem Absenden dieser SMS Zweifel gekommen, und bis jetzt fragte er sich in manchem Moment, ob es nicht ein Fehler gewesen war. Es stand außer Frage, dass Kate und er zwei grandios gute Tage verbringen würden – nicht nur im Bett. Genau an diesem Punkt setzten seine Zweifel ein.

Auf ein Geräusch hin lauschte Jackson. Da waren Schritte zu hören. Schritte von Pumps, die über Holzdielen gingen, zögernd und sich orientierend. Kate war also schon da. Sofort vergaß Jackson all die kleinen, nagenden Sorgen, weil zu den tausend Endorphinen, die bereits durch sein Blut hetzten, wohl noch einmal tausend hinzukamen. Er wollte sich beeilen, die Dusche beenden und Kate begrüßen, da wurde die Tür zum Badezimmer geöffnet.

Statt einem Gruß vernahm er das Rascheln von Kleidung und wandte sich halb um. Aus dem Augenwinkel sah er, wie sie sich auszog, das Höschen über ihre schlanken Beine schob und die Tür zur Dusche öffnete.

Vom Wasserstrahl gleichermaßen erfasst, schmiegte sie sich an seinen Rücken und schloss ihn in eine Umarmung. Von seinem Bauch glitten ihre Hände zu seiner Brust, zeichneten deren Muskeln nach und rieben über seine Nippel. Diese wenigen Berührungen genügten, um ihn an nur noch eines denken und die Schwellkörper seines Schaftes arbeiten zu lassen.

»Hey, Honey«, raunte sie und küsste seinen Nacken.

»Hey, Cherie.« Jackson führte seine Arme nach hinten, um sie dichter an seine Kehrseite zu ziehen. »Ich hab dich noch gar nicht erwartet.«

»Hmm…« In kontinuierlichen Streicheleinheiten verteilte sie die Wassertropfen auf seiner Haut, fuhr über seine Hüften und über die Leisten nach innen. »Soll ich noch einmal gehen?«

Anstelle einer Antwort sog Jackson Luft ein, hielt sie in seiner Lunge und ließ seinen Blick Kates Händen folgen. Sie hatten sich um seinen Schaft geschlossen, der daraufhin prompt ein paar weitere Zentimeter wuchs. Eine legte sie fest um die Wurzel. Die andere zog die Vorhaut zurück.

»Eine altbekannte Perspektive ist das, nicht wahr?«, flüsterte sie an sein Ohr und bezog die Eier in ihren Griff ein. »Aber es sind fremde Hände.«

Jackson atmete aus. »So fremd sind sie gar nicht mehr.« Als Kates Finger seine Eichel zu reiben begannen, knurrte er: »Und sie wichsen ihn so gut, als wären es meine eigenen.«

Möglicherweise fühlte es sich gleich gut an, doch, wie Kate richtig vermutete, bezog er einen besonderen Kick aus dem ungewohnten Anblick. Er sah ihre Hände, statt seiner. Dazu spürte er sie in seinem Rücken, ihre nasse Haut, die warm und von einer Gänsehaut überzogen war. Dass Kate ebenso erregt war, verrieten ihre harten Nippel und ihr gegen seinen Hintern kreisendes Becken. Könnte er seine Hände tiefer schieben, würden sie in ihre vermutlich schon lustfeuchte Spalte tauchen. Da er aber nicht wollte, dass sie aufhörte oder auch nur im Mindesten aus dem Takt gebracht wurde, ließ er seine Hände auf ihrem Po und packte ihn lediglich fester.

Kate lehnte ihre Stirn gegen seine Schulter. Neben dem Wasser spürte er auch ihren Atem auf seiner Haut.

»Gefällt dir, was du siehst?«, murmelte sie und rieb ihn weniger sachte. Wieder und wieder strichen ihre Finger über seine Eichel und deren Rand.

»Es ist toll«, gab Jackson zurück und bog den Rücken durch, als er spürte, dass es soweit weit. »So gut, dass ich gar nicht kommen will.«

Wie um sich festzuhalten, ruckten seine Hände ein Stück höher. Seine Fingerkuppen gruben sich in Kates weiche Haut, sodass sie unisono mit ihm stöhnte und ihm mit ein paar letzten perfekten Aktionen vorrübergehendes Vergessen bescherte.

***

Als Jackson das Haus bei seiner Suche nach einer Unterkunft entdeckt hatte, hatte er ohne große Hoffnung nachgefragt, ob es am Wochenende frei war. Doch das war es – möglicherweise, weil es nicht die Ansprüche der meisten Urlauber erfüllte. Es war nur klein und musste an vielen Stellen ausgebessert werden. Keinesfalls war es marode, sondern lediglich in die Jahre gekommen, doch es schien mit Würde zu altern und strahlte einen Charme aus, der es Jackson irgendwie angetan hatte. In der unteren Etage befanden sich nur eine Wohnküche und das Bad. Die obere Etage nahm das Schlafzimmer ein, das mit seiner zum Pazifik führenden vollverglasten Front einfach genial war.

Es war dunkel, als Jackson und Kate zum Strand gingen, wozu sie nur aus der Tür und die Holztreppe hinunterzufallen brauchten. Eine Flasche Rotwein, zwei Gläser und Knabberkram mitnehmend, stapften sie durch den Sand und setzten sich auf den letzten Meter trockenen Grundes.

Zu ihrer Rechten befanden sich mehr Strandhäuser, die allesamt vermietet schienen. Lagerfeuer waren entzündet worden. Stimmen und Musik drangen in das Rauschen der Wellen – rockige Klänge, wie die meisten Surfer sie hörten. Wie an einer Kette aufgezogen, reihten sich die in der Dunkelheit glimmenden Lichter aneinander und mündeten in einem hellen Lichtkegel, wo um diese Uhrzeit und an einem Freitag erst recht die großen Partys starteten: Santa Cruz war das Surferparadies der Pazifikküste.

Jackson hatte es sich auf der Seite liegend gemütlich gemacht und stützte den Kopf in die Hand. Kate lehnte mit dem Rücken gegen seinen Bauch, überkreuzte die Beine und blickte in den Himmel.

Er war neugierig gewesen und hatte ihre Behauptung, dass er ihre Arbeit inspirierte, aufgegriffen. Nun hörte er endlich, was er ohnehin geahnt hatte. An der Entstehung ihrer neue Kollektion, *2Love*, die so anders war als alles, was sie zuvor geschaffen hatte, war er gewissermaßen beteiligt gewesen. Das rührte ihn.

Jackson strich Kate eine Strähne aus dem Gesicht und fuhr mit dem Finger immer wieder über ihre Stirn, als würde die

Strähne zurückfallen. Sie fühlte sich so gut an. Egal, ob er sie nur so wenig berührte, wie in diesem Moment, oder ob er überall auf ihr und in ihr und mit ihr verschlungen war, wie noch vor einer Stunde, als er sie durch das halbe Haus geliebt hatte. Unweigerlich dachte er an den Anblick, der sich ihm geboten hatte, als sein Mund zwischen ihren Beinen gewesen war, als seine Hände sie festgehalten und seine Zunge sie ausgeleckt hatte. Sie hatte sich auf die Ellenbogen gestützt und den Kopf zurückgelegt, wodurch noch mehr Spannung in sie gekommen war. Wie eine Landschaft hatte ihr Körper vor ihm gelegen, glatt und warm und weich und perfekt. Wie eine Landschaft, die man nie wieder verlassen oder auf ewig verinnerlichen wollte.

Kate wandte den Kopf. »Alles okay? Du siehst so nachdenklich aus.«

Er zog eine Linie ihrer schmalen Brauen nach. »Ich denke an nichts Bestimmtes. Ich sehe dich einfach nur gern an.«

Sie richtete den Blick wieder in den Himmel. »Das klingt schön. Das hast du noch nie gesagt.«

»Ich habe es gerade gesagt. Du hast es noch nie gesagt.«

»Ich könnte dir tausend solcher Sätze sagen.«

»Ich könnte dir mit tausendundeinem solcher Sätze antworten.«

Sie schmunzelte. »Beweise es!«

Jackson musste nicht lange überlegen, um einen ersten Satz zu finden. »Ich liebe deinen Blick, wenn du kommst. Da legt sich so etwas wie ein Schleier über das Blau, das ohnehin außergewöhnlich ist. Es ist dann, als wärst du unendlich weit weg und doch näher bei mir als es physikalisch möglich ist.«

»Ich mag deinen Mund«, knüpfte Kate an. »Nicht nur, wenn du mich damit verwöhnst, sondern weil er so sinnlich ist. Ob du nun lachst oder so still bist wie eben, ob du ihn für eine ironische Bemerkung verziehst oder dich zwingst, ihn geschlossen zu halten und etwas nicht zu sagen – dein Mund spricht Bände, selbst wenn er schweigt.«

Ohne ihn anzuschauen, hob Kate eine Hand und strich über sein Gesicht bis sie bei seinem Mund anlangte. Sie zeichnete die Konturen nach, zuerst die der Ober-, dann die der Unterlippe.

»Ich stehe voll auf deinen Body«, fuhr Jackson fort, sobald Kates Hand wieder auf ihrem Bauch lag. »Auf deine Beine, die so fließend in deinem kleinen, runden Po übergehen. Der hat nicht, wie die meisten Pos die Form eines Apfels, sondern eher die einer Birne.«

Kate kicherte. »Ich habe einen Birnenarsch?«

»Hast du. Und ich beiße gern hinein und knabbere daran. Genauso gern knabbere ich an deinen Brüsten. Die sind viel eher mit Äpfeln zu vergleichen und scheinen wie für meine Hände gemacht zu sein.«

»Ich mag es, dem Spiel deiner Muskeln zuzuschauen.« Nun zog sie eine Fingerspitze über Jacksons aufgestützten Arm. »Diesen hier, wenn du über mir bist. Wenn sie von einem Schweißfilm überzogen und angespannt sind, sehen sie aus wie gemalt. Bislang hatte ich sie nur bei Nacht gesehen, aber bei Tageslicht sehen sie genauso fantastisch aus. Und die Muskeln, die entlang deiner Leisten verlaufen, die finde ich auch toll, sie sind wunderbar ausgeprägt.«

»Du hast schöne Hände.« Jackson strich über Kates Schulter und Arm bis zu ihrer Hand und schloss seine darum. »Lange Finger, wie die einer Klavierspielerin.«

»Oder Diebin«, warf Kate spaßhaft ein.

Jackson schnaubte. »Ich hoffe, du hast nicht vor, mir etwas zu stehlen.«

»Doch, natürlich. Deinen Verstand. Den stehle ich dir doch schon ganz regelmäßig an jedem Freitag seit …« Sie zählte im Stillen zurück. »Seit sieben Wochen.«

»Zwei Monate beinahe …«

»Von Beginn an mochte ich, wie du sprichst und schreibst. Ich höre deine Stimme so gern, in beinahe jeder Tonlage, und ebenso schön finde ich deine Wahl der Worte.«

»Mir gefällt der Klang deines Lachens«, übernahm Jackson. »Du lachst nicht sonderlich oft, aber wenn du es tust, klingt es immer ein bisschen wie Musik. Es ist nicht schrill und albern, wie das vieler Frauen, nicht gekünstelt. Da ist Wärme in deinem Lachen.«

»Dein Duft …« Kate hob das Glas an die Lippen und nippte am Wein. »Du benutzt kein Parfüm«, stellte sie darauf fest und vergrub den Fuß des Glases wieder im Sand, damit es nicht umfiel. »Du hast einen sehr angenehmen Eigengeruch, sehr dezent und dennoch echt gut. Ich könnte die ganze Zeit mit der Nase über deine Haut fahren und dich einatmen.«

»Deine Haut«, griff Jackson das Stichwort auf. Die freie Hand schob er unter Kates Shirt, um sie zu fühlen und es besser beschreiben zu können. »Die ist wirklich weich«, murmelte er und streichelte ihren Bauch. »Sie fühlt sich an wie Samt. Tust du irgendwas Bestimmtes, damit sie so weich ist?«

»Ich benutze einen Peelingschwamm.« Kate musste grinsen, weil Jacksons Hand zu ihrer Seite wanderte. Als er sie zu kitzeln begann, kicherte sie und setzte sich auf.

Es war ganz gut, dass sie etwas Abstand zwischen sie beide brachte, dachte Jackson, denn hätte seine Hand noch eine Sekunde länger auf ihrer Haut gelegen, hätte er ihr auf der Stelle die Klamotten vom Leib gezerrt. Die Frau machte ihn wahnsinnig. Wahrscheinlich hatte sie keine Ahnung, wie sehr.

»Du bekommst scheinbar immer, was du haben möchtest«, fuhr sie ihm zugewandt fort. »Und was du willst, äußerst du sehr direkt, doch du wirkst dabei alles andere als plump oder gar penetrant. Im Gegenteil, du zeigst Einfühlungsvermögen und bist aufmerksam, ohne bemüht zu wirken.« Sie seufzte lautlos und lehnte sich wieder gegen ihn. »Sogar mich hast du auf diese Weise für dich gewonnen.«

Ein ironischer Kommentar zu ihrer Feststellung lag auf Jacksons Zunge, doch er schluckte ihn, da er nur zu Irritationen führen würde. »Ich mag deinen Mut und deine Neugier, deinen wachen Geist und deine Kreativität.« Bevor er den nächsten Gedanken aussprach, zögerte er, denn dieser würde Kate provozieren. »All das macht dich zu meiner perfekten Gespielin.«

Als Kate ihm einen Hieb versetzte, lachte er und foppte sie weiter: »Na, was denn, bist du das etwa nicht?«

»Pft! Deine Gespielin!« Sie verschränkte die Arme. »Welches Spiel spielen wir denn heute, Buddy? Verstecken? Cowboy und Indianer?«

»Klasse Idee. In diese Rollen sind wir noch nicht geschlüpft. Wir können das für den nächsten Karneval vormerken. Ich fessele dich an den Marterpfahl und das Einzige, was du aufbehalten darfst, ist dein Federschmuck. *9½ Wochen* mal anders«, grunzte er.

Kate bemühte sich, ernst zu bleiben, was ihr auch gelang. »Mach ruhig weiter. Dann schläfst du auf der Couch.«

»Oh … okay«, beeilte sich Jackson einzulenken. »Dann überschütte ich dich mit mehr Komplimenten. Ohnehin sind wir noch lange nicht bei tausend. Also: Ich mag deinen Kleidungsstil. Du trägst gern leuchtende Farben und die stehen dir sehr gut.« Zur Verdeutlichung zupfte er an der grasgrünen

Tunika, die Kate über einer Jeanspant trug. »Außerdem lässt du dich nicht so sehr von Trends beeindrucken. Nicht bei deiner Kleiderwahl, nicht bei dem Schmuck, den du herstellst. Du setzt die Trends lieber selbst … oder eben nicht. Du schwimmst nicht mit der Masse und denkst bestimmt nicht einmal darüber nach, ob du nun ein paar Meter hinterherpaddelst oder vornewegkraulst oder vielleicht sogar gerade gegen den Strom ruderst. Das ist außergewöhnlich. Ich liebe es außergewöhnlich.«

»Das war mir spätestens ab dem Moment klar, als ich den Songtipp von dir angehört habe.« In der Erinnerung daran kuschelte sie sich dichter an ihn. »Ein Mann, der solche Musik hört, dachte ich mir …«

»… der darf mich zu seiner Gespielin machen!«, setzte Jackson ihren Satz fort und sprang auf, als Kate sich auf ihn stürzen wollte.

Bevor sie sich versah, packte er sie, legte sie bäuchlings über seine Schulter und ging mit ihr zum Haus. Völlig unbeeindruckt ließ ihn ihr Gezeter und dass sie mit den Fäusten auf seinen Rücken trommelte.

»Komm schon, Cherie«, amüsierte er sich und trug sie die Holzstufen hinauf. »Lass uns einfach noch eine Runde spielen, bis wir müde sind!«

Siebzehn

Vor dem Einschlafen, als Kate sich ein wenig drehte, hatten sich die Spitzen ihrer Zeigefinger berührt. Es hatte an dieser winzigen Stelle gekribbelt, an der sie sich berührten, als würde eine Energie zwischen ihnen ausgetauscht werden, und es hatte sie beide erschrocken, sodass sie ihre Finger zurücknahmen – und sie dann doch wieder zueinanderbrachten.

»Bonne nuit, Cherie«, hatte Jackson gemurmelt.

»Bonne nuit, Honey«, hatte Kate ihm geantwortet.

Er hatte sich an sie geschmiegt und war eingeschlummert. In seiner ersten Traumphase hatte sein Körper gezuckt und in mehreren kurz aufeinanderfolgenden Bewegungen hatte er sein Becken gegen ihre Kehrseite gestupst, was Kate so süß gefunden hatte, dass sie mit einem behaglichen Lächeln in seiner Umarmung wenig später ebenfalls eingeschlafen war.

Am Morgen wurde Kate als Erste wach. Sie brauchte ein paar Sekunden, bevor sie sich erinnerte, wo sie war, lauschte und vernahm Jacksons gleichmäßige Atemzüge. Beim Umdrehen erwartete sie halb, sich getäuscht zu haben und eine leere Bettseite vorzufinden, doch er war da. Und er schlief, völlig entspannt. Seine sonst so markanten Züge besaßen nun etwas nicht weniger attraktiv Weiches, und Kate widerstand dem Drang, über seine Wange zu streichen. Sie wollte ihn nicht wecken, doch scheinbar genügte der Gedanke. Jackson blinzelte durch die Wimpern, schloss die Augen noch einmal, rieb darüber und schlug sie dann auf.

»Bonjour«, begrüßte er sie und legte den Kopf auf den Arm. »Gut geschlafen?«

»Guten Morgen.« Kate spiegelte seine Bewegung, ohne darüber nachzudenken. »Sehr gut. Und selbst?«

»So gut wie lange nicht. Und ich habe so großen Hunger wie lange nicht.«

»Auf Frühstück oder auf …«

Jackson ließ sie nicht aussprechen. Er rollte sie auf den Rücken und schob ihre Beine mit seinen Hüften auseinander. »Auf beides.«

***

Obwohl das Strandhaus nicht über eine Klimaanlage verfügte, war es doch einigermaßen kühl. Als Kate und Jackson vor die Tür traten, um zum Frühstück nach Downtown Santa Cruz zu spazieren, schlug ihnen die Wärme des kalifornischen Frühlingstages entgegen. Kate kniff die Augen zu, weil ihr ein wenig schummrig wurde. Ihr Hunger und der viele Sex waren auch nicht unschuldig daran. Die Luft war so drückend, als stünde ein Gewitter an, doch der Himmel zeigte sich strahlend blau und keine Wolke war in Sicht. Die Wellen rauschten lauter als bei Nacht und der Strand war gut besucht.

Sie schlenderten durch das seichte Wasser, das ihre Füße kühl umspülte, und beobachteten die Surfer auf ihren Boards. Mangels Wind schienen die meisten von ihnen unterfordert. Nach etwa der Hälfte der Strecke, hielt Kate erschöpft inne. Sie stemmte eine Hand in die Seite und schirmte mit der anderen ihre Augen vorm Sonnenlicht ab.

»Ich brauche eine Pause«, stöhnte sie. »Sonst kippe ich um.«

Jackson reichte ihr seine Schuhe und nahm sie kurzerhand

Huckepack. »Das wollte ich schon immer mal machen«, witzelte er. »Meine Frau huckepack am Meer entlangschleppen.«

Kate stutzte. »Ich bin deine Frau?«

»An jedem Freitag und für dieses Wochenende«, entgegnete er leichthin. »Oder etwa nicht?«

Noch irritiert über seine Aussage, ließ Kate die Frage unbeantwortet und stellte eine andere. »Wieso hast du es noch nie getan?«

Durch den Sand stapfend, überlegte er kurz. »Offenbar bot sich nie die Gelegenheit. Meine letzte Frau mochte das Meer nicht. Unsere Urlaube verbrachten wir in den Großstädten von Europa und Asien.«

Er sprach über seine letzte Beziehung!, wunderte sich Kate. Die Arme fester um Jacksons Brust schließend, legte sie das Kinn auf seine Schulter und schmiegte die Wange an seinen Hals. »Wann habt ihr euch denn getrennt?«

»Wir wurden vor etwa einem Jahr geschieden.« Jackson wandte den Kopf, um über das Wasser zu blicken. »Nach nicht ganz zwei Jahren Ehe und zum Glück, ohne für Nachwuchs gesorgt zu haben, denn das hätte es zu mehr als der Tortur gemacht, die diese Entscheidung ohnehin mit sich brachte.«

»Das tut mir leid«, sagte Kate.

Jackson schüttelte den Kopf. »Braucht es nicht. Manche Dinge im Leben entwickeln sich einfach anders, als man zuerst annimmt.«

Da sie Downtown erreicht hatten, änderte er die Richtung und lief quer über den Strand in Richtung der Häuser. Am Beachwalk angelangt, setzte er Kate ab.

»Es gibt etwas, das ich mich frage«, sagte er und fixierte ihren Blick. Ein merkwürdiger Schimmer lag in seinen grünen Augen.

»Was fragst du dich?«

»Was ist das für ein Mann, der dich so regelmäßig entbehren kann?«

Kate versuchte, ihre Überraschung zu verbergen, indem sie ihre Füße vom Sand säuberte. »Er ist ein Maler, und manchmal lebt er in seiner eigenen Welt, zu der niemand sonst Zutritt hat.«

Sie schlüpfte in ihre Schuhe und beobachtete, wie Jackson seine Sneakers anzog. Als er sich aufrichtete, wappnete sie sich für eine neue Frage, doch er beließ es dabei.

»Mein Magen knurrt inzwischen, als wolle er ein Lied singen.« Jackson hielt sich eine Hand vor den Bauch und lenkte Kate mit der anderen ein paar Schritte zur Seite, um Surfern Platz zu machen, die ihre Boards unterm Arm trugen. »Das nächste Restaurant ist unseres, okay?«

***

Nachdem sie das »All-you-can-eat«-Büffet beim Namen genommen hatten, spazierten sie zurück zum Strand. Zwar hatten sie einen Bummel durch die Stadt in Erwägung gezogen, doch im Meer zu schwimmen, erschien ihnen bei der Wärme verlockender. Wieder in Strandnähe passierten sie ein anderes Restaurant, dessen Wände an zwei Seiten geöffnet waren.

»Was für ein nobler Brunch«, frotzelte Kate angesichts der stocksteifen Gesellschaft, die dort aß und trank und gediegene Gespräche führte. »Und schau mal, da sind sogar Musiker mit Fiedeln und einem Klimperkasten.«

Jackson blieb stehen. »Hey, du Kulturbanause. Die Musiker würden es dir verübeln, könnten sie hören, wie du ihre Violinen und das Piano bezeichnest.«

»Ich weiß«, prustete Kate. »Ich mag Fiedeln ja. Nur nicht …«

»Sch …!«, unterbrach Jackson sie, nahm ihre Hand in seine und legte die andere auf ihren Rücken. Er zog sie näher. »Das ist Debussy.«

Kate begriff, dass er mit ihr tanzen wollte und versteifte sich. »Ich kann das nicht«, behauptete sie und spürte, wie Röte in ihre Wangen stieg. »Ich hab das nie gelernt.«

»Das musst du nicht gelernt haben. Du musst mir bloß vertrauen und dich von mir führen lassen.«

Kate versuchte es, doch stieß nur mit ihrem Knie gegen Jacksons Scheinbein oder stolperte.

»Das geht nicht«, beharrte sie und wollte sich von ihm lösen. »Lass uns einfach zum Strand gehen!«

Jackson gab ihre Hand nicht frei. Er löste das Tuch, das Kate über der Hüfte um ihre Tunika gebunden hatte und wollte es vor ihre Augen legen. Abermals wich sie zurück.

»Vertrau mir«, raunte er, also zwang sie sich, stillzuhalten.

Jackson verband ihr die Augen und nahm sie wieder bei der Hand. Kate, die geglaubt hatte, er wolle einen weiteren Versuch unternehmen, mit ihr auf der Straße zu tanzen, reagierte endgültig verunsichert, als er sie mit sich führte.

»Achtung, jetzt kommen Stufen«, hörte sie ihn sagen.

»Jackson, wohin gehen wir?«

»Tanzen.« Behutsam aber bestimmt zog er sie weiter.

»Jackson … Ich …«

»Vertrau mir einfach, Cherie. Sonst tust du es doch auch.«

Kate biss sich auf die Lippe und ließ sich von ihm weiterführen. Neben der lauter werdenden Musik vernahm sie Stimmen und das Klappern von Besteck auf Porzellan. Ihre Befürchtung bewahrheitete sich: Sie waren in diesem Restaurant, inmitten dieser noblen Gesellschaft. Ein Wunder, dass sie eingelassen wurden, so leger, wie sie gekleidet waren – und überhaupt … ihre Augen waren verbunden.

Jackson war plötzlich nicht mehr bei ihr. Kate verschränkte die Finger vor ihrem Bauch und fühlte sich absolut unwohl. Mit der Musik verstummten die Stimmen und das Geklapper. Schon wollte sie das Tuch abziehen, da spürte sie ihn hinter sich. Er umfasste ihre Seiten und küsste den Hals unterhalb ihres Ohres.

Die Violinen begannen zu spielen, zwei oder drei waren es. Zwischen ihren hellen Tönen vernahm Kate die dunklen eines Kontrabasses. Jackson ging um sie herum, legte eine Hand an ihren Rücken und ließ die andere über ihren Arm zur Hand wandern. Dann zog er sie an sich und fiel in einen Schritt, der leicht war und mehr ein Wiegen.

»Lass dich gehen!«, sagte er, und als sei das ein Zauberspruch, fiel alle Steifheit von Kate ab. Plötzlich war es ganz leicht, es ging wie von allein – und das, obwohl sie nichts sah.

Eben hatte sie sich an den sanften Rhythmus gewöhnt und träumte sich mit ihm fort, da setzte das Piano ein und die Stimmen der Geigen schlugen einen Ton an, der den Charakter des Stücks grundlegend veränderte. Jackson zog ihr Becken an seine Hüfte und beugte sie so rasch nach hinten, dass Kate einen leisen erschrockenen Laut äußerte. Doch schon stand sie wieder aufrecht und drehte sich mit ihm. Sie wusste nicht, was es war, das da von ihr Besitz ergriff, und konnte auch nicht sagen, ob es von der plötzlichen Dramatik des Stücks, das sie mittlerweile als Tango erkannte, ausgelöst worden war oder von Jacksons Nähe. Sie spürte ihn so intensiv wie nie zuvor, fühlte seinen Blick auf sich und die Wärme, die sein Körper ausstrahlte. Sein Duft berauschte sie und sein warmer Atem auf ihrer Stirn raubte ihr den Verstand.

Ich werde ihn nie wieder loslassen können, schoss es ihr durch den Kopf und sie meinte, zur gleichen Zeit lächeln und weinen zu müssen. Das Bewusstsein darüber, dass sie ins Bodenlose fallen würde, wenn Jackson sie gehen ließ, beschwor ein Ziehen in ihrer Brust. Sie wollte es wegatmen, doch bekam keine Luft.

So sachte der Tango begonnen hatte, so sachte endete er. Als die letzte Violine schwieg, küsste Jackson Kates Wange und löste das Tuch von ihren Augen. Er strahlte sie an und küsste sie abermals, auf den Mund diesmal.

Dass die Restaurantbesucher ihre Tanzeinlage mit Beifall belohnten, bemerkte Kate erst, als Jackson sie nach draußen führte. Hand in Hand eilten sie zum Strand. Inzwischen hatte sich ein Wind aufgemacht und der Himmel über dem Meer war beinahe nachtschwarz. In der Ferne zuckten Blitze über das Wasser.

Es war nicht das Wetter, das sie sich so beeilen ließ. Kichernd und albernd wie verliebte Teenager spurteten sie durch den nassen Sand. Immer wieder glitten Jacksons Hände über Kate und unter ihre Tunika. Immer wieder wand sie sich aus seinem Griff.

Rückwärts lief sie vor ihm her, ununterbrochen damit beschäftigt, seine Berührungen abzuwehren. »Du hast denen einfach gesagt, sie sollen einen Tango spielen?«

Er schüttelte den Kopf und unternahm einen neuen Versuch. »Ich haben denen einfach gesagt, sie sollen diesen Tango spielen.« Endlich bekam er sie wieder zu fassen.

»Hat er einen Namen, dieser Tango?«, murmelte Kate an seinen Mund.

Jackson knabberte an ihrer Unterlippe. »Por una cabresa«, erwiderte er.

Nicht länger war es das Klima, das Kate schlapp machen ließ, sondern das Verlangen nach ihm. Das dunkler werdende Grün seiner Augen ließ sie so sehr schaudern, dass sie sich sogar ein wenig schüttelte. ›Du weißt, was ich will. Und du weißt, dass ich es bekomme‹, besagte seine Miene.

Ein Tropfen landete auf Kates Arm. Sie legte den Kopf in den Nacken. Mehr Tropfen fielen und hinterließen dunkle Punkte auf ihrer Kleidung. Sie schloss die Augen, um den Regen zu spüren, das Platschen der Tropfen und die Rinnsale auf ihrer Haut. Als sie aufsah, folgte Jackson den Regenbächen mit seinem Blick. Wasser glitzerte in seinen kurzen Haaren, rann über seine Stirn und Wangen, fing sich in seinen Wimpern, doch das störte ihn nicht. Mit dem Finger zeichnete er eines der Rinnsale auf Kates Haut nach, setzte ihn unterhalb ihres Ohres an und strich hinab in ihr Dekolleté. Dabei zog er den Ausschnitt mit und berührte ihre Brust.

Ihre Nippel richteten sich unter dem Stoff auf. Jackson strich darüber, schloss beide Brüste in seine Hände, kreiste die Brustwarzen ein und drückte sie, wodurch sie noch härter wurden. Kate drängte ihr Becken gegen ihn und schnurrte wegen der Härte in seiner Hose. Der Blick, den sie tauschten, schürte das Knistern zwischen ihnen und heizte die kühle Nässe auf ihrer Haut binnen Sekunden auf.

Als der Himmel über ihnen endgültig aufbrach und es regnete, als würden Eimer ausgeschüttet, griff Jackson nach Kates Hand. Sie liefen los, legten die verbleibenden Meter zum Haus im Sprint zurück. Dort angelangt, waren sie durchgeweicht. Ihre Kleidung klebte an ihren Körpern, ihre Haut war glitschig nass. Kates Haare trieften vor Wasser. Sie lief voraus auf die Veranda und wollte zur Tür, doch Jacksons ruckartiges Stehenbleiben stoppte sie. Er drängte sie gegen einen der Holzpfeiler, die das Dach der Veranda stützten. ›Keine Sekunde länger‹, sagte sein Blick jetzt.

Kates Brust hob und senkte sich hastig unter ihrem Atem. Sie stellte sich auf die Zehenspitzen und küsste Jackson, streichelte seine Lippen mit ihren, neckte ihn mit ihrer Zunge. Er schmeckte nach Regen und nach Lust, aber er spielte nicht mit. Nicht sofort. Scheinbar unbeeindruckt ließ er sie eine Weile machen, doch dann übernahm er plötzlich die Führung.

Seine Lippen waren hart, sein Griff fest. Er zog ihr das Shirt über den Kopf, warf es beiseite, öffnete die Knöpfe der weißen Pants und zerrte sie mitsamt dem Höschen von ihren Hüften. Seine Hand tauchte zwischen ihre Beine, seine Finger rieben über ihre Scham, zwei drangen in sie, ein dritter folgte.

Irgendwie gelang es Kate, ihn ebenfalls auszuziehen. Als er endlich so nackt war wie sie, bog sie den Rücken durch, um seine Finger tiefer in sich zu lassen. Seinen harten Schwanz, der sich gegen ihren Bauch drängte, nahm sie in die Hand, um ihn zu massieren. Jackson beugte sich vor, um ihre Brustwarzen zwischen die Lippen zu nehmen und sie einzusaugen. Mit jedem Wechsel tat er das weniger behutsam. Kate antwortete ihm, indem sie seine Härte gleichermaßen unsanft rieb.

Ganz unvermittelt drehte er sie um, drängte sie wieder gegen den Balken und presste sich von hinten an sie. Ihre Hände hob er über ihren Kopf und hielt sie dort.

Kate spürte seine Eichel in ihrer Pospalte und spannte sich an, doch er dirigierte sein Glied tiefer und stieß in ihre Pussy. Sie schrie auf, legte den Kopf gegen seine Schulter und atmete seinen Geruch ein, der in diesem Moment die Wirkung eines Opiats besaß und sie endgültig berauschte.

Jackson fickte sie unnachgiebig und verlangend, doch wie immer, ohne grob zu sein. Bis zum Anschlag trieb er seinen Schwanz wieder und wieder in sie, erregt vom Gefühl, das ihm beschert wurde, und auch von der süßen Folter, die er Kate bereitete. Bald zog er sich zurück, schickte seinen Schaft zu ihrem Po und drang dort ein.

»Jackson …«, stöhnte Kate, als sich seine Hand um ihre Kehle legte. »Was machst du nur mit mir …«

Durch den gefestigten Griff um ihre Handgelenke unterband er das Rucken ihrer Arme, die sich freizumachen versuchten.

Er bewegte sich weiter und ließ seine Hand von ihrer Kehle zwischen ihren Brüsten entlang und über ihren Bauch zu ihrer Mitte wandern. Eine Sekunde der Berührung ihres empfindlichen Punktes genügte, um Kate Sternchen sehen zu lassen.

Jackson pumpte schneller in sie – angespornt von ihrer Stimme, ihren geflüsterten Bitten, trieb er sie weiter und weiter auf den Abgrund zu und hielt sie fester, als das Beben in ihrem Unterleib einsetzte. Mit einem letzten Stoß kam er. Er ächzte und biss in ihren Nacken, wie es männliche Raubkatzen bei der Paarung mit ihren Weibchen taten. In ihr bleibend, erhöhte er den Druck seines Fingers auf ihren Kitzler und nahm Kate mit sich mit.

***

Am nächsten Morgen fuhr Kate Jackson zum Flughafen. Er war sehr still, und ihr war ebenso wenig nach einer Unterhaltung zumute.

Am winzigen Terminal angelangt, boardete seine Maschine bereits.

»Wie lange dauert der Flug?«, fragte Kate und lehnte die Stirn an seine Schulter.

»Knapp zwanzig Minuten«, hörte sie ihn sagen und spürte seine Hand auf ihrem Rücken. Sanft strich er auf und ab.

»Dann bleiben dir ab sofort noch zwanzig Minuten, bis dich dein Leben wiederhat.«

Er hob ihren Kopf, bettete ihr Gesicht in seine Hände und hauchte einen Kuss auf ihren Mund. »Seltsam, dass ich mir gerade wünsche, statt des Fluges die zweistündige Autofahrt vor mir zu haben.«

Sobald er den ersten Schritt zurück tat, nahm Kate seine Hand und zog ihn zu einem zweiten Kuss wieder heran. Beim nächsten Mal schaffte er es ganze drei Schritte, doch kehrte abermals zurück, um sie zu küssen.

Beim dritten Versuch ging er, ohne sich umzudrehen.

Kate wurde flau im Magen. Sie hasste es, ihn gehen zu sehen und gehen lassen zu müssen. Sie hasste den Gedanken, auch nur eine Stunde in Palo Alto und überhaupt ohne ihn sein zu müssen.

Ein beengendes Gefühl legte sich auf ihre Brust, als Jackson in der Sicherheitskontrolle verschwand.

Sie roch ihn noch, schmeckte ihn noch, spürte ihn noch, hörte ihn noch, sah ihn noch vor sich – all das klar und in so vielen Augenblicken und Stimmungen. Dennoch fühlte sie sich wie auf einem fremden Planeten zurückgelassen.

ACHTZEHN

Am Montagabend hatte Jackson Kate geschrieben, dass er einen anstrengenden Tag gehabt hatte und müde war. Am Dienstag hatte er es bei einem simplen »Hab gerade Stress« belassen. Am Mittwoch hatte er sich nicht gemeldet und sie sich auch nicht. Heute war Donnerstag. Bevor Kate ihn fragen konnte, ob und wo sie sich am nächsten Tag sehen würden, kam er ihr zuvor.

`Wird morgen leider nichts`, textete er ihr. `Hab viel zu tun.`

Kein »Ich denke an dich«, schon gar kein »Ich vermisse dich«, nicht mal ein »Bis später«, denn er hatte keine Ahnung, wann und vor allem ob es ein Später geben würde. Es raubte ihm die Luft, sie zu vermissen. Er wollte sie nicht vermissen. Er wollte sich gern wie bisher von einem Freitag zum nächsten freuen und an den restlichen Tagen sein Leben führen, ganz ohne sie zu vermissen.

`Das war abzusehen`, antwortete sie ihm eine Stunde später.

Er wollte darauf reagieren, sich ganz und gar rechtfertigen oder nachfragen, wie sie das meinte, doch er verkniff es sich, pfefferte sein Telefon in eine Ecke und ignorierte es für den Rest des Tages.

***

Am Freitag wäre Jackson am liebsten gar nicht aufgestanden. Dieser Wochentag, der während der vergangenen acht Wochen so euphorisch begonnen hatte und von Stunde zu Stunde besser geworden war, der hielt nun so gar nichts mehr für ihn bereit. Passend dazu machte der April in puncto Wetter seinem Namen alle Ehre. Es regnete in Strömen. Jackson betätigte den Knopf, der die gerade automatisch hochgefahrenen Jalousien wieder herunterfuhr.

Am Abend bereute er es noch mehr, überhaupt aus dem Bett gekrochen zu sein. Außer Ärger wegen einer weiteren Verzögerung auf der Sorgen-Baustelle hatte ihm der Tag wirklich nichts gebracht. Obwohl er nicht schlecht Lust hatte, die restlichen Stunden einfach zu verschlafen, rief er seinen Bruder an.

David war überrascht, dass er den Freitagabend frei hatte. »Was ist mit Kate? Seht ihr euch heute nicht?«

»Würde ich dich anrufen, wenn ich vorhätte, Kate heute zu treffen?«, grummelte Jackson ins Telefon.

David ging nicht weiter darauf ein. »Ich will nachher ins *Element Ultra*. Komm halt mit.«

»Ach, nicht schon wieder dahin.« Jackson lehnte sich im Stuhl zurück und sah zur Decke hoch. »Lass uns irgendeinen Film anschauen, danach was trinken und gut.«

***

Zwar konnte Jackson seinen Bruder rumkriegen, aber gut war der Abend nicht. Die blonde Hauptdarstellerin des Kinofilms, für den sie sich entschieden hatten, erinnerte ihn lediglich an Kate. Dabei hatte sie kaum Ähnlichkeit mit ihr. Das blonde Haar, die blauen Augen und die schlanke Figur genügten, um ihn unentwegt an sie denken und sich kaum auf die Handlung konzentrieren zu lassen.

Eine Reihe vor ihnen saßen vier Frauen, die Popcorn mampften, als hätten sie tagelang nichts zu essen bekommen. Dazu tranken sie Piccolo und kicherten unentwegt. Eine von ihnen hatte ein so dämliches Lachen, dass Jackson ihr gern die irgendwann leere Popkorntüte in den Mund gestopft hätte. Wie eine Hyäne klang sie – absolut kein Vergleich zu Kates warmem Lachen.

Als sie das Kino mit dem Strom der anderen Zuschauer verließen, war Jackson sich sicher, das Parfüm zu riechen, das Kate in ihrem Kurzurlaub getragen hatte, *Be Delicious* von DKNY. Es hatte so gut an ihr gerochen, dass er nachgesehen hatte, wie es hieß. Und nun stieg es ihm in die Nase, ließ ihn innehalten und sich umschauen – nach ihr, obwohl es doch verdammt unwahrscheinlich war, dass sie hier war. Selbstverständlich war sie das nicht. Das Parfüm trug vermutlich die Brünette, die da vor ihm hertippelte und deren Freundin eine Hose trug, die so grün war wie Kates Tunika. Nur stand der dieses Grün überhaupt nicht und ihr Arsch war auch viel runder als Kates. Ein gewöhnlicher Apfelarsch war das, kein Birnenarsch.

»Hörst du mir überhaupt zu?«, drang Davids Stimme in sein Bewusstsein, als sie durch die von Neonlicht erhellte, noch immer regennasse Straße schlenderten.

»Klar«, brummte Jackson, schob die Hände in die Taschen und zog die Schultern hoch. »Sarah war nicht sonderlich gut zu ficken.«

»Tara!« David blieb stehen. »Du hörst mir eben nicht zu«, beschwerte er sich. »Ich sehe dich zwar, aber *da* bist du nicht!«

Jackson wollte zu einer halbherzigen Rechtfertigung anheben, da wurde sein Bruder von einer Frau begrüßt. Ihr Hallo schnurrte sie wie eine Löwin, umarmte ihn wie eine Schlange und küsste ihn auf die Wange wie ein Wels, der sich festsaugen wollte. Jacksons Blick fiel auf ihren Ring und die Ohrstecker – Kates *Hungry Lillies*. Mit einem Schnauben wandte er sich ab und beobachtete, wie das Wasser der Pfützen spritzte, wenn Autos hindurchfuhren.

Wie durch einen Filter hörte er David seinen Namen sagen und ihn als seinen Bruder outen, der gerade ein wenig verstimmt war, worauf die Frau kicherte – und dabei auch wieder wie eine Hyäne klang.

Es ist ein verdammter Freitag!, sagte er sich im Stillen. Nicht zum ersten Mal an diesem Abend. Was tust du Idiot hier eigentlich? Warum tust du nicht das, was du an den vergangenen Freitagen getan hast? Was du tun willst?

David schien seine Gedanken lesen zu können. »Warum siehst du Kate heute nicht?«, erkundigte er sich auf dem Weiterweg.

»Weil ich nicht will«, gab er zurück. »Und ich will auch nicht darüber reden.«

»Den Eindruck machst du gar nicht.«

David verschwand aus Jacksons Augenwinkel. Offenbar war er stehen geblieben. Auch egal. Jackson ging weiter, bis ihn sein Bruder mit einem »Hey!« stoppte.

Er schnaubte ein weiteres Mal und drehte sich um.

Sein Bruder stand vor einem Pub und wies mit dem Daumen auf den Eingang. »Wir sind da«, grinste er und zog eine Braue hoch. »Gehen wir jetzt rein oder latschen wir noch eine Runde um den Block und betrauern, dass sie dich verlassen hat?«

Jackson warf seinem Bruder einen bitteren Blick zu und schob sich an ihm vorbei in den Pub. »Wie kann sie mich verlassen, wenn sie nie bei mir war?«

David folgte ihm und ließ ein Lachen hören, für das ihm Jackson am liebsten den Hals umgedreht hätte. »Glaub mir, sie war mehr bei dir, als du es dir eingestehst.«

»Sie hat mich nicht verlassen.« Jackson steuerte die Bar an

und nahm auf einem Hocker Platz. Bei der Bedienung hinter dem Tresen bestellte er zwei Whiskey on the Rocks.

David setzte sich neben ihn. »Dann habt ihr euch gestritten?«

»Nein!«

»Sie geht heute mit ihrem Typen aus?«

»Nein!« Jackson meinte, gleich vor Wut zu platzen, doch er antwortete: »Weiß ich nicht. Ist mir auch egal.«

»Ist es dir nicht!« David nahm seinen gerade servierten Whiskey, trank einen Schluck und zog eine Grimasse. »Du leidest wie ein Hund, und ich verstehe nicht wieso. Bisher war doch alles ganz easy zwischen euch.«

Jackson hob sein Glas ebenfalls an die Lippen, trank aber nicht, sondern starrte auf das Flaschensortiment hinter der Bar. »Ist es immer noch.«

»Logisch ...« David zog seine Jacke aus und legte sie auf einem dritten Hocker ab. »Dann träum mal weiter. Falls du mich heute noch suchen solltest, ich sitze hier gleich neben dir ...«

Das Bild der vielen Spirituosen – Jim Beam, Absolut Wodka, Sheridan's, Johnny Walker, ... – verschwamm vor Jacksons Augen zum Strand von Santa Cruz, über den Kate vor ihm herschlenderte. Sie wandte sich zu ihm um, sagte etwas, das ihn necken sollte und wartete, wie er darauf reagierte. Sie hielt sich die Haare aus dem Gesicht, lachte und sah so hübsch aus. Ihr Mund so weich, ihre Augen so fröhlich funkelnd. Sie streckte die Hand nach seiner aus, strich mit dem Daumen über seinen Handrücken und lehnte im Gehen den Kopf gegen seine Schulter, sodass er ihren Duft intensiver wahrnahm. Er fühlte sie noch unter seinen Händen ... den dünnen Stoff ihres Shirts, als sie mit ihm getanzt hatte, ihren festen und doch so weichen Körper, der sich von ihm führen gelassen hatte. Er hörte noch den Tango und spürte die Dramatik der Melodie so abrupt in sich aufsteigen, dass sich sein Magen zusammenzog.

***

»Weißt du, sie ist halt echt eine tolle Frau«, sagte Jackson seinem Bruder zwei Stunden später mit schwerer Zunge und stellte das Glas ab. Das Wievielte war es eigentlich? Das Sechste? Das Neunte?

David hatte den Kopf auf den Arm gestützt. Er lag mehr auf dem Tresen, als dass er daran saß. »Also, ich hab sie ja nur einmal gesehen, aber sie hatte schon was …«, entgegnete er nicht weniger lallend. »Es gibt solche Frauen und solche. Und deine Kate ist eine der seltenen Solchen.«

Jackson wusste genau, was David meinte. »Absolut«, bestätigte er. »Und deshalb hab ich sie so gern.«

David richtete sich ein Stück auf, wuschelte sich durch die Haare, sodass sie in alle Richtungen abstanden, und bestellte die nächste Runde. »Bestimmt liebst du sie sogar …«

Das ging nun wirklich zu weit. »Lieben tu ich sie nicht.« Jackson strich sich über den Kopf und dachte daran, wie gern Kate das tat. Sie musste dabei meist grinsen – außer sie schliefen miteinander – denn die Stoppeln kitzelten ihre Handinnenflächen.

»Nicht?« David betrachtete ihn unter halb gesenkten Lidern und stürzte den neuen Whiskey runter. »Und warum reden wir dann schon seit Stunden über sie, obwohl du überhaupt nicht über sie reden willst? Und warum trinken wir dazu einen *Jim* nach dem anderen?«

»*Johnny*«, korrigierte Jackson ihn beflissentlich und kippte sich die goldene Flüssigkeit hinter die Binde. Auf die Rocks verzichteten sie inzwischen. Shots taten es auch. »Ich weiß nicht, wieso wir über sie reden. Du hast ja nicht locker gelassen.«

»Wäre sie meine, würde ich dafür sorgen, dass sie niemand anderen ficken will außer mir«, stellte David entschieden klar. »Was ist das nur für ein Typ, mit dem sie zusammen ist?«

»Irgendein Künstler …« Jackson wurmte es ein wenig, dass er das mit so viel Geringschätzung sagte.

»Na, kein Wunder. Wahrscheinlich ist er so von seiner Kunst eingenommen, dass er nicht einmal eine Ahnung hat, dass sie ihm untreu ist.«

Von einem Ausflug ins Blaue hatte Kate ihrem Künstler erzählt, erinnerte sich Jackson. So sehr gelogen war das nicht gewesen. Schließlich waren der Himmel und das Meer die meiste Zeit überaus blau gewesen. Und jetzt war sie dort im grünen, grünen Wald in seiner Hütte … bei ihm. In ihrem eigenen Schlafzimmer zwar oder vielleicht auch nicht …

Einen missmutigen Laut ausstoßend, schüttelte er die Vorstellung ab. Er stand auf und hielt sich am Tresen fest, um sich an die Senkrechte zu gewöhnen. Als der Boden nicht mehr schwankte, zog er sein Portemonnaie hervor und fummelte mehrere Dollarnoten für die Barkeeperin raus.

»Lass uns abhauen, dann müssen wir nicht mehr über sie reden.«

Schwerfällig erhob sich auch David und schwankte. »Du musst sie anrufen.«

***

Zuhause angekommen, schleppte sich Jackson ins Wohnzimmer und plumpste auf die Couch. Er zog sein Handy aus der Tasche und ging in die Einstellungen, wo er seine Rufnummer unterdrückte. Dann wählte er Kate an.

Es klingelte ein paar Mal. Jackson zählte mit, doch wusste er bald nicht mehr, ob es nun schon drei- oder fünfmal getutet hatte. Immerhin tutete es. Er erschrak ein bisschen, als Kate sich meldete. Ihr Hallo klang schläfrig, verwirrt und so süß, dass er grinsen musste, obwohl es in seiner Brust ziepte.

»Hallo?«, fragte sie noch einmal, nachdem sie der Stille ein paar Sekunden gelauscht hatte.

Er schwieg weiter, schloss die Augen und sprach mit ihr in Gedanken. Dass er kein Wort herausbrachte, war gut. Zwar war er betrunken, doch er wusste sicher, dass er sich am nächsten Tag in den Arsch beißen würde, sollte er jetzt irgendetwas sagen. Was auch immer er ihr sagen würde, morgen würde er es bedauern, egal wie richtig und wichtig es ihm für den Moment, aber unter dem Einfluss von nicht wenig Alkohol, erschien.

»Jackson?«, fragte sie jetzt. Ein seltsamer Ton lag in ihrer Stimme. War das Wehmut?

Meine Süße!, dachte er. *Du fehlst mir heute so sehr, dass ich lauter Blödsinn tue und denke.*

»Jackson, ich weiß, dass du es bist!«, sagte sie. »Niemand sonst würde mich um drei Uhr nachts anrufen … und seine Nummer verstecken. Also sprich mit mir! Bitte!«

Ich kann nicht, antwortete er ihr im Stillen, hielt sogar den Atem an und kniff die Augen fester zu. *Ich will, aber ich kann nicht.*

»Bitte«, flüsterte Kate.

Langsam ließ Jackson seinen Atem aus der Lunge. *Bonne nuit, petite lapin!*

***

Am Samstagmittag wurde Jackson vom Klingeln seines Handys geweckt. Er lag noch auf der Couch und hatte vergessen, das Ding auszuschalten. Träge rollte er sich herum, tastete in die Richtung, aus der das Geräusch kam, und blinzelte gegen das grelle Tageslicht. Ein verschwommener Blick auf das Display sagte ihm, dass Kate anrief. Kurz überlegte er, ihren Anruf zu ignorieren, meldete sich dann aber doch.

Sie sparte sich die Begrüßung. »Wolltest du etwas Bestimmtes letzte Nacht?«

Er hatte es ja gewusst, dass er sich ärgern würde. Zum Glück hatte er nichts gesagt. Er stellte sich ahnungslos. »Gestern Nacht?«

»Ach Jackson, komm schon!« Kate klang ungehalten. »Das warst du, also versuch nicht, dich da rauszureden.«

Er räusperte sich und setzte sich auf. »Tut mir leid, aber ich weiß nicht, wovon du sprichst.«

»Das ist feige«, schnaubte sie. »So feige wie …«

»Wie was?«

»Deine Unehrlichkeit.«

Hielt sie ihn für unehrlich, weil er sich eine Ausrede für den Freitag gesucht hatte oder weil er es sich verbot, sie zu treffen?

»Kate …«, hob er an, doch sie unterbrach ihn.

»Sag mir, dass wir uns am nächsten Freitag sehen.«

Er nahm ein Kissen und legte seinen Kopf hinein. Furchtbar dringend brauchte er eine Kopfschmerztablette und eine kalte Dusche… und dann noch einmal so viel Schlaf.

»Oder sag mir, dass du mich nicht mehr sehen möchtest.«

Das eine wollte er ihr nicht sagen und das andere konnte er nicht. »Das kann ich nicht.«

»Warum nicht? Es ist ganz einfach.«

»Ich kann doch heute noch nicht sagen, ob ich nächsten Freitag Zeit habe«, log er und ging bewusst nur auf den ersten Teil ihrer Aufforderung ein. Dass sie ihm seine Antwort abkaufte, stellte er dennoch in Frage. Ein Mangel an Zeit war nie Thema gewesen. Sonst hatte er sich die Zeit für sie genommen. »Ich schreibe dir nächste Woche, okay?«

»Okay«, entgegnete sie nach einigen Sekunden des Schweigens.

Nachdem das Gespräch beendet war, fiel Jackson zurück auf die Couch und zog sich das Kissen übers Gesicht.

NEUNZEHN

Zwei Wochen und drei Stunden war es her, dass sie sich auf den Weg nach Santa Cruz gemacht hatte, überlegte Kate, als sie in den Waldweg einbog. So wunderbar der eine Tag und die beiden Nächte mit Jackson gewesen waren, so grausam war jede Stunde seither.

Natürlich hatte er nicht geschrieben. Die Nachricht, in der er ihr für heute abgesagt hatte, weil er seinem Bruder angeblich beim Umzug helfen musste, zählte für sie nicht. Diese Nachricht hatte nichts von dem Jackson, den sie kannte und … mochte.

Mehr mochte, als es gut für sie war.

Als sie Henry vor dem Haus erblickte, stiegen Tränen in ihre Augen. Im schwindenden Tageslicht strich er die Veranda mit einem Öl, wobei sie ihm morgen helfen würde. Aber sie wollte nicht. Wollte nicht streichen. Wollte nicht in seiner Nähe sein. Wollte nicht hier sein. Sondern bei Jackson.

Henry begrüßte sie mit einem Kuss.

»Geht's dir gut?«, fragte er und strich über ihre Wange.

Die Tränen, die sie fortgeblinzelt hatte, kämpften sich von Neuem hoch.

Er betrachtete sie aufmerksam. »Sag schon, was ist los?«

Kate schüttelte den Kopf und schob sich an ihm vorbei. »Gar nichts«, presste sie hervor und ging über das Brett, das er zum Schutz über die Stufen gelegt hatte.

Im Haus wusste sie nicht, wohin sie sollte. In der Küche kam sie sich ebenso verloren vor, wie im Wohnzimmer, und beim Gedanken an ihr tristes Schlafzimmer steigerte sich ihre Verlorenheit in Verzweiflung. Sie hatte das Gefühl, als läge ein Betonblock auf ihrer Brust, als sei sie in Seile geschnürt, die sie davon abhielten, sich zu bewegen, zu leben.

So stand sie eine Weile am Panoramafenster des Wohnzimmers und starrte in den Garten. Henry hatte dort offenbar ein bisschen aufgeräumt und das Unkraut beseitigt.

Sie hörte ihn hinter sich. »Ich bringe deine Tasche nach oben«, ließ er sie wissen. »In mein Schlafzimmer am besten. Du kannst bei mir schlafen, wenn du magst.«

Eigentlich sollte das eine Selbstverständlichkeit sein, grollte Kate im Stillen. Eigentlich sollte es für sie beide gar keine zwei Schlafzimmer geben. Wie für ein altes Ehepaar, wo sie nach Jahren von seinem immer lauter werdenden Schnarchen genervt war und er vom Licht, das sie beim Lesen anließ sowie vom Geräusch der umgeblätterten Buchseiten.

Kate stürmte ins Foyer und rief Henry zurück. Schon auf halber Höhe der Treppe angekommen, wandte er sich um und stieg die Stufen langsam wieder herunter.

Am Ausdruck seiner Augen erkannte sie, dass sie es eigentlich nicht mehr aussprechen musste.

»Du bleibst nicht …« Das war eine Feststellung, keine Frage.

Kate schüttelte den Kopf und heulte schon wieder. »Nein, Henry, ich kann nicht. Und ich komme auch nicht mehr hierher.«

Er stellte die Tasche vor ihren Füßen ab, sodass sie zwischen ihnen stand. Seine Lippen verzog er zu einem Strich. »Da ist ein anderer, nicht wahr?«

»Da ist jemand, ja.« Kate fiel es erstaunlich leicht, das zuzugeben. »Aber wäre zwischen uns beiden alles so, wie es sein sollte, gäbe es ihn vermutlich nicht – für mich.«

»Natürlich. Wälz es ruhig auf mich ab …«

»Das tue ich nicht, und es ist nicht so, dass ich unsere Beziehung für diesen anderen beende. Ich muss sie für mich selbst beenden. Wie es mit ihm weitergeht, das weiß ich nicht. Wahrscheinlich geht es gar nicht weiter.«

Henrys Ton wurde zynisch. »Das tut mir aber leid. Zum Ausheulen musst du dir nur leider jemand anderen suchen.«

»Ich will mich nicht bei dir ausheulen. Ich würde mir von dir ein bisschen Einsicht wünschen, aber …« Sie wischte die Tränen mit dem Handrücken ab. »Ich habe mich mit dir schon allein gefühlt, bevor es ihn gab. Das war mir nur nicht bewusst. Doch jetzt ist es das, und ich halte es nicht länger aus. Ich möchte keine Beziehung, in der ich allein bin.«

»Dann pack auch gleich deine restlichen Sachen zusammen. So musst du nicht noch einmal herkommen … und dir deiner Einsamkeit so deutlich bewusst werden.« Rückwärts ging Henry in Richtung Küche. »Ich verkrieche mich so lange.«

Kates Hilflosigkeit wuchs von Sekunde zu Sekunde. Sie wollte, dass er sie verstand … und sich selbst auch … und die Natur ihrer Partnerschaft. »Nein, Henry, so soll das nicht …«

»So ist es aber.« Jeden möglichen weiteren Kommentar abwehrend, hob er die Hände. »Und Punkt. Mach's gut, Kate. Ich wünsch dir viel Glück … mit wem auch immer.« Damit verschwand er in der Küche.

Kate hatte nicht viele Sachen im Cottage. In Windeseile stopfte sie alles in ein paar Tüten, spurtete dann die Treppe hinunter, griff sich ihre Tasche und lief aus dem Haus. Als die Tür hinter ihr ins Schloss fiel, sog sie die Waldluft in ihre Lungen ein und atmete auf.

***

Nach einem ruhigen Wochenende, das Kate hauptsächlich in der Werkstatt verbracht hatte, brach am Montag ein wahrer Tumult aus. *2Love* war am vergangenen Donnerstag auf ihre Webseite gestellt worden und es gingen so viele Bestellungen ein, wie nie zuvor an einem Tag. Zudem rief ein Modemagazin an, um einen Interviewtermin mit Kate zu vereinbaren.

Ein solches Durcheinander hätte Kate für gewöhnlich den letzten Nerv geraubt, doch heute begrüßte sie es geradezu. So blieben nämlich noch weniger Sekunden, in denen sie gedanklich abschweifen und sich um tausend Ecken gedacht in Überlegungen verstricken konnte, die sie doch keinen Schritt weiterbrachten.

Am Ende des Montags fiel Kate todmüde ins Bett und schlief sofort ein, um am Dienstag gleichermaßen und bis in die späten Abendstunden zu rotieren. Erst am Mittwoch wurde es ruhiger, sodass sie Lindsay und Jessie eine Stunde eher in den Feierabend schickte. Sie selbst ging in das kleine Büro hinter dem Laden, um zahlreiche E-Mails zu beantworten.

Es war bereits kurz vor acht Uhr, da kündigte die Glocke über der Ladentür einen Besucher an. Kate stand auf, ging in den Verkaufsraum und erschrak ein wenig, als sie den Barkeeper aus dem *Seven Seas* erkannte.

»Max, wie geht's?«, begrüßte sie ihn so locker, wie sie konnte. »Was kann ich für dich tun?«

Er war sichtbar geschmeichelt, dass sie sich an seinen Namen erinnerte. »Ich bin hier wegen eines Wunsches einer sehr guten Freundin«, entgegnete er und sah sich die ausgestellten Schmuckstücke an. »Aber ich sehe diese spezielle Kollektion hier nicht.«

Kate hatte eine Ahnung. »Ist es für Jill?«

Max hob den Kopf und sandte ihr mit dem Nicken einen

merkwürdigen Blick zu, der sie bedauern ließ, nicht hinter dem Tresen geblieben zu sein.

»Dann bist du auf der Suche nach *2Love*.« Um mehr Distanz zu gewinnen, trat sie einen Schritt zurück und ließ ihre Stimme sachlicher klingen. »Das ist die einzige Kollektion, die sie noch nicht besitzt. Niemand besitzt sie bisher.«

»To love …« Max sprach es seltsam aus. Aus seinem Mund klang es irgendwie falsch. »Das klingt gut.« Ihr Bemühen um Abstand bemerkte er sehr wohl, doch er ignorierte es und betrachtete sie umso mehr wie eine Beute, die zu machen er soeben beschlossen hatte. »Zeig's mir!«

Selbst diese Aufforderung war zweideutig. Kate interpretierte sie, wie es ihr recht war und wechselte in die Werkstatt, um die Kollektion aus dem Safe zu holen. Zurück im Verkaufsraum öffnete sie die Schatulle, in der die Ohrstecker, die Kette und der Ring lagen.

Max griff nach der Kette. »Die ist schön«, sagte er. »Die würde Jill toll stehen.« Sein Blick wanderte zu Kate, dann zurück zum Schmuck und wieder zu ihr. Zu ihrem Dekolleté, genau genommen. »Aber dir steht sie ohne Zweifel auch.«

Ehe Kate sich versah, hatte er den Verschluss geöffnet, trat hinter sie und legte sie ihr um.

Zuerst spürte sie Empörung in sich aufwallen. Sie wollte ihm sagen, dass ihr die Kette selbstverständlich stand, doch sie schwieg und spielte für einen Moment mit dem Gedanken, alles zu vergessen und sich gehen zu lassen.

Der Verschluss der Kette rastete ein. Max' Hände glitten über ihre Schultern, über die Arme und legten sich um ihre Taille.

»Was hältst du davon, den Laden abzuschließen?«, flüsterte er in ihr Ohr und sah sich um. »Wir könnten uns irgendwohin zurückziehen.«

In die Werkstatt, fiel es Kate ein, oder ins Büro. In ihre Wohnung auf keinen Fall. Dorthin würde sie ihn nicht mitnehmen.

Dass sie nicht antwortete, schien Max' Kompromissbereitschaft zu erhöhen. »Aber wenn du den Nervenkitzel magst …« Er blicke zum Verkaufstresen. »Ich habe gewiss nichts dagegen, es hier zu tun.«

Das Bild von ihr und Max und wie sie es auf ihrem Tresen direkt vor dem Schaufenster trieben, trat vor Kates geistiges Auge. Von Sekunde zu Sekunde wurde die Vorstellung grotesker. Erotisch war sie von Beginn an nicht gewesen.

Wäre es nicht Max, sondern der Richtige … sie würde nicht zögern, und es wäre ihr dann außerdem völlig schnuppe, wer zufällig am Schaufenster vorbeilief und sich nachher das Maul zerriss.

»Also, was sagst du?«, drang Max' Stimme in ihr Bewusstsein.

Kate blinzelte, ertastete die Kette und schloss den Anhänger in ihre Faust. Sie wollte Max nicht, doch sie wollte nicht barsch zu ihm sein, also befreite sie sich behutsam aus seiner Umarmung.

In seinen Augen las sie Skepsis. Er verstand nicht, warum sie ihn zurückwies. Sie selbst dachte schon gar nicht mehr an das, was hätte geschehen können. Sie dachte an etwas ganz anderes.

Den Anhänger noch immer umklammernd, verwünschte sie sich, weil sie *2Love* wie jedes andere Stück zum Verkauf anbot. Als sie es in den Onlineshop gestellt hatte, hatte sie nicht darüber nachgedacht, sondern es wie selbstverständlich veranlasst. Die Vorstellung, dass jemand anderes *2Love* besaß und trug, damit angab oder ein Stück der Kollektion verlor, gruselte sie geradezu.

2Love, das waren sie und Jackson, und nur sie selbst wollte es tragen.

»Tut mir leid«, murmelte sie und griff in ihren Nacken, um den Verschluss der Kette zu lösen. Sie nahm die Kette ab und legte sie zu den anderen Teilen auf den dunkelblauen Samt. »Ich kann dir die Kette nicht verkaufen.«

Jetzt war Max bloß noch irritiert. »Wieso nicht? Jill sagte ... «

»Ich spreche mit Jill. Sie wird es verstehen.« Kate ging zur Tür und hielt sie ihm auf. »Entschuldige mich bitte. Ich muss noch etwas erledigen.«

***

Kate löschte *2Love* aus dem Onlineshop und cancelte die Bestellungen. Den Interviewtermin sagte sie nicht ab, denn der war nicht ausdrücklich aufgrund dieser einen Kollektion zustande gekommen. Als alles erledigt war, ging sie in die Wohnung. Im Badezimmer zog sie sich aus und stellte die Dusche an, trat unter den Wasserstrahl und hielt das Gesicht darunter.

Ganz von allein flogen ihre Gedanken zum Wochenende in Santa Cruz, das mit einer Dusche begonnen hatte. Beinahe drei Wochen waren inzwischen vergangen. Kate hatte das Gefühl, als sei es sowohl erst gestern gewesen als auch schon Jahre her. Ihr war, als kannte sie Jackson eine kleine Ewigkeit, als sei er zu einem Teil ihres Lebens geworden. Zu einem Teil von ihr. Das war er wohl wirklich, gestand sie sich, allerdings nicht in Jahren oder einer Ewigkeit und auch nicht gestern, sondern in zehn Wochen.

Prustend strich sie die Haare zurück, winkelte die Arme über dem Kopf an und blieb in dieser Position – alle Sinne auf Empfang geschaltet. Die Tropfen perlten über ihre Haut wie seine Küsse. Der Wasserdampf streichelte sie wie sein Atem. Langsam strichen ihre Hände über ihren Hals zu ihren Brüsten und kneteten sie so fest, wie er es getan hatte. Ihre Finger zwirbelten die Spitzen, bis sie hart wurden und das Ziehen in ihrem Unterleib nicht mehr dadurch zu stillen war, dass sie die Schenkel zusammenpresste.

Kates Hand legte sich um ihre Kehle, die andere glitt über die nasse Haut in ihren Schritt. Sie seufzte, als ihr Finger die Perle fand, so schnell wie Jacksons Zungenspitze sie gefunden hatte. Sie wand sich unter dem Wasser wie unter seinen Berührungen, keuchte unter den heißen Wellen, die sie durchfluteten, als sei er es, der sie auslöste. Sie stützte sich gegen die Fliesen, ließ den Kopf nach vorn fallen, das Wasser über ihren Rücken prasseln und massierte sich so fordernd, wie sie es von ihm gelernt hatte.

Sie war ihm gefolgt auf den Grat zwischen Leid und Lust und hatte gemeinsam mit ihm an der schmalsten Stelle eine Ekstase erfahren, von der sie geglaubt hatte, dass sie in ihre Träume gehörte. Doch sie war real, so real wie Jackson, so real wie das, was sie erlebt hatten und was sie verband – mehr als Sex.

Sie würde einen Teufel tun, das zu ignorieren. Vielleicht würde sie ihn für immer und endgültig verlieren, doch sie konnte nicht länger stillschweigend in seine Feigheit einstimmen.

Kate kam mit einem Zucken, einem Keuchen und ballte die gegen die Fliesen gestützte Hand zur Faust. Ihr Körper bebte, und mit der von Verzweiflung und Sehnsucht gespickten Erlösung sackte sie zusammen. Sie sank auf den Boden der Dusche, umschlang ihre Beine und ließ das Wasser weiter prasseln, bis Ruhe in ihr eingekehrt war. Ruhe. Aber keine Befriedigung.

***

In ein Badetuch gewickelt, die Haare noch nass, setzte sich Kate an den Laptop. Wann immer sich die Unsicherheit meldete, schob sie sie beiseite und verbot sich jedes Grübeln über die Vernunft ihrer Handlung. Sie gab einen Suchbegriff ein, klickte ein paar Mal und nahm eine Buchung vor.

Danach schrieb sie Jackson eine SMS.

Liebe mich - absolut, wie du es ohnehin längst tust. Ich bin so frei, dir gleichermaßen antworten zu können. Natürlich können wir die Zeit wirken lassen, so lange, bis nichts mehr von uns übrig ist, und darauf warten, dass uns jemand Zweitbestes begegnet. Aber das ergibt keinen Sinn für mich. Was kann schon passieren, Honey? Außer, dass es uns gut geht? Außer, dass es uns erfüllt und glücklich macht? Außer, dass wir das Risiko eingehen, verletzt zu werden? Tut man das nicht immer, wenn man fühlt? Ich würde nicht mehr leben wollen, könnte ich nicht mehr fühlen. Lass es einfach zu. Oder lass mich gehen. Wenn du mich lieben willst, dann komm am Freitagabend in das Haus am Strand.

Zwanzig

Kate wollte vor Jackson da sein und erreichte Santa Cruz eine Stunde eher als das Mal zuvor. Auf ihre SMS hatte er nicht geantwortet, was sie nicht zu werten versuchte.

Er würde kommen, beschwor sie sich, als sie das Haus aufschloss und eintrat, anderenfalls hätte er sie das wissen lassen, um ihr zumindest die Reise und das Warten zu ersparen.

Kate hatte sich über die Ankünfte aus San Francisco auf dem Watsonville-Airport erkundigt. Die Maschine, die er vor drei Wochen genommen hatte, würde in fünfzehn Minuten landen. Eine zweite und letzte an diesem Tag kam um einundzwanzig Uhr an. Sie hoffte, dass er den ersten Flug genommen hatte, denn die Vorstellung, fünf doch ungewisse Stunden an diesem Ort zu verbringen, behagte ihr gar nicht.

Die Minuten vergingen schleppend. Kate versuchte, sich abzulenken, indem sie die Kissen auf dem kleinen Sofa neu arrangierte und durch die Fernsehsender zappte, aber sie war im Geist immer bei Jackson. Sie stellte sich vor, wie er das Terminal betrat, in ein Cab stieg, und so lauschte sie auf jedes Motorengeräusch vor dem Haus, auf das Zuschlagen einer Autotür.

Da er nach zwei Stunden noch nicht da war, machte sie einen Haken an die erste Maschine und fuhr nach Downtown, um Wein, etwas zum Knabbern und Frühstück für den kommenden Morgen zu kaufen. Immerhin brachte sie damit eine weitere Stunde hinter sich. Blieben nur noch zwei bis zur endgültigen Gewissheit.

Zuerst saß sie auf der Veranda und beobachtete die Surfer, die die Wellen des Pazifiks heute bei optimalen Windverhältnissen ritten. Als die Sonne sank, flaute auch der Wind ab und sie paddelten nach und nach an den Strand, wo die ersten Feuer angezündet wurden. Der Duft von Gegrilltem vermischte sich mit dem des Salzwassers.

Kate öffnete eine Flasche Wein und eine Tüte Salzbrezeln, kaute aber nur appetitlos auf dem Gebäck herum. Zwar meldete ihr Magen einen gewissen Hunger an, doch ihre Kehle schien zu eng, als dass sie etwas essen konnte, ohne es hinunterwürgen zu müssen.

Ab dem Anbruch der letzten Stunde nahm die Ruhelosigkeit sie vollends in Besitz, trieb ihren Puls und Herzschlag an. Auf der Veranda hielt sie es nicht länger aus und ging die Holzstufen hinunter zu der Stelle am Strand, an der Jackson und sie gesessen hatten. Ihr Blick heftete sich auf das Meer, das malerisch im letzten Tageslicht lag. Heute wirkte es seltsam tragisch auf sie und vermittelte ihr ein Gefühl endloser Einsamkeit.

Mehr als einmal vernahm sie hinter sich Schritte im Sand, hörte Jacksons Stimme und wandte sich um – bereits ahnend, dass das sich ihr bietende Bild das Gleiche war: Das Haus und ihre eigenen Fußspuren im Sand.

Als ihr Handy klingelte, erschrak sie und fummelte es hervor. Es war Jill, die anrief.

»Hey, wo treibst du dich rum?«, erkundigte sich die Freundin. »Ich stehe vor deiner Tür.«

Kate lehnte die Stirn auf ein Knie und malte mit der freien Hand Kringel in den Sand. »Ich bin in Santa Cruz.«

»Oh … Dann will ich nicht stören. Ich wünsch euch viel …«

»Er ist noch nicht da.«

»Oh!«, machte sie wieder, diesmal jedoch anders betont. »Ist er nicht? Wieso nicht?«

»Ich hab ihm eine Art Ultimatum gesetzt. Ich weiß nicht, ob er kommt.«

»Hm!« Offenbar leitete Jill ihre Sätze heute gern einsilbig ein. »Das ist mutig. Aber manche Männer wollen zu ihrem Glück gezwungen werden … Vielleicht ist er einer von denen. Na gut, Süße«, zwitscherte sie. »Dann mach dich mal locker. Er wird schon kommen. Er wäre ein Idiot, es nicht zu tun.«

Nachdem sie aufgelegt hatten, malte Kate weiter im Sand. Erst das Dröhnen eines Flugzeugs ließ sie den Kopf heben.

Hier kam die Maschine aus San Francisco, sagte sie sich und hielt die rot blinkenden Lichter so lange wie möglich im Blick. Nun ging es lediglich um Minuten, um nicht mehr als dreißig.

Dreißig Minuten vergingen. Inzwischen war es völlig dunkel – von den Lichtkreisen um den Mond und den Feuern zu Kates Rechten abgesehen. Der Wein war zur Hälfte getrunken. Kate schenkte sich abermals ein und leerte das Glas in einer weiteren Stunde. Alle fünf Minuten kontrollierte sie ihr Handy, doch es zeigte ihr keine neue Nachricht.

Vielleicht war Jackson am Flughafen aufgehalten worden?, überlegte sie. Aber was konnte einen auf einem so kurzen Inlandsflug, für den nicht einmal Gepäck eingecheckt wurde, schon aufhalten?

Hatte er ihre SMS nicht bekommen?

War ihm in der vergangenen Woche etwas zugestoßen? Ein Unglück auf einer seiner Baustellen? Ein Autounfall?

Beim Gedanken daran spürte sie Panik in sich aufsteigen, die jedoch von einer letzten, nüchternen Erwägung verdrängt wurde:

War er so grausam?

War sie ihm so egal?

Kate hob das Glas an die Lippen, doch setzte es, von einem plötzlichen Ekel erfasst, wieder ab, betrachtete die dunkle Flüssigkeit darin und kippte sie aus. Danach drehte sie die Flasche um und ließ den verbliebenen Inhalt in den Sand sickern. Von einer lähmenden Gleichgültigkeit erfasst, zwang sie sich aufzustehen. Sie warf die Flasche ins Meer, sah sie in der Dunkelheit verschwinden, noch bevor sie sie in die Wellen platschen hörte.

Mit jedem Schritt zum Haus wurden ihre Füße schwerer. An der Treppe angelangt, schienen unsichtbare Bleikugeln daran zu hängen, die es ihr schier unmöglich machen wollten, die Stufen hinaufzugehen. Sie wollte nicht mehr in dieses Haus, in dessen Wänden sie nur sich und Jackson sah, und doch wollte sie bloß noch ins Bett und schlafen – beginnen zu vergessen.

Im Schlafzimmer überrollten sie die Erinnerungen in geballter Form. Kate schob jedes der Glasfrontfenster auf, um das Rauschen des Ozeans zu hören, statt der Stille. Dann kroch sie unter die Laken – die gleichen grauen, die sie und Jackson zerwühlt hatten – und rollte sich zusammen. Viel half das nicht. Die Enttäuschung und der Schmerz nagten an ihr, zerrten an etwas in ihrem Inneren. Kate fiel das nie benutzte Safeword ein. *Kentucky!*, flehte sie jetzt im Stillen. *Kentucky, Kentucky …*

Es hörte nicht auf.

So nahe waren sie sich gewesen, verbunden durch Fremdheit. So fremd waren sie einander geworden, getrieben von Nähe.

Wieso tat es so weh?, fragte Kate sich, bevor der Schlaf ihren Geist freigab. Wieso tat es so weh, jemanden zu verlieren, den man doch nie wirklich gehabt hatte?

***

Kates Traum war so bittersüß, wie es ihr Wiedersehen mit Jackson hätte sein sollen. Zuerst waren da nur seine Hände. Federleicht fuhren sie an ihren Beinen hinauf, streichelten jeden Zentimeter. Dann war da sein Mund, der sich, an ihren Fußknöcheln beginnend, über ihre warme Haut aufwärts küsste. Wo er sie berührte, verursachte er ein Prickeln, und als seine Hände und bald auch Lippen über ihre Knie fuhren, tänzelte dieses Prickeln ihnen voraus und pflanzte sich in ihren Unterleib.

Kate wand sich im Schlaf, rollte sich auf den Rücken und legte die Arme über dem Kopf ab. Von ihrem Unterbewusstsein geleitet, spielten ihre Finger in ihrem Haar, wickelten eine Strähne auf, wie er es manchmal getan hatte. Sie hob den Po ein Stück an, um seinem Körper entgegenzukommen, um sich an ihn zu schmiegen und seufzte, als das Laken über ihre Brüste rutschte – viel sachter als er sie je berührt hatte. Von der zu den offenen Fenstern hereinströmenden kühlen Nachtluft gestreichelt, richteten sich ihre Nippel auf.

Seine Hände erreichten ihre Hüften und zeichneten deren Linien nach. Hingebungsvoll küsste sein Mund weiter über die Innenseiten ihrer Schenkel und wechselte dabei von einer Seite zur anderen. Auch seine Zunge spürte sie. Spielerisch leckte sie über ihre Haut und hinterließ eine Spur, die von seinem Atem getrocknet wurde. Kates Sehnsucht ließ sie die Beine öffnen. Ungeduld und Vorfreude brachten mehr Bewegung in ihr Becken, sie hob es an und ließ es kreisen. Ihre Hände wollten in ihren Schritt fahren und das Empfundene multiplizieren, doch was er tat, war zu gut und sollte nicht gestört werden, also krallte sie die Finger in das Kissen und schloss die Ellenbogen vor ihrem Gesicht.

Kates Atem stockte, als sie seinen Mund auf ihrem Höschen spürte. Er presste seine Lippen auf den dünnen Stoff, schickte seine Zungenspitze darüber, zog ihn mit den Zähnen beiseite und leckte durch die Mulde zwischen ihrem Schenkel und der Scham. Unterdessen schoben sich seine Hände weiter voran, streichelten ihren Bauch und legten sich wie Schalen um ihre Brüste. Kate wollte ausatmen und die Spannung aus ihrem Körper verbannen, da schob sich seine Zungenspitze in ihre Spalte und drang in ihre feuchte Öffnung ein.

Sie keuchte, bog den Rücken durch und krallte ihre Finger fester in das Kissen. Mit ihrer Bewegung brachte sie seinen Mund ein Stück höher. Seine Lippen schlossen sich um ihren schon geschwollenen Kitzler, saugten ihn an und schoben das Häutchen zurück, das ihn unter sich versteckte. Kate reagierte prompt auf die direkte Reizung seiner Zungenspitze. Stoßweise durchfuhr sie die Lust, brachte ihren Körper zum Zucken und sandte ein Stöhnen nach dem anderen aus ihrem Mund. Je länger er sie leckte, desto weicher und fließender wurden die Wogen in ihr. Sie entspannte allmählich und genoss seine Liebkosungen nur noch leise stöhnend. Er küsste über ihren Venushügel und zog das Höschen über ihre Hüften.

»Jackson«, wisperte Kate.

Das immer konstante Rauschen der Wellen antwortete ihr.

Als sie seine Lippen auf ihren Brüsten spürte, seine Zunge auf ihren Nippeln, seine Hände auf ihren Schenkeln, sagte sie seinen Namen ein zweites Mal.

»Kate«, hörte sie ihn murmeln. Dann festigte er seinen Griff in ihren Kniekehlen und spreizte ihre Beine. Er öffnete sie, um seinem Becken Platz zu machen.

Kate schlug die Augen auf. Sie blinzelte, darauf gefasst, dass ihre Sinne ihr einen Streich spielten und Schatten ihres Wunschdenkens in die Dunkelheit projizierten. Als seine Silhouette auch nach dem dritten Blinzeln nicht verblasste, preschte Adrenalin durch ihre Adern.

Jackson war über ihr. Zu ihren Seiten abgestützt, betrachtete er sie. »Warum fehlst du mir, wenn ich nicht bei dir bin?«, murmelte er und bewegte sein Becken ein wenig.

»Weil ich ein Teil von dir geworden bin«, antwortete sie ihm und bettete sein Gesicht in ihre Hände, um ihn zu spüren und sicherzugehen, dass er wirklich da war.

Er hielt ihren Blick fest. »Bist du das?«

»Du hast mir einen Teil von dir gegeben.« Kate lächelte. »Und ich dir einen Teil von mir.«

Die Spitze seines Schaftes glitt in ihre Spalte. »Also sind wir nur dann ganz, wenn wir zusammen sind?« Als er seinen Schwanz kurz in sie eintunkte und über ihre Klit rieb, ließ sie die Arme zurückfallen.

Ihren atemlosen Laut unterband er mit einem Kuss, der ihren Herzschlag und Puls weiter antrieb. So sanft waren seine Lippen, so behutsam drang seine Zunge in ihren Mund. Während seine Erektion weiter gegen ihre Mitte pulsierte, küsste er sich über ihren Mundwinkel und ihre Wange zu der empfindlichen Stelle unter ihrem Ohr. Seine Berührung machte sie schwindelig, und die Hitze, die er ausstrahlte, löste ein Schaudern aus. Sie schlang die Beine um ihn, legte die Hände auf seinen Rücken. Sie strichen zu seinem Po und streichelten die festen Muskeln.

»Ich wollte eher hier sein.« Er knabberte an der Stelle, unter der ihr Puls schlug. »Ich habe den letzten Flug nicht geschafft.«

»Du bist gefahren …?«

»Zwei Stunden, in denen ich mich immer wieder für verrückt erklärte.«

»Also war es eine gute Fahrt.« Kurz ließ sie von seinem Po ab, um die Rille seiner Wirbelsäule entlang zu seinen Schultern zu fahren und sie zu kneten. Dann kehrten ihre Hände zurück. »Schließlich legst du größten Wert darauf, für verrückt gehalten zu werden.«

»Ja.« Er hob den Kopf, um sie anzusehen und schickte seine Eichel auf eine neue Runde um ihren Kitzler. Die Ausläufer der Erregung, die er damit auf ein höheres Niveau brachte, schossen bis in Kates Fuß- und Fingerspitzen. »Wer ist schon gern normal.«

Kate hob den Kopf, küsste seinen Hals, liebkoste ihn mit den Lippen und leckte darüber. Unter dem Salz schmeckte sie die altbekannte fruchtige Note heraus. Sie sog seinen Duft in ihre Nase und schmiegte sich an den Mann, den sie absolut und ganz und gar wollte.

Als er in sie kam, seufzte sie und ließ ihn keinen Zentimeter zurückweichen. Indem sie die Waden über seinem Po schloss, befahl sie ihm, für ein paar Sekunden genau so in ihr zu bleiben.

»Du wirst mich so manches Mal verfluchen«, ächzte er, als sie ihm erlaubte, seinen Hintern ein Stück zu heben. »Ich halte die Liebe für einen Narren, und sie mich auch.«

Den Kopf zurückgelegt, den Rücken durchgebogen, die Augen geschlossen, verneinte Kate. »Egal, was du von der Liebe denkst und sie von dir; ich hätte dich verflucht, wärst du nicht gekommen. Und zwar mein Leben lang.«

Er antwortete ihr, indem er sie von Neuem ausfüllte und von da an mit langsamen, aber kraftvollen Stößen nahm. Sie begegnete ihm, und bald hatten ihre Bewegungen in einen Rhythmus gefunden. Trotz der kühlen Brise, die durch den Raum wehte, überzog ein Schweißfilm ihre Körper, heizte ihre Haut auf und machte sie rutschig. Immer fester umschlangen sie einander, immer tiefer versank der eine im anderen und akzeptierte die seltsame, noch nicht gänzlich verstandene Verbundenheit, die ihren Weg schon längst und lange vor ihrem Bewusstsein gefunden hatte.

Mit jedem Stoß reizte er sowohl den empfindlichen Punkt in ihr drinnen als auch ihren Kitzler. Unaufhaltsam trieb er sie weiter in Richtung Erlösung.

Kate keuchte ein weiteres Mal und wölbte sich ihm entgegen, dann zuckte und tobte ihr Körper. Vom Rausch beseelt, packte sie seinen Po, wie um ihn noch tiefer in sich aufzunehmen, und schnappte nach Luft. Die plötzliche Enge ihrer Spalte und die Kontraktionen ihres Unterleibs ließen ihn knurren und mehr Kraft in seine Lenden legen. Wie nahe er seinem eigenen Höhepunkt war, stand im entrückten Ausdruck seiner Miene. Die Muskeln seines Rückens und Hinterns spannten sich an, als hielte er seinen Saft noch zurück, doch dann ließ er sich gehen. Ein Beben fuhr durch seinen Körper, bevor er seinen Schwanz ein letztes Mal in sie trieb und ebenfalls kam.

***

Der Morgen dämmerte, als Jackson das Laken über sie beide zog und sich zum Schlafen an Kates Rücken schmiegte.

Er war beinahe eingeschlummert, da holte ihn Kates Stimme zurück.

»Was auch immer sich hierdurch ändert«, sagte sie. »Von einer Sache wünsche ich mir, dass sie bleibt.«

»Und die wäre?«, murmelte Jackson in ihren Nacken.

»Die Freitage sollen immer etwas Besonderes sein.«

»Hast du denn so viele Ideen?«

»Ich könnte dir tausend Ideen sagen«, schmunzelte sie und kuschelte sich dichter an ihn.

Er lachte leise. »Und ich könnte dir mit tausendundeiner Idee antworten.«

Kates Schmunzeln wurde breiter. »Beweise es!«

»BodyPaint«

Die Internet-Story

Mit dem Gutschein-Code

MC2TBGASW

erhalten Sie auf

www.blue-panther-books.de

diese exklusive Zusatzgeschichte als PDF.
Registrieren Sie sich einfach online oder
schicken Sie uns die beiliegende
Postkarte ausgefüllt zurück!

Weitere erotische Geschichten:

Trinity Taylor

Ich will dich

Leidenschaftliche Geschichten voller Lust und Begierde. Trinity Taylors erotische Geschichten berühren alle Sinne:

Auf einem Kostümfest in der Liebesschaukel, als Köchin mit dem Chef unter freiem Himmel oder im Schuppen mit einem Vampir ...

Abwechslungsreich, rasant und erotisch ziehen die Geschichten den Leser dauerhaft in einen Bann der Leidenschaft.

Trinity Taylor

Ich will dich noch mehr

Trinity Taylors erotische Geschichten berühren erneut alle Sinne:

Während einer TV-Produktion im Fahrstuhl,
mit dem Ex auf der Massageliege,
mit Gangstern undercover im Lagerhaus
oder im Pferdestall mit dem »Stallburschen«...

Spannend und lustvoll knistern die neuen Storys voller Erotik und Leidenschaft. Sie fesseln den Leser von der ersten bis zur letzten Minute!

Trinity Taylor

Ich will dich ganz

Trinity Taylor entführt den Leser in Geschichten voller lasterhafter Fantasien und ungezügelter Erotik:

Im Theater eines Kreuzfahrtschiffes,
auf einer einsamen Insel mit einem Piraten,
mit der Freundin in der Schwimmbad-Dusche oder
mit zwei Männern im Baseballstadion ...

Trinity überschreitet so manches Tabu und schreibt über ihre intimsten Gedanken.

Weitere erotische Geschichten:

Helen Carter
AnwaltsHure

Eine Hure aus Leidenschaft,
ein charismatischer Anwalt und
ein egozentrischer Sohn ...

... entführen den Leser in die Welt
der englischen Upper Class,
in das moderne London des Adels,
des Reichtums und der scheinbar
grenzenlosen sexuellen Gier.

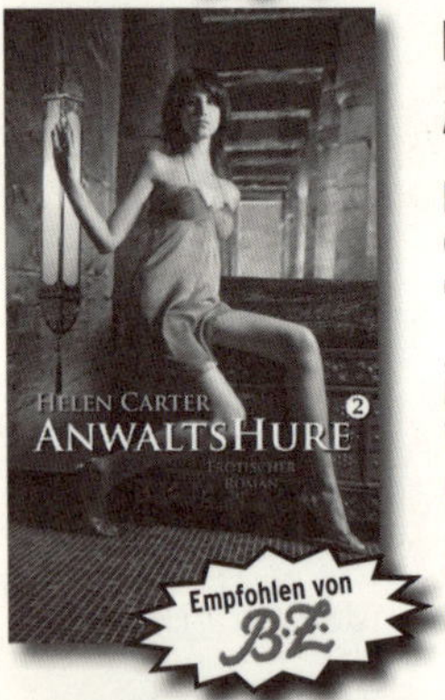

Helen Carter
AnwaltsHure 2

Eine Hure aus Leidenschaft,
ein charismatischer Anwalt und
ein egozentrischer Sohn ...

... Die spannende Fortsetzung von
Reichtum, Sex, Zuneigung,
Wollust, Eifersucht, Liebe und
dem ältesten Gewerbe der Welt.

Lesen Sie, wie es mit Emma, George,
Derek und neuen Kontrahenten weitergeht.

Helen Carter
AnwaltsHure 3

Für die londoner Edelhure Emma Hunter sieht es
nach einem ganz gewöhnlichen Job aus.

Doch was als erotisches Date beginnt, endet für
sie in einem Strudel aus Rache, Sex, Intrigen und
Leidenschaft.

Emma erkennt zu spät, dass die Menschen nicht
immer das sind, was sie zu sein scheinen.
Es beginnt ein Kampf um
Liebe, Leben und Tod ...

Weitere erotische Geschichten:

Kim Shatner
VögelBar

Stellen Sie sich vor, Sie gehen in eine Bar und könnten frei wählen, mit wem Sie vögeln möchten ...

Die Vorstellung gefällt Ihnen?

Dann begleiten Sie Marc auf dem Weg zu seiner eigenen »VögelBar«, und lesen Sie von den sexuellen und frivolen Unwägbarkeiten eines solchen Vorhabens!

Denise Harris
SexLügen

Nymphomanisch veranlagt, lügt sie für Sex.

Sie spielt in jungen Jahren mit den Männern und bekommt immer, was sie will.

Dieser drang nach Sex verselbstständigt sich, je älter sie wird.

Aber dann muss sie diese Erfahrungen plötzlich nutzen, um ihre Existenz zu sichern.

Aus Spiel wird Ernst und keiner darf es wissen ...

Gina Summers
Der Tauchlehrer

Ein Urlaub
zwei Tauchlehrer
eine Liebe
und viel Sex ...

Sina erlebt in Thailand nicht nur ihren schönsten Urlaub, sondern auch erotische Massagen, aufregende Tauchgänge, romantische Nächte und hemmungslosen Sex mitzwei Tauchlehrern.

Doch wer ist der Richtige für sie?

LESEPROBE: ALEXA McNIGHT

SEHNSUCHT

... Sie hätte das Kino längst verlassen, wäre er nicht gewesen. Er sah sich den Film mit zwei Freunden an und saß auf dem Platz links von ihr. Vielleicht war es der Duft, der von ihm ausging – eine Mischung aus After Shave und dem Leder seiner Jacke. Vielleicht waren es die Signale, die er aussandte. Mehr als einmal hatte sein Ellenbogen vermeintlich versehentlich ihren berührt, und mehr als einmal war sein Knie gegen ihres gestoßen. Mit einem Flüstern hatte er sich, wann immer es passiert war, entschuldigt und es doch nie als Entschuldigung gemeint. Eine Provokation war es vielmehr, dieses Flüstern, dessen Worte den falschen Inhalt wiedergaben. Hingegen transportierte der Blick, den sie daraufhin stets austauschten, nichts als die Wahrheit. Dunkelbraun waren seine Augen und von so dichten Wimpern gerahmt, dass er einen Engel hätte abgeben können, wären da nicht der rowdyhafte Drei-Tage-Bart und die auf wenige Millimeter gestutzten Haare gewesen. Seine Lippen waren voll und der Entschuldigung zum Trotz zu einem herausfordernden Lächeln verzogen.

Irgendwann lehnte er sich zu seinen Freunden hinüber und

ließ sie wissen, dass er zur Toilette gehen würde. Er hätte es leiser sagen können, doch er wählte seine Lautstärke gerade so, dass sie es hören würde. Dann stand er auf und schob sich an ihr und den anderen in der Reihe Sitzenden vorbei.

Fünf Minuten später nahm sie ihre Jacke und verließ den Kinosaal ebenfalls.

Die Bar im Foyer war leer, die beiden Barkeeper polierten Gläser und unterhielten sich. Sie durchquerte die Halle und bog an den bereits geschlossenen Ticketverkaufstresen zu den Toiletten ab.

Mit vor der Brust verschränkten Armen und überkreuzten Beinen lehnte er an den Waschbecken. Sie schloss und verriegelte die Tür, warf ihre Jacke zwischen zwei Becken und trat zu ihm. Wie er sich aufrichtete und dicht vor ihr stand, war er einen ganzen Kopf größer als sie. Er legte die Hand in ihren Nacken und brachte seinen Mund nahe vor ihren, doch rückte er, als sie ihm entgegenkommen wollte, wiederum wenige Millimeter von ihr ab. Sein Grinsen verlor an Spott, als sie seine Bewegung imitierte, sobald er sich ihr abermals näherte. Statt ihren Mund küsste er ihren Hals und säte mal federleichte, mal fordernde Küsse darauf aus, die ihren Atem antrieben.

»Das war einer der besten Filme überhaupt«, murmelte er und ließ seine Hände ihren Rücken hinabwandern. Fest legten sie sich auf ihren Po.

»Bis eben war ich davon überzeugt, dass wir im gleichen Kinosaal gesessen haben«, entgegnete sie, doch war zu erregt, um wirklich überrascht zu sein.

»Diesen Film meine ich nicht.« Er zog die Bluse aus dem Bund ihrer Hose, um ihre Haut zu berühren und sie durch die Intensität seiner Berührungen wissen zu lassen, wie genau es um seine Lust auf sie bestellt war. »Sondern den in meinem

Kopf. Genauer gesagt, war es eine Aneinanderreihung vieler Episoden.« Mit einem Finger strich er über ihren Bauch. »Bei jeder ach so zufälligen Berührung hatte ich eine neue Episode vor Augen.«

Sie schob das Rervers seiner Jacke auseinander und öffnete sein Hemd, Knopf für Knopf.

»Erzähl mir von ...«, hob sie an, doch brachte die Aufforderung nicht zu Ende, weil er eine Hand zwischen ihre Beine schob. Der Druck, den er dort ausübte, sandte elektrisierende Schübe durch ihren Körper und so brachte sie außer einem gurrenden Ton nichts weiter zustande.

»Ich hab dich gefickt«, fuhr er fort und platzierte seinen Mund an ihrem Ohr. »In einer Pfütze auf kaltem Asphalt, auf einer Bank in einem nächtlich leeren Park, auf einer Yacht weit draußen auf dem See ... Wo auch immer du dir vorstellen kannst.«

Seine Worte brachten ihr Inneres zum Toben. Zusammen mit der Jacke schob sie das endlich offene Hemd halb über seine Schultern. »Außergewöhnliche Orte sind das alles. Kaum zu vergleichen mit einer Kinotoilette.«

»Nein, das war auch nur ...« Er hielt inne, als sie Kreise um seine Brustwarzen malte. »Eine Art Notlösung, weil es schnell gehen musste.«

Sie beobachtete, wie seine Nippel dank ihrer Spielerei hart wurden, leckte sie schließlich abwechselnd und pustete darüber. Er nahm ihr Kinn in die Hand, zwang sie, ihn anzuschauen und drehte sie um, sodass sie mit dem Rücken zu ihm stand. Die gegenüberliegende Wand war mit einem Spiegel verkleidet, der die gesamte Fläche einnahm. Während er ihre Brüste durch den Stoff ihrer Bluse massierte, fixierte er ihren Blick in seinem.

»Stell dir vor, wir hätten es einfach im Saal direkt vor der Leinwand geschehen lassen.« Seine rechte Hand fuhr tiefer und pausierte abermals in ihrem Schritt. Der diesmal ausgeübte Druck diente offenbar fast ausschließlich dazu, sie näher an sein Becken zu ziehen, damit sie seine Erektion zu spüren bekam. »Stell dir vor, ich hätte deine Bluse aufgeknöpft.« Wie um ihrer Fantasie auf die Sprünge zu helfen, tat er, was er sagte. »Die Träger deines BHs von deinen Schultern gestreift und meine Hände auf deine Brüste gelegt.«

Sie spürte, wie sich ihre Nippel unter seinen Händen aufrichteten. Er zwirbelte sie zwischen den Fingern und sah sie dabei weiter im Spiegel an. Sie wich seinem Blick aus, legte den Kopf auf seine Schulter und neigte ihn zur Seite, sodass sie seinen Duft einatmen konnte. Ihre Hände wanderten nach hinten, über die Delle unter seiner Jeans. Erneut gab es einige Knöpfe zu öffnen. Diesmal war sie schneller und streichelte sein angeschwollenes Glied durch den dünnen Stoff seiner Shorts. Ein einziges leises Keuchen ließ er hören, doch das genügte, um sie die Hand unter den Bund schieben zu lassen. Ihr fester Griff um seinen Schaft multiplizierte seine erregten Laute, die sie wiederum veranlassten, in den Spiegel zu schauen und zu beobachten, wie er sich mehr und mehr verlor.

Er ließ von ihren Brüsten ab, um sich am Verschluss ihrer Hose zu schaffen zu machen und sie über ihre Hüften zu schieben. Sie zog ihre Hände aus seinen Shorts, um die Hose ganz abzustreifen, doch er kam ihr zuvor, ging hinter ihr in die Hocke und schälte das Kleidungsstück Zentimeter für Zentimeter von ihr, wobei er sie auf jedem bloßgelegten Stück nackter Haut küsste, seine Zunge und Zähne zum Einsatz brachte.

Eine Gänsehaut lief wie eine Welle über sie hinweg, rollte von ihrem Nacken bis zu den Fersen, und beinahe bedauerte sie es ein wenig, dass er sich so schnell aufrichtete, als die Hose ausgezogen war. Nur kurz massierte er sie durch das verbliebene schwarze Höschen, schob es dann beiseite und legte seine Finger auf ihren empfindlichen Punkt, begann ihn zu reiben. Mal umkreiste er ihn sanft, mal fuhr er weniger behutsam darüber. Mal ließ er es seine Zeige- und Mittelfinger tun, mal delegierte er die Aufgabe an seinen Daumen, um zugleich mit zwei Fingern in sie einzudringen.

Sie explodierte beinahe unter den Streicheleinheiten, begann zu zittern und wand sich. Dass er sie umrundete, wurde ihr erst bewusst, als sie nicht mehr ihr Spiegelbild, sondern ihn vor Augen hatte – seine Augen, dunkel vor Begierde. Noch immer in ihrer Spalte spielend, drängte er sie gegen die Marmorplatte, welche die Waschbecken einfasste, und ließ dann doch von ihr ab, um sie hochzuheben und auf den kühlen Stein zu setzen. Von ihrer Taille wanderten seine Hände über ihre Oberschenkel, bis zu ihren Knien. Er drückte sie auseinander und schob sich dazwischen.

»Stell dir vor, jeder von denen könnte das jetzt sehen ... statt des langweiligen Films«, murmelte er.

Abermals griff sie nach dem Bund seiner Shorts, diesmal jedoch, um sie über seine Hüfte zu schieben. Sie wollte sehen, ob dieser Schwanz so gut aussah, wie er sich anfühlte. Und das tat er. Insbesondere, als er unter ihren Berührungen zu zucken begann. Als er ihr bedeutete, nicht zu zaghaft zu sein, schloss sie ihre Hand fester darum, doch ließ ihre Bewegungen wieder langsamer werden, als ein Tropfen aus der Eichel trat. Während sie die Feuchtigkeit über dem sehnigen Fleisch verteilte, tastete er sich zur Innentasche seiner Jacke vor. Er brachte eine Reihe Kondome zu Tage, löste eins ab und machte sich daran, die Tüte aufzureißen.

»Ich stell mir vor, dass du mich gegen die Leinwand drückst, dass ich meine Hände auf deinen Hintern lege und ich meine

Beine fest um dich schlinge«, sagte sie, tat eben das und sah zu, wie er das Gummi überstreifte. »Und dass das Publikum die Luft anhält, weil sich ein Schrei aus meiner Kehle löst, als du in mich stößt.«

Mit einer einzigen Bewegung war er in ihr. Sie lehnte sich zurück, bog den Rücken durch und stützte sich auf ihren Händen ab, um ihm entgegenzukommen, ihn tiefer eindringen zu lassen. Wie aus weiter Ferne nahm sie ihr eigenes Keuchen war, hörte, wie es sich mit seinem vermischte. Wie durch einen Schleier sah sie ihn vor sich, den entrückten Ausdruck seiner Miene, der besagte, dass sein Orgasmus nicht mehr fern war. Seine Bewegungen, die langsam und genussvoll begonnen hatten, wurden unkontrolliert. In immer kürzer aufeinanderfolgenden Stößen, die stets ein wenig tiefer zu gehen schienen, stieß er in sie, und bald hallten ihre Stimmen und ihr Stöhnen durch den Raum, dessen Helligkeit und Spiegel ihrem Spiel einen zusätzlichen Reiz verliehen.

Leichtigkeit durchflutete sie, als sie kam. Sie ließ sich auf der ersten Woge davontragen, wurde von einer zweiten noch ein Stück weiter hinausgespült und von den folgenden, kleineren nach und nach zurückgebracht. Von ihren Kontraktionen angespornt, folgte er ihr und bescherte ihr ein kleines Nachbeben. Am Rande ihres Bewusstseins nahmen sie wahr, dass jemand versuchte, in den Raum zu kommen. Es wurde an der Klinke gerüttelt und angeklopft. Darüber belustigt, tauschten sie ein Lächeln und blickten dann an sich hinab zu der Stelle, an der sie miteinander verbunden waren.

Beinahe war sie versucht, es auf eine zweite Runde ankommen zu lassen, doch sobald sich der Nebel in ihrem Kopf gelichtet hatte und ihr Verstand wieder ganz bei ihr war, löste sie sich von ihm. Sie zog die Bluse über die Schultern, knöpfte die

Hose zu und musterte ihn hin und wieder kurz. Er betrachtete sein Spiegelbild, rückte seine Jacke zurecht, steckte die verbleibenden Kondome ein und zog einen Autoschlüssel hervor.
»Kann ich dich irgendwohin mitnehmen?«, erkundigte er sich und wandte sich ihr zu.
»Das ist nett gemeint, aber nicht nötig«, entgegnete sie und schlüpfte in ihre Jacke. Daraufhin warf sie ihm eine Kusshand zu und verließ den Raum noch vor ihm. ...

Weitere erotische Geschichten:

Joanna Grey

Befreie mich, versklave mich

Erotischer SM-Roman

Ein neuer Mann | Eine neue Liebe
Eine neue Erfahrung ...

Sie weiss nicht, dass in ihr eine Sklavin steckt.

Schritt für Schritt und mit viel Einfühlungsvermögen erweitert er ihre Schmerz- und Lustgrenzen.

Fühlen Sie das Vertrauen und die Nähe zwischen Dominanz und Unterwerfung.

Sara Bellford

LustSchmerz Erotischer SM-Roman

Sir Alan Baxter hat eine Passion:
Er sammelt Frauen!

Er will sie um ihretwillen besitzen

Sie wollen vom ihm gedemütigt und geliebt werden

Gemeinsam zelebrieren sie die schönsten Höhepunkte aus Lust, Schmerz und Qual ...

Megan Parker

Ivory 1 - Insel der Lust

Zahira will ihm gehören. Santiago. Aber sie ahnt nicht, worauf sie sich einlässt ...

Gebannt von Schönheit und Dominanz ist sie ihm verfallen. Doch ihr Erwachen im »Paradies« ist bitter. Sein Liebesspiel schockiert. Aber die Ketten seiner Begierde halten sie so lustvoll fest, dass sie ihnen nicht entfliehen kann.

Atemberaubend spannend!